나?

Ich?

ICH?
by Peter Flamm

세계문학전집 462

나?

Ich?

페터 플람

이창남 옮김

민음사

일러두기

1 본문의 각주는 모두 옮긴이 주이다.

2 원문에서 이탤릭체로 강조한 부분은 고딕체로 구분했다.

3 쉼표, 마침표, 대시 등의 문장 부호 쓰임은 원문 그대로 두었다.

차례

나?

내가 아닙니다, 재판장님, 죽은 이가 나의 입으로 말합니다. 여기 서 있는 건 내가 아니고, 들어 올려지는 팔은 나의 팔이 아니고, 하얗게 세어 버린 건 나의 머리카락이 아니며, 내가 저지른 일이, 내가 저지른 일이 아닙니다.

당신들은 그걸 이해할 수 없습니다. 당신들은 지금 말하는 이가 살아 있는 사람이라고, 한 인간이라고 생각할 것입니다. 기껏해야 미친놈이거나. 나는 미치지 않았습니다, 미치지는 않았을 겁니다. 그러나 나는 십 년 동안 땅속에 누워 있고, 나의 팔다리는 썩었습니다, 나의 뼈는 잿빛 가루가 되었고, 나의 숨은—나는 더이상 숨을 쉬지 않습니다. 모든 것이 침묵합니다. 모든 것이 다 지나갔어요. 나는 땅속에, 베르됭을 눈앞에 두고 누워 있고, 저 위에는 두오몽[1]의 잔해들이 흩어져 있습니다. 버려진 무덤들, 버려진 땅, 버려진 시체들 위로 바람이 붑니다. 그곳에 가서, 모래를 파내고 왼쪽으로 큰 유탄의 흔적을 헤집어 보세요. 거기에 물이 있습니다. 아마도 진흙이 부드러워졌을 겁니다. 두려워할 필요는 없습니다. 전쟁은 이제 없습니다. 폭탄도 날아들지 않고, 당신 몸을 갈기갈기 찢어 흩뿌리지 않습니다. 비명도 울려 퍼지지 않고, 팔다리가 공중으로 날아다니지도 않습니다. 피도, 찢어진 몸도 없습니다. 고요합니다. 모든 것이. 마침내. 거기서 몸을 숙이세요. 흙을 조금 치워 보세요. 그러면 당신은 찾을 겁니다—나를. 그래요, 뼈와 두개골과 재와 나의 이름을. 나의 이름이 아니지만, 나의 이름이기도 한 그것을, 나의 것이 아니라 다른 이의 것임에도 이제 나에게로 온 나의 운명, 나 자신의 운명인 듯 숨이 막힐 듯한 그것을.

나의 입이 아닌 입, 나의 혀가 아닌 혀로 그것을 어떻게 이야기해야 할까요? 나 자신도 믿을 수 없는 것을 당신이 어떻게 믿을 수 있을까요? 하지만 그랬습니다, 그건 그렇게 벌어졌고, 현실이었으며, 다른 날들과 다름없는 날이었습니다, 아니, 다른 날들과 같지는 않았습니다, 바쉬 대위가 우리에게 혁명이라고, 뮌헨과 베를린에서 혁명이 일어났다고 말했으니까요, 전쟁이 끝났다고, 사 년 만에 끝났다고 했습니다, 더이상 폭탄도, 죽음도, 진창도, 강제도, 법도, 무기도 강박도 없다고 했습

---

1) 프랑스 북동부 뫼스(Meuse) 강 연안의 국경 지역 베르됭(Verdun) 지구에 있는 1차 세계 대전 격전지.

니다. 모든 것이 와해되고, 모든 것이 해체되고, 새로운 시대, 새로운 삶이 시작되었다고 말입니다.

나는 취했습니다, 우리 모두는 취했습니다. 내 안에서 무언가가 노래하고, 높이 치솟았습니다, 나는 참호에서 나왔고, 나의 감각들은 춤추었습니다, 그 모든 것이 이토록 갑작스럽게 끝날 수는 없었습니다, 우리는 어떤 종말을 더이상 생각지 않아도 될 때까지 그토록 오래 기다려 왔던 것입니다. 이제 새로운 문이, 새로운 삶이 열렸습니다, 더이상 진창 속에 누워 있을 이유도 없고, 방 안의 하얀 시트 위에 누울 수 있고, 미래를 가질 수 있을 것입니다. 어떤 미래? 사람들은 일을 할 것이고, 완전히 처음부터 다시 시작할 수 있어야 합니다, 그러나 그 하얀 시트는 어디 있습니까, 사람들은 다시금 전방의 진창 속에서 뒹굴게 될 것입니다, 늘 후방에 자리하는 장군들, 그리고 자동차를 몰고, 명성과 위신과 여자들을 가진 부자들이 뒤에 진 치고 있는 동안, 다른 이들, 사람들은 죽어 갈 것입니다.

나는 참호에서 기어 나왔습니다, 둔덕과 구덩이들에 걸려 넘어지고, 시체와 나무둥치를 넘으며 비트적거렸습니다, 몹시 추운 밤, 달이 비추고, 참호에서는 음악이 울려 나왔습니다, 나의 핏속에서 열기가 타올랐습니다, 나는 지쳐서 쓰러질 지경이었지만, 불안이 나를 몰아댔습니다, 몰아대고 또 몰아댔습니다—갑자기 무언가 내 앞에 놓였는데, 어두운 덩어리였습니다, 나는 하마터면 그 위로 넘어질 뻔했습니다. 나는 그것을 지나쳐, 참호로 다시 돌아가려 했습니다, 무엇 때문에 나는 여기서 헤매고 있는 걸까요, 왜 전우들과 함께하며 그들과 노래하고, 즐기고 있지 않나요, 무엇이 나를 한밤에 이곳으로, 나 혼자 부서진 차들과 뒤집힌 장벽 사이로, 죽은 이들 사이로 이끈 것일까요? 그래요, 그것은 죽은 자였습니다, 나는 알고 있었습니다, 그는 어제 정찰을 나갔습니다, 전쟁이 끝나기 스물네 시간 전에요, 전쟁은 끝났습니다, 그는 딱 하루 전에 죽었습니다, 마지막 총탄은 한 어머니도 맞혔습니다, 전쟁을 하루만 더 일찍 끝낼 수는 없었을까요. 말도 안 됩니다. 이제 그는 죽어서, 거기 누워 있습니다, 그 의사 선생은 "배운 사람"입니다, 그래서 어쨌다는 건가요, 그는 나처럼 막돼먹은 놈이랑 다를 게 없습니다, 장교라고 해도—그는 이제 죽었습니다, 그리고 나는—. 나의 손은 그의 몸뚱이를 끌어 내렸습니다. 내가 그러려고 했던 것이 아니라, 저절로 그렇게 되었어요. 저절로 나는 여기로 오게 되었습니다. 내가 원했던가요, 알았던가요? 완전히 저절로. 어떻게? 나의 손은 떨면서 그 몸통 위를 더듬었습니다, 오물과 말라붙은 피를, 나는 손전등을 켰습니다, 작고 희미한 빛이 그리는 원환이 유령처럼 어둠 속을 관통했습니다, 두 개의 눈이 나를 올려다보고 있었습니다, 죽어 있는, 텅 빈 눈이 접힌 눈꺼풀 사이로 빛을 내며, 나는 물러섰습니다, 손이 떨렸습니다, 머리가 끄덕였을까요, 그 차갑고 푸른 입술 위에 교활한 미소가 어렸던 걸까요, 나는 뭐가 뭔지 알 수 없었고, 다시금 참호로 되돌아와, 가슴을 부여잡았습니다, 심장이 미친 듯이 뛰었습니다, 그러나 그 쿵쾅거림 위로 기묘하게 행복한 흥분 속에 나는 그 작은 회색 수첩을 만지작거렸습니다, 그건 죽은 이에게서 빼낸 여권이었습니다, 그의 여권, 그의 이름, 그리고 그의 운명이었습니다.

당시에 나는 그걸 몰랐습니다. 그래요, 누구도 묻지 않았습니다, 혁명 만세, 누가 여권을 보여 달라고나 할까요, 본다 한들 누가 그것을 통제할까요, 대체 누가 거기 적힌 이름을 알아볼까요? 우리는 모두 인간이고, 우리는 모두 형제입니다. 그리고 그 다른 남자는, 그렇습니다, 죽었습니다, 그건 그에게도 아무 상관 없을 것 같습니다, 진흙 속에서 썩고, 실눈에 뼈와 먼지만 남은 그에게도. 제길!

나는 기차 안에 앉아 있습니다, 급행열차, 물론 일등석입니다, 거기 자리를 잡고 들어앉기는 얼마나 쉬운가요, 그 모든 격동이 사라지고, 이 모든 것을 그저 당연한 일처럼 느끼는 것은 또 얼마나 기묘한가요. 오래전 내가 아궁이 곁에 서 있던 적이 있던가요, 한밤에 침대에서 일어나 나온 적이 있던가요? 반죽은 부풀었고, 단단해졌습니다, 아궁이가 뿜어낸 열기가 얼굴을 찌르고, 피부를 그을렸습니다, 어린 헤닝스가 앞치마를 태웠고, 손을 그을린 한 여자가 소리쳤습니다.─미쳤어, 미쳤어라고, 그건 내가 아니었습니다, 그래 그건 내가 아닙니다, 나는 여기 기차를 타고 있습니다, 많이 배운 남자, 나는 붉은 소파에 몸을 묻고, 일등석에 앉아 있는 부유한 남자입니다, 물론 다른 사람들이 조금 안됐다는 생각은 할 수 있습니다, 그들은 사등석에 동물처럼, 가축처럼 짓눌려 있습니다, 그들은 심지어 앉을 수도 없고, 몹시 지쳐서 무릎을 떱니다, 그러나 그들은 서 있어야만 합니다, 모두 예외 없이, 저 키 작고 마른 여자도, 검은 머리에 창백한 얼굴을 한 이도, 그는 넘어져

나?

서 얼굴이 갑자기 하얘지기 전까지 계속 나를 고통스러운 눈길로 바라봅니다, 혹은 언젠가 그림에서 본 것일까요, 그건 뭔가에 관한 기억일까요, 존재하거나 혹은 존재하지 않거나?

"당신이 베를린에 오신다면," 하고 맞은편 소파에 앉은 뚱뚱한 대머리가 말합니다, "혁명이라니, 누가 그걸 생각이나 했겠어요! 베를린으로 가시는 거지요?"

"이 기차가 베를린으로 가나요? 그런가요? 그렇군요. 내가 가려던 곳은 ─ . 아닙니다, 물론 저도 베를린으로 갑니다."

물론이라고 말했나요? 그래요, 나는 왜 이 기차를 탔을까요? 이건 내가 전혀 원하지 않았던 일입니다, 그렇게 이끌렸을 뿐입니다. 나는 자유의지로 그런 거라고 생각했습니다만, 프랑크푸르트에 있는 어머니와 여동생을 어떻게 잊을 수 있었을까요, 어떻게? 일 년 동안 만나지 못했는데, 지금 베를린으로 간다니요? 물론 베를린으로 갑니다. 어려운 일도 아니었고, 질문거리도 아니었습니다. 나는 미소를 지었습니다, 나는 늘 미소를 짓고 있었을 것입니다, 하지만 그럼에도 불구하고 뭔가 어두운 것이 나의 영혼 속에 자리를 잡았습니다, 그 이상한 그늘을, 나는 회피하려 하지 않았습니다, 무겁고 숨이 막히는 그늘을.

바깥 통로에 한 남자가 창문에 기대어 스쳐 가는 풍경을 바라보고 있었습니다. 나는 그 남자의 얼굴을 볼 수 없었지만, 그의 좁은 등과 왼쪽이 오른쪽보다 조금 올라간 어깨, 그리고 목의 긴장된 모양, 이 모든 것들이 낯익었고, 뭔가가 내 안에서 솟구쳤습니다, 그건 기묘한 흥분, 비할 데 없는 어떤 증오,

그리고 거의 육체적인 불쾌함이었습니다. 나는 시선을 돌릴 수 없었습니다. 내가 최면에 걸린 건가? 나는 여기 일등석을 타고 갑니다, 아는 사람이 아무도 없습니다! 왜 내가 낯선 이를 증오하겠습니까, 그의 목을, 그의 등을, 의미도 이유도 없이 증오하겠습니까? 그것이 나와 무슨 상관이라고.

그가 등을 돌립니다, 목에 비스듬한 주름들이 파여 있는 옆모습이 나타납니다. 낯선 사람입니다. 아니, 나는 그를 알고 있었습니다, 피가 머리끝까지 거꾸로 솟았습니다, 뭔가 나를 두렵게 하는 어두운 것이 있었습니다, 머리를 내리치는 듯한 느낌이 들었고, 생각들이 이리저리 얽혔습니다, 나는 자리에서 일어나 다른 곳으로 가려 했습니다. 그때 그가 나를 알아보았고, 단번에 몸을 돌려 나를 향했습니다. 그의 두 눈이 경직되고 거칠어져서, 흰자위가 튀어나올 것처럼 보였습니다, 그의 콧방울이 떨리기 시작했고, 손은 주먹을 쥐듯 둥글게 접었습니다, 한순간 그 주먹을 들어 올렸고, 우리 둘의 얼굴 사이에 가로 놓인 좁고 얇은 판을 칠 것 같았습니다―그러더니 불현듯 주먹을 내리고, 나를 경멸이라도 하듯 몸을 획 돌려 움찔거리며 사라졌습니다.

나는 몸이 마비된 것처럼 꼼짝없이 앉아 있었습니다. 그건 무엇이었을까요? 내가 꿈을 꾸었던 걸까요? 환각을 보았을까요? 전쟁은 나의 신경에도 영향을 미쳤을 것입니다, 놀랄 일도 아닙니다, 그저 지나갈 일입니다. 내가 비로소 안정을 찾을 수 있다면, 다시 일을 할 수 있게 된다면. 손으로 나는 이마를 닦았습니다. 이상합니다, 나의 손이 이토록 하얀 것이, 아주 가늘고 투명한, 좁고 푸른 혈관이 밀랍을 통과하듯 굽이치는 그것은 나의 손이 아닌 것 같습니다, 그것은 마치 —.

"기묘하다."라는 말이 머리를 스쳐 갔습니다, "나는 어떤 인간인가, 나는 대체 무엇인가, 여기에 앉아 있는 건 무엇인가, 그리고 나는 얼마나 기묘한 손을 가진 것인가!"

기차가 역사(驛舍) 안으로 들어갔습니다. 나는 베를린에 와 본 적이 없었습니다, 그러나 그곳이 베를린이라는 것을 알았고, 전혀 놀라지 않았습니다. 나는 플랫폼을 따라 역의 계단을 내려와 왼쪽에 쾨니히그레처 거리를 지나 포츠담 광장으로 갔습니다. 벨레뷔 거리에서 한 남자가 내 쪽으로 걸어와, 지나치는 듯하다가, 깜짝 놀라고, 멈춰 서더니, 나에게 인사했습니다, 그의 눈에서 뭔가 반짝했습니다, 그러고는 기꺼이 손을 내밀어 내 팔을 힘껏 잡았습니다.

"세상에, 당신이군요, 의사 선생님, 당신이 돌아왔네요. 살아 계셨어요? 그레테가 뭐라고 할까요? 당신에게 무슨 일이 일어났다는 소문이 있었는데 — 그녀에게 전보는 치셨겠죠? 어제도 그녀를 보러 갔었는데, 당신 어머니도 거기 계셨어요. 모두 매우 불안해하고 있었어요. 당신이 보낸 마지막 편지가 아주 기묘했잖아요, 죽음의 예감이랄까, 맙소사, 그런 걸 쓰면 안 되죠, 그러고는 그런 소문이 났어요, 하지만 당신이 여기 있네요, 얼마나 기쁜지, 잠깐 동행할게요, 당신이 괜찮다면요, 자, 이리 오세요, 차가 있어요, 어떻게 그렇게 느긋하게 걸어갈 수가 있겠어요, 역에는 아무도 안 나온 건가요?" 나는 차 안에 앉았습니다, 내 옆자리의 낯선 남자는 내가 알지 못하는 목적지로 나를 데려갔습니다. 나는 아무것도 생각할 수 없었습니다, 어떤 것에 대해서도 놀라지 않았습니다, 모든 일이 저절로 진행되었습니다, 나는 어떤 거센 흐름에 내맡겨져 차가운 은빛의 평면 위를 미끄러졌습니다, 전쟁이 있었습니다, 그리고 이제 평화가 찾아왔습니다, 나는 사람들 무리 속에서 뛰었고, 누군가 다가와 나를 차에 태워 갑니다. 자연스럽지 않은가요? 모든 것은 자연스럽습니다. 한번은 행운이 모두에게 찾아올 것입니다, 그것을 붙잡기만 하면 됩니다, 그리고 기적은 그것이 현실이 될 때까지는 머무는 법입니다.

차는 거리에서 방향을 틀어 정지했습니다. 모터가 웅웅대는 소리가 갑자기 멈췄습니다, 특이한 고요가 나의 뇌리에 내려앉았습니다, 기계적으로 나는 차에서 내렸고, 아무 생각 없이 그가 돈을 지불하는 것을 바라보았습니다, 집을 올려다보았고, 줄지어 이어지는 창문들, 소소한 것들이 눈에 들어왔습니다──갑자기 심장이 멎는 것 같았고, 바닥이 요동치는 것처럼 보였습니다, 눈앞이 빙글빙글 돌기 시작했습니다, 녹색과 금색의 원환. 그러나 줄곧 그녀의 이미지가 그 안에 있었습니다, 저 위의 창문에 기댄 그녀, 그녀는 누구인가요? 한 여자, 빛나는 황금 갈색의 티치아노 머리카락[2]을 한 창백한 얼굴의 여자, 달콤함, 두려움, 그리고 고통과 동경과 사랑이 가득한 얼굴, 누가 이 여자의 사랑을 받을 자격이 있었을까요, 누가 그

---

2) Tizianhaar. 이탈리아의 르네상스 시대 화가 티치아노 베첼리오(Tiziano Vecellio, 1490~1576)의 작품에서 볼 수 있는 붉은색 머리카락이나 금발에 붉은 기운이 섞인 머리카락을 묘사하는 표현.

녀를 소유했던 것일까요. 그것을 위해서라면 나는 일생이라도 바치겠습니다, 아니, 나는 떠나지 않을 것입니다, 왜 그는 나를 문 쪽으로 미는 걸까요, 나는 계속 위를 바라보며 여기 머물 것입니다 — 계단, 나는 무엇을 해야 할까요, 도대체 어디로 가야 할까요, 나의 심장을 두들기는 이것은 대체 무엇인가요?

맙소사, 문이 열렸습니다, 3층이었습니다, 예순두 개의 계단이 있었습니다, 무엇 때문에 나는 그것을 세고 있었을까요, 아무 의미 없이 세었을까요, 문이 활짝 열렸습니다, 문은 이미 열려 있었습니다, 작고 하얀 모자를 쓰고 손은 덜덜 떠는 노파가 거기 서 있었습니다, 그리고 좁은 복도, 바람이 드나드는 곳, 깜박거리는 하얀 빛 속에 — 갑자기 한 젊은 여자가 나났습니다, 창가의 그 여자였습니다, 그녀는 파리한 얼굴로 서서 웃고 있었습니다, 파리하게 떨리는 작은 입가에 깃든 병약하고 우울한 미소였습니다, 그녀의 눈은 푸른빛을 발하며 나를 바라보았습니다, 가느다란 팔다리가 떨리고, 길고 어두운 속눈썹 너머로 눈동자가 가라앉더니, 갑자기 축축해진 몸이 흔들리기 시작했습니다, 그녀는 거의 쓰러질 지경이었습니다, 나는 펄쩍 뛰어 그녀 옆으로 갔습니다, 그녀는 나의 팔에 안겼습니다, 핏기가 사라진 입술이 조용히 움직였습니다, 따스한 호흡이 내 얼굴로 불어왔습니다, 떨면서 나는 그 따뜻한 몸을 안고 지탱했습니다, 그녀는 꿈인 양 가냘픈 손을 들어 올렸습니다, 무언가를 찾는 듯 정신없이 나의 머리를 더듬었습니다, 천천히 눈꺼풀이 열리고, 말할 수 없이 부드러운 푸른빛이 그녀의 눈에서 반짝였습니다, 그리고 눈물이 눈물 위로 끊임없이 뺨을 타고 흐르는 동안, 축축하고 부드러운 입술이 열려 영원히 떨어지지 않을 듯 나에게 입을 맞추었습니다.

얼마나 오랫동안 우리가 그대로 있었을까요? 나는 시간에 무감각했고, 세상에 무감각했습니다. 무언가 다리를 잡아당기는 것만 알아차렸을 뿐입니다. 그것은 계속 반복되었습니다. 펄쩍 달려들었다가, 다시 돌아갔습니다. 무언가 뜨거운 것이 타들어 왔습니다. 뜨거운, 둔중한, 몸을 꿰뚫는 고통이었습니다. 나는 하마터면 그걸 알아채지 못할 뻔했습니다. 그러나 그녀가 비명을 질렀고, 놀란 얼굴이 되었습니다. 그녀의 이마는 다시금 붉은빛을 띠었습니다. 불현듯 그녀는 내게서 손을 떼었습니다. 그녀는 눈을 활짝 뜨고 주위를 둘러보았습니다. 무시무시한 위험이 내게 닥친 것 같았고, 온 힘을 끌어모아 나 자신을 생각하고, 지키고, 방어해야만 할 것 같았습니다. 하지만 나는 혼돈 속에 있었고, 그녀의 머리카락 향기와 그녀의 피부가 나를 마비시켰습니다. 나는 그저 그녀의 얼굴만을 바라보았습니다. 그래요, 그건 인간이 아니었습니다. 나는 그러니까 전혀 여기에 있지 않았습니다. 모든 건 꿈이었고, 허공의 행복이었습니다. 잠에서 깨어서는 안 되었습니다. 아주 조용해야만 했습니다——거기서 무엇이 소리를 지르는가, 왜 입술이 사라졌는가, 나를 만지고, 나에게 입 맞추지 않았던가, 그런데 이제 무엇이 그것을 움찔하게 하는가, 그녀의 얼굴은 왜 일그러지며, 무엇이 틈입하여 나를 잡아뜯는가?!

개의 눈알이 초록빛 불꽃을 좇고 있습니다. 검은 털이 덥수룩한 몸체, 다발 진 털이 달린 머리, 하얗게 빛나는 이빨, 그 개가 내 살을 물고 매달립니다, 피가 흐릅니다, 나의 피입니다, 뜨거운 채로 떨어져 발을 끈적하게 적시며, 양말 아래로 흐릅니다, 양탄자 위에 작고 어두운 얼룩이 생깁니다, 보기 드물게 붉은 점들, 문가에 있던 남자가 소리칩니다, 그는 넓적한 손으로 개의 가죽을 움켜잡고, 제지합니다, 개는 다시금 덮쳐 왔고, 남자는 발로 개의 주둥이를 밟습니다, 마침내 개가 떨어집니다, 개는 으르렁거립니다, 붉은 혀가 피를 흘리며 힘없이 늘어집니다, 개는 겁먹은 채 벽 쪽으로 기어갑니다, 으르렁거리며, 나를 시야에서 놓치지 않습니다, 시선을 떼지 않습니다—.

"가만히 계시면 어떡합니까, 그레테 부인," 남자가 헐떡이는 목소리로 말합니다, "이거 참 멋진 환대네요! 이 짐승은 진짜 미쳤어요, 하마터면 이 사람을 물어뜯을 뻔했잖아요. 아마 광견병일 거예요. 당신도 왜 피하지 않나요? 개의 주둥이에서 침이 흐르는 걸 보세요, 그것이 어떻게 쳐다보는지, 당신을 얼마나 노려보는지, 마치—사람처럼."

"이런 적은 한 번도, 한 번도 없었어요," 그녀는 어쩔 줄 몰라 하며 몸을 떱니다, 그리고 갑자기 말합니다. "한스, 한스, 돌아왔군요, 이렇게 갑자기 나타나다니, 맙소사. 정신이 나가겠어, 이 짐승이 미쳤어, 그게 당신을 물었어, 대체 그게 왜 당신을 물었는지, 거기 서 계시지만 말고, 의사를 불러 주세요, 피가 나잖아요."

"그다지 심하지는 않습니다, 일단 놔두세요." 그가 말합니다. "가제와 반창고가 있으면 됩니다. 그 정도는 집에 가지고 계시겠지요—."

"물론이에요." 그러고는 달려갔다 돌아옵니다, 바지를 걸어 올리고 상처를 동여맵니다, 그들은 아무것도 묻지 않고 나의 외투를 벗깁니다, 그들이 나에게 물어야 할 이유가 뭐가 있겠습니까, 나는 이 집에 속하는 사람이 아닙니다, 여긴 나의 집이 아니고, 나의 방도, 나의 거주지도 아닙니다. 나의 ― 아내?! 나의 아내! 이 여자, 이 손, 입술, 머리카락, 그리고 이 눈동자가, 나의 아내!! 여기서는 모든 것이 미쳐 돌아가고 있습니다, 대체 무슨 일이 벌어지고 있는 것인가요, 이럴 수는 없습니다. 대체 누구란 말인가요? 나는 낯선 이들과 함께 있습니다. 나는 아무도 알지 못합니다. 그녀는 누구인가요? 그녀의 이름은 무엇인가요? 이 사람들은 나를 누구라고 생각하나요? 뭔가 잘못된 것 같습니다. 나는 대체 누구인가요, 나는 대체 누구인가요?

"이제 누워야 해요." 그녀는 말합니다, 그녀의 목소리는 캄캄한 운무(雲霧)를 모두 뚫고 지나가는 빛과 같습니다. "아무 생각도 하지 말고, 아무 말도 하지 말고, 우선 제대로 잠을 자요. 시간은 많아요. 전쟁은 끝났고, 당신은 내 곁에 있으니까. 이제 모든 게 좋아질 거예요, 그렇죠? 아, 한스 ―."

그녀에게 무슨 말을 해야 하는 걸까요? 나는 알 수가 없습니다, 나도 도무지 이해할 길이 없습니다. 그 모든 일이 다 갑자기 벌어졌습니다, 내가 무슨 일인가 저질렀지만, 그러나 나는 그게 무엇인지 모릅니다. 나는 지쳐 있습니다. 잠을 자고 싶습니다. 모두 괜찮을 겁니다, 그렇지 않은가요? 모두 괜찮을 겁니다.

나?

나는 안락의자에 기대앉았습니다. 다리가 아픕니다. 눈을 감았습니다. 실눈을 떠 보니 저기 그 짐승이 있습니다, 구석에 웅크리고 있습니다, 으르렁거립니다, 치켜올린 주둥이로 숨을 들이쉽니다, 눈은 나에게 붙박여 있습니다. 나는 잠들고 싶습니다, 하지만 불안이 엄습합니다, 나의 뒷골을 둔중하게 쳐 댑니다, 나는 완전히 혼자입니다. 나의 뇌는 기묘한 상태입니다. 벽지 위의 노란 입방체와 검은 입방체 개수를 의미 없이 셉니다, 그리고 나서 검은 것만 빼면, 136개입니다, 안락의자에 파묻혀 있는 나의 몸을 느낍니다, 나는 내 몸 안에 들어앉아 있습니다, 손은 덮개 위에, 엉덩이는 부드러운 질감의 가죽 위에 있습니다, 뇌는 두개골 안에서 유영하고, 하얀 신경과 푸른 핏줄이 근육을 관통하여 이어집니다. 나는 누구인가요? 나는 누구인가요?

나의 손이 가슴 위를 미끄러집니다, 기계적으로 이리저리 쓰다듬습니다. 부스럭거리는 소리가 납니다. 왼쪽 주머니에서, 왼쪽 가슴에서 뭔가 불룩 튀어나옵니다, 가죽의 감촉입니다. 별안간, 이 만지작거림으로 심장이 요동치기 시작합니다, 별안간 머릿속에서 용수철이 튀어오릅니다, 벽을 뚫고서 틈새가 열립니다, 여권입니다!

어떻게 그것을 잊고 있었을까요? 나는 대체 어디 있었던가요? 이 무슨 안개, 이 무슨 유령 같은 어스름인가요! 여기 주머니에 모르는 사람의 여권이 있습니다. 도난당한 여권. 그게 뭐 어떻다는 말인가요. 무방비한 시체 한 구. 여권이 사라진들 그에게 무슨 해가 될까요. 그가 더 궁핍해질 리도, 내가 더 부유해질 리도 없습니다. 이름이란 무엇인가요! 나는 이름 때문에 충분히 고통받지 않았던가요? "베투흐, 빌헬름 베투흐?" 그게 이름이냐? 사람에게 붙일 이름? 베투흐.[3] 학교 쉬는 시간에 아이들은 나를 에워싸고 바지, 재킷, 셔츠를 잡아당겼습니다. 베투흐, 자투리 같은 녀석! 너나 너를 잘 덮어! 잘 잤냐? 한번 흔들어 봐! 이리 와, 우리가 깨끗이 털어 줄게! 너는 아주 더럽잖아! 주머니 속에 숨어라! 꼬마, 침대 꼬마 녀석!

베투흐! 그 이름을 조용히 감내한 아버지, 그 위의 선조들은 도대체 어떻게 그럴 수 있었을까요! 이름 때문에 그처럼 상처받으며, 비명조차 지르지 않다니! 그 굴레를 벗어던지지 않다니! 사람은 누구나 이름을 받습니다. 그러고는 아무것도 할 수 없습니다. "이름이 뭡니까?" "침대보입니다." 그가 웃습니다. 누가? 모두가. 사람들이. 세상이. 입술이 비뚤게 당겨집니다, 그리고 웃습니다. 누가 그런 이름을 가진 사람을 진지하게 여기겠습니까? 그를 어떻게 신뢰하고, 직업, 일거리, 그리고 자리를 부여하겠습니까? 나는 이미 장인이 되어 있어야 하지 않을까요? 누가 나를 제자로 받아 주었겠습니까? 뻔합니다. 하지만 나보다 능숙하지 않았던 다른 사람, 언제나 그들이 나보다 덜 능숙했는데도, 내가 결국 뒤로 물러서야만 했습니다. 늘 물러나야 했습니다. 댄스홀에는 금발의 리젤이 있습니다, 그녀가 파란 눈으로 나를 바라보았습니다, 왈츠를 출 때 그녀의 목은 아주 부드럽게 내게로 기울었습니다, 가늘게 구불거리는

---

3) Bettuch. 일반 명사로는 침대보, 침대 시트라는 의미다.

머리카락이 내 오른뺨을 사랑스럽고 친밀하게 스칩니다, 나는 그녀가 달아오르고 숨이 가쁘도록 만듭니다, 그때 그녀의 어머니가 나타납니다, "베투흐라고 합니다." 나는 허리를 굽히며 말합니다, "빌헬름 베투흐입니다!" 그러자 리젤의 얼굴이 빨개집니다, 짙은 색 작은 입술을 꾹 다뭅니다, 킥득대는 웃음이 그녀의 목에 걸려 있습니다, 이 키득거림, 이것이 도처에 있습니다, 그것은 아직 빛을 발하던 것들을 모두 죽입니다, 무디게 만들고, 온기를 띠려는 것을 얼어붙게 하고, 쪼그라들게 합니다, 그리고 나는 홀로 남습니다.

하나의 이름, 하나의 단어. 그것이 나와 무슨 상관인가요? 한 사람은 무엇인가요, 한 사람의 이름은 무엇인가요? 한 사람에게 어떻게 하나의 사물에 붙이는 이름을 줄 수 있단 말인가요, 변화하고, 매 순간 끊임없이 달라지고 있는 한 생명에게? 인간은 자유롭지만, 태어나자마자 연계망 속에 살며, 낙인과 표식을 얻습니다! 늘 억눌립니다, 결국 길들여질 힘이 무슨 소용인가요, 야생성과 용기와 일이 무슨 소용인가요. 이제 나는 거기서 빠져나왔습니다, 이제 나는 다른 사람입니다, 다른 이름을 가졌고, 다른 인간입니다, 간단히 그렇게 되었습니다, 그저 옷만 바꿔 입으면 되었습니다, 이름이 사람을 만듭니다, 이제 나는 의사입니다, 의사 한스 슈테른, 그렇습니다, 나는 그입니다, 나는 배운 데다가 부유합니다, 모든 근심에는 끝이 있습니다, 그 시체가 무엇이었는지. 나는 그의 행운을 탈취했습니다!

저 구석에서 개가 일어섰습니다, 개는 방 안을 슬금슬금 탐색하며 돌아다닙니다, 머리를 비스듬히 쳐들고 있습니다, 눈은 초록빛을 발합니다. 개는 방 안을 한 바퀴 돌고 나면, 우뚝 멈춰 섭니다, 안락의자 다리 아래에서, 시선을 들고, 나를 물끄러미 쳐다봅니다, 묵직한 양탄자 위에 앞발을 놓습니다, 머리를 살짝 숙이고 끙끙거리기 시작합니다, 길고 고통스러운 울음입니다.

이 짐승에게 무슨 일이 일어나고 있는 걸까요? 모두가 나에게 잘해 줍니다, 모두가 나를 사랑합니다, 낯선 사람들이 나를 차에 태우고, 낯선 팔이 나의 목을 끌어안습니다, 낯선 손이 떨면서 나의 얼굴을 쓰다듬습니다. 오직 이 짐승만 못됐습니다, 나를 미워하고, 다리에서 살점을 뜯어내 피를 흘리게 하고, 나를 노려보고, 거칠게 격앙되어 있습니다, 음침하게 몸을 사리고 있는 적.

그 녀석의 마음을 얻기 위해 노력해야 합니다, 괜찮은 녀석입니다, 늘 괜찮은 녀석이었는데, 지금은 왜 그렇지 않을까요? 그 개를 귀하게 다뤄야 하고, 쓰다듬어야 합니다. 이리 와, 네로! 나는 어디서 그 개의 이름을 알았을까요? 그래요, 그 개가 옵니다, 그래요, 개가 몸을 숙입니다, 눈가의 털들이 기묘하게 경련합니다, 머리를 치켜들고, 꼬리를 흔들어, 둥글게 휘젓습니다, 갑자기 안락의자 위로 뛰어오릅니다, 소스라친 나는 일어서려 합니다, 그 순간 개의 머리가 내 머리 옆에 있고, 부드럽고 축축한 주둥이가 내 뺨에, 그리고 녀석의 혓바닥이 나의 귀로, 뺨으로, 턱과 손으로 다가듭니다. 이 짐승은 제정신이 아닙니다, 가만있지를 못합니다, 끙끙거림이 울부짖음이 되

고, 그 소리는 거칠고 격렬하게 허공을 울립니다, 개는 안락의
자에서 높이 뛰어오르더니 다시 제자리로 되돌아갑니다, 별
의미 없이 자기 주변을 한 바퀴 돌고, 바닥에 굴렀다가, 탁자
로, 벽장으로, 창문으로 달려갑니다, 개의 온몸이 떨고 있습니
다, 그리고 다시금 내 곁에 자리 잡습니다, 숨을 들이쉽니다,
신발에 코를 대고 쿵쿵댑니다, 코가 바지 위로 올라옵니다, 붕
대를 동여맨 곳까지, 짖는 건 멈췄습니다, 이제는 또다시 슬
프고 겁에 질린 울음소리, 개는 납작하게 땅에, 바닥에, 차갑
고 희망 없는 복도에 누워 있습니다. 지친 듯 혀가 축 늘어졌
습니다, 콧구멍은 어두운 빨강입니다, 주둥이에는 거품이 고
여 있습니다. "네로." 나는 아주 낯선 목소리로 부릅니다, 단번
에 안락의자에서 일어섭니다, 개에게 다가가 개를 쓰다듬습
니다, 털 속에 손을 찔러 넣고, 개의 머리 옆에 포근하게 머리
를 얹습니다─그때 움직임이 허공에서 멈춥니다, 나는 거울
에 비친 개를 봅니다, 방 안의 물건들을 봅니다, 탁자 앞의 의
자, 탁자 위의 책들, 재떨이, 램프, 나는 바닥에 누워 있는 그
짐승을 봅니다─그리고 그 옆에 있는 한 낯선 인간을, 이마
에 흘러내린 까만 머리카락을, 개의 털가죽 위에 놓인 머리를,
손을─, 경직된 채 나는 바라봅니다, 개 역시 고개를 듭니다,
두 눈으로 나를 건너다봅니다, 소스라친 나는 개를 놓아줍니
다, 그 개도─이건 뭘까, 나는 현기증을 느낍니다, 개도 파리
해집니다, 나와 더불어 비틀거립니다, 거울을 향해 뛰어듭니
다, 나는 누군가를 찾으려는 듯 몸을 돌립니다, 개도 몸을 돌
립니다─아무도 없습니다, 방 안에는 나 외에 아무도 없습니

다, 나는 완전히 혼자입니다, 나는 고독합니다, 소름 끼치도록 혼자입니다, 나는 내 몸을 더듬습니다, 팔, 얼굴, 한 손이 다른 손을 쓰다듬습니다. 나, 나, 나, 그 다른 이가 나입니다, 나는 그 다른 이입니다, 지금 살아 있는 죽은 자, 다른 이의 얼굴, 몸, 근육, 살, 담, 뇌, 그리고 영혼. 내가 아닌 사람? 더이상 내가 아닌? 나 자신은 더이상 내가 아닌 걸까요? 여기서 나의 눈으로 보는 것, 나의 손으로 만지는 것, 나의 생각, 나 자신의 생각 — 이것이 더이상 나의 것이 아닌가요?!

숨이 멎을 것 같은 두려움이 나를 붙듭니다, 나는 생각을 해내려고 애씁니다, 어떻게 이 모든 것이 얼어붙었는지, 머릿속 서늘한 고요, 거울 속에서 두려움 가득한, 대리석처럼 창백한 얼굴이 보고 있습니다. 갑자기 뭔가 움찔합니다, 타는 듯한 열기가 올라옵니다, 손이 다시 조금 전처럼 기계적으로 가슴 주머니 위를 더듬습니다, 이제 모든 것이 분명합니다. 그 여권, 다른 이의 이름, 그 이름은 다른 얼굴과 이름을 가지고 있습니다, 지금 나는 그 다른 이이고, 그의 죽음을 끝까지 살아야 합니다, 그가 저 바깥 진흙 속에, 땅 밑에 누워 있는 동안 그의 삶을 살아야 합니다, 나는 그의 삶 속으로 들어섭니다, 마치 어떤 액자 속으로 들어가듯이, 그러나 나는 다 알고 있습니다, 나는 그 뒤에 한 명의 관객처럼 서 있는 것입니다, 그럼에도 불구하고 나는 나 자신입니다, 그리고 나는 다른 이이자 나 자신인 나를, 그의 형상 뒤에 있는 한 인간을 응시합니다.

평온이 나를 휘덮습니다, 기이한 고요입니다, 모두 텅 비었습니다, 나는 더이상 두렵지 않습니다, 어쩌면 너무 많이 힘들었을지도 모릅니다, 나는 지쳐 있습니다, 어떤 일에든 한계가 있는 법입니다, 어떤 순간도 온전히 붙들 수는 없습니다, 우리는 모든 것을 단지 과거로부터 압니다, 그건 괜찮습니다. 그렇지 않으면 영혼은 산산조각 날 것입니다. 방호와 방벽, 어떤 자아에 대항하는, 망상, 과도함, 그리고 광기에 대항하는, 모두 다 괜찮습니다, 과거는 삭제되었습니다, 전쟁은 없습니다, 일거리도 없습니다, 과거가 어떠했는지 생각나지 않습니다, 그건 아무래도 상관없습니다, 나는 새사람입니다, 새로운 삶이 시작되고 있습니다, 새로운 미래가. 지금, 바로 지금 행복이, 지금, 문을 나서기만 하면, 저 너머에 행복이, 저 너머에 ─.

문이 열립니다, 천천히, 조심스럽게, 좁은 틈새가 벌어지고, 머리 하나가 그 사이로 들어옵니다, 햇살 속에 녹갈색 머리카락이 반짝거립니다, 하얀 손이 손잡이 위에 있습니다, 커다랗고 파랗고 두려움 가득한 두 눈이 이 안을 탐색합니다, 그러고는 그녀가 내 곁에 있습니다, 그녀의 숨결이 내 얼굴에 쏟아집니다 ─ 안 돼, 안 돼, 안 돼.

"뭐 하는 거야. 왜 그렇게 나를 이상하게 쳐다보지, 왜 나를 피하는 거야?"

"아니야, 아, 아무것도 아니야, 조금 놀랐을 따름이야, 내가 아직 이 모든 것에 익숙지 못할 따름이야, 이제 ─ 당신이 여기 있는데, 나는 아주 오랫동안 참호 속에만 있었잖아, 그곳엔 남자들뿐이었지, 언제나 폭탄, 언제나 굉음, 언제나 명령, 그리고 죽음에 대한 준비 태세, 그러고는 갑자기 ─ 누군가 내 옆에 있어, 한 여자, 이렇게 아름다운 ─."

"바보 같은 사람, 내가 쑥스럽잖아." 그녀가 나를 응시합니다. 그녀에게 말해야 할까요? 말하지 말아야 할까요?

"여기 좀 봐, 내가 어때 보여, 나의 머리카락, 나의 얼굴, 이 모든 것이 그러니까 —."

거기서 더 말을 할 수 없었습니다, 그녀가 팔로 나를 안았습니다, 나에게 매달렸습니다, 나는 무력합니다, 내가 무력한 것을, 나도 어쩔 수 없습니다, 내가 그녀를 사랑하는 것을 어쩔 수 없습니다, 그렇습니다, 그때 이미, 곧바로, 그녀의 얼굴을 보았고, 그녀를 사랑했고, 그녀에게 말할 힘이 없었습니다, 나는 그 사람이 아니라고, 그녀가 입을 맞추며 생각하는 그 남자는 내가 아니라고, 그녀가 사랑하는 남자는 다른 사람이라고, 다른 사람, 다른 사람이라고!

"이제 와, 그만하면 충분히 오래 잤어, 곧 해가 질 텐데, 식탁은 벌써 차려 놓았어, 한참 전에, 다 식어 버렸겠네, 어머니가 기다리셨어, 어머니도 안에 계셔, 나는 참을 수가 없었어, 그래서 어머니에게 말했어, 당신이 돌아왔다고, 그 밖엔 누구에게도 말하지 않았어, 오늘 당신은 우선 안정을 취해야 하니까, 내일은 달라질 거야, 당신 친구들이 더 참지는 않을 테니까, 보비는 세 번이나 시종을 보냈어, 고마운 일이야, 그 사람이 당신을 차에 태워 곧장 데려왔잖아, 부쉬 산도르는 커다란 라일락 화환에 담홍색 편지를 넣어 보냈어, 내가 다 뒤죽박죽 말하고 있네, 당신 화내면 안 돼, 그리고 생각 좀 해 봐, 스벤 보르게스도 마침 여행에서 돌아왔다니까, 나는 그를 내내 보지 못했어, 그는 딱 한 번 휴가를 냈고, 그나마 아주 바빴어,

나? 29

나중에 그 이야기를 해 줄게, 당신이 저 안에 누워 있는 동안, 삼십 분 전쯤 전화가 왔어, 기묘하지 않아? 그 사람도 당신이랑 같은 기차로 돌아온 게 분명해."

그 등, 기울어진 어깨를 가진 남자, 그 남자가 그, 다시금 내 눈앞에 유리판을 느낍니다, 그것을 깨뜨려야 합니다, 하지만 그걸 관통할 수가 없습니다, 관통할 수가 — 이미 그렇게 되어 가고 있고, 더 생각할 틈이 전혀 없습니다, 그건 그림책 같습니다, 한 장 한 장이 새롭고, 새로운 놀라움이 이어지는, 그리고 이것이 바로 나의 삶인 것입니다. 나인가요? 기차 안에서 본 그 남자가 틀림없습니다. 다시금 어둠이 찾아듭니다, 스벤 보르게스는 이제 옆방에 있습니다, 식탁 하나가 고급스럽고 새하얀 비단으로 덮여 있습니다, 크리스털 잔들이 세워져 있습니다, 다리가 긴 초록색, 빨간색 잔들이 놓여 있습니다, 꽃들은 그 사이에 놓여 있습니다, 앙증맞은 보라색 제비꽃, 한가운데에는 목이 긴 화병 가득 활짝 피어나 빛을 발하는 장미들, 오른쪽과 왼쪽에 각각 아홉 개의 하얀 초가 꽂힌 두 개의 촛대가 있습니다, 이건 축제 분위기입니다, 그녀가 나의 손을 아이처럼 잡았습니다, 늘 그랬습니다, 나의 생일이면, 어머니는 손을 잡고 안으로 나를 이끌었습니다, 깜짝 놀랄 일들과 선물들이 기다리는 곳으로. 거기 이제는 등이 구부정한 노파가 서 있습니다, 드문드문 남은 하얀 머리카락이 짓무른 이마 주위에 산만하게 늘어져 있습니다, 꾹 다문 얇은 입술이 경련합니다, 회색빛 고요한 두 눈은 금테 안경 뒤에서 시선을 고정한 채 아주 커집니다, 넋이 나간 채 나를 바라봅니다, 그녀는 지팡이로 큰 소리를 내며 바닥을 디딥니다, 그리고 한 걸음 한 걸음 나에게 다가옵니다, 안경이 뾰족한 코에서 미끄러집니다, 그녀의 지팡이가 덜커덩 소리를 내며 바닥에 떨어집니다, 작고 마른 팔로 내 목을 감쌉니다, 작고 노쇠한 몸이 흐느낌과 행복으로 수축합니다.

"어머니——."

눈물이 흐릅니다, 왜인지 모릅니다, 이 사람이 나의 어머니입니다. 어떤 사무침이 나를 사로잡습니다, 이름 모를 고통, 나는 그녀의 발아래 엎드리고 싶습니다, 그러나 뭔가가 나를 제지합니다, 그 뭔가가 아주 무겁게 자리 잡아, 나의 목이 바싹 탑니다, 갑갑하게, 그리고 숨조차 쉴 수 없도록.

우리는 식탁에 둘러앉아 있습니다, 불빛이 깜박거립니다, 말을 많이 하지는 않았습니다, 늙은 하녀가 식사를 가져옵니다, 하얀 사기 그릇입니다, 얇고 투명하고 용무늬가 새겨진 그릇, 저기 오른쪽 벽에는 그림이 하나 걸려 있습니다, 그레테가 분명합니다, 그 옆에 젊은 남자가 제복을 입고 있습니다, 그녀는 나의 시선을 확실히 알아챘던 것 같습니다, 그녀는 나를 건너다봅니다, 얼굴에 웃음을 머금고 있습니다, 그녀는 나의 손 위에 자신의 손을 포개더니 장난스럽게 끌어당깁니다, 그리고 머리를 뒤로 젖히며 말합니다.

"사복을 입고 있으면 당신이 좀 초라해 보이는 건 사실이야. 그때 우리가 어떻게 처음 사진을 찍게 되었는지 당신 아직 기억하고 있어? 아버지와 어머니는 우리 약혼에 대해 아무것도 몰랐잖아, 나는 당신 제복이 정말 자랑스러웠어, 당신은 임관

하자마자 공식 통지를 받고 곧바로 복무하게 되었지, 그러지 않았다면 당신은 그 제복을 다시 벗어야 했을 거야, 우린 거기로 갔었어, 당신은 콧수염과 검은 머리카락을 진작 빗어 올린 채였지, 수염이 사라져서 천만다행이야, 전쟁은 무감각을 일깨우는 장점도 있어, 당신은 마치 멋진 우편엽서에 그려져 있는 것처럼 아름다워, 난 철없는 아이였고, 당시에는 그게 마음에 들었어. 이거 한번 봐—." 그러고는 벌떡 일어서더니 손에 그 사진을 들고 되돌아왔습니다, 아주 밝게 웃으면서. "이 사진을 찍을 때 당신이 눈을 얼마나 동그랗게 뜨고 있었는지, 마치 설탕 과자 왕자처럼, 그리고 우리가 그 밤에 느닷없이 헤어져야만 했을 때, 떨어져 나갔던 그 은실 계급장, 당신은 나에게 한 번 더 입 맞추려고 했고, 의자에 기대 있었어, 나는 무척 흥분한 채로 그걸 꿰매 주었지, 당신 상사가 그걸 알아채고는 따져 물었지, 그러나 당신은 아무것도 누설하지 않았고, 기꺼이 그를 따라갔어, 그래, 당신, 고지식한 주석 병정, 그 이름을 당신은 더는 떼 버리지 못할 거야, 나의 귀여운 주석 병정, 이제 어른이 되었네, 이제 충분해, 나도 그래, 제대를 했지만, 그게 더 나아. 정말로."

그녀는 진지해져서 생각에 잠겼습니다, 그녀의 섬세하고 가녀린 손가락은 식탁 위의 은색 나이프 받침을 만지작거립니다, 몸을 반쯤 돌립니다, 그녀의 옆얼굴이 보입니다, 사진 위로 숙인 하얀 목, 부드럽게 유동하는 곡선, 순식간에 그녀의 쾌활함이 사라졌습니다, 고통스러운 듯, 기묘한 피로와 분노에 싸인 듯 입가를 움찔거리며 그녀가 속삭입니다.

"삶의 한 부분이 사라져 버렸어, 전쟁이 그걸 앗아 갔어, 우리 삶을 기만했어, 이제 삶은 어디에 있지? 결혼을 했으면 두 사람은 삶을 함께해야 하는 거잖아, 그러지 않으면 결혼이 무슨 의미가 있어! 얼마나 많이 내가 이곳에 앉아 그리움과 생각에 잠겼었는지 몰라, 당신은 지금 전장에서 무엇을 하고 있을지, 참호에 몸을 묻고 있을까, 어쩌면 전우들과 이야기를 나누고 있겠지, 술을 마시고, 내 사진을 손에 꺼내 들고 다른 사람들에게 이야기를 들려주고 있을까, 바로 여기 이 방에 돌아와 있는 생각을 하고 있을까, 아니면 전혀 다른 곳에 있을까, 전선 너머 적의 위치를 탐색하고 있을까, 혹은 대장이 나타나고, 금세 공격이 시작될지도 모르지, 그런데 나는 여기에 앉아 있고, 꼼짝할 수가 없는 거야, 모든 일이 나와 무관하게 일어나는 거야, 내가 여기 무력하게, 눈먼 것처럼 앉아 있는 동안, 총탄이 날아다니고, 사방으로 피가 튀어, 팔다리가 날아다니고, 내장과 뇌수가 터져 나오지, 당신도 그들과 이야기했겠지만, 여기 혼자 있는 건 소름 끼쳐, 어머니는 늘 말이 없어, 나는 생각하곤 했어, 그래 나는 절대 알 수조차 없었잖아, 당신이 대체 아직 살아 있는지, 이미 땅속에 묻힌 것은 아닌지, 오래전에 형체도 알아볼 수 없게 썩어 간 것은 아닌지, 그러다 불현듯 이런 느낌이 들었어, 내가 죽은 자와 결혼한 거라는, 그런데 그것을 전혀 알지 못했다는 느낌, 그러고는 거의 소리를 지를 뻔했어, 여기 앉혀진 나 자신의 삶, 그렇게 여기 의자 위에 앉아 있는 나의 몸뚱이, 그러고는 끝, 그건 무시무시한 한기야, 마치 으스스한 열기처럼 한 덩어리로 치솟는 한기, 나는 이따금 아주 긴 시간 앉아 있었고 일어설 수가 없었어, 밤마다 침대에 누워도 잠들 수가 없었어, 나는 당신이 내 곁에 누워 있는 걸 보았어, 하얀 침대보 위에, 당신의 이마는 새하얬어, 그건 반쯤은 꿈이었고, 반쯤은 망상이었어, 머리카락에 피가 묻어 있었지, 그리고 시간은 인형처럼 그 위에 놓여 있었어, 그래, 시간, 내가 살았던 시간, 그리고 당신이 살았던 시간, 기묘하게 내 가슴 한복판에서 경직된 채 아무 소리 없는 호흡으로 나의 숨을 빨아들일 듯, 나를 거의 질식시킬 듯 자리하고 있는 인형 같은 시간."

"그레테, 그레테—." 처음으로 그 이름이 나의 입 밖으로 나옵니다, 그건 이제 놀랄 일도 아닙니다, 나는 단지 그녀의 손을 잡고, 나의 손 안에 꼭 쥐고 있었습니다, 그것은 아주 차갑고, 떨고 있습니다, 그녀의 얼굴은 아주 창백합니다, 나는 그녀의 머리카락을 쓰다듬습니다, 쓰다듬고 또 쓰다듬습니다, 나는 아무것도 생각할 수가 없습니다, 그녀의 가슴이 위아래로 들썩입니다, 뺨 위로 뜨거운 눈물이 가만히 흐릅니다, 나는 일어섭니다, 그녀를 팔에 안습니다, 나는 입맞춤으로 그녀의 눈물을 씻어 냅니다, 고통에 찬 무언의 흐느낌이 몸을 뒤흔듭니다, 나는 그녀를 놓아주지 않습니다, 차츰 그녀는 안정을 되찾습니다, 그녀의 입술이 다시금 미소를 머금습니다, 그녀는 당차게 몸을 추스르고, 하얀 손수건을 집습니다, 큰 몸짓으로 눈가를 닦습니다, 금세 다시 웃으며 나를 장난기 어리게 바라보고 식탁에 앉습니다, 고기에 포크를 세게 찔러 넣습니다, 크게 한 조각을 잘라 냅니다, 그걸 소스에 찍어 내 입으로 밀어 넣습니다, 그러고는―.

"그래, 그건 다른 무엇보다 중요해. 난 어리석고 히스테리도 많은 사람이야, 그러니 이제 우리 더이상 그 이야기는 하지 않을 거지, 그렇지?"

그렇습니다, 우리는 그 이야기는 더 하지 않습니다. 그러나 그녀는 창백합니다, 그녀의 입은 웃습니다, 그녀는 끊임없이 말을 합니다, 그녀는 농담을 던지고 끝도 없이 실없는 이야기들을 시작합니다, 그러나 나는 압니다, 그녀는 거기에 없습니다, 웃고 있는 건 단지 입입니다, 그녀의 눈은 커진 채, 심각하고 놀란 빛입니다, 그리고 그 하얀 이마 뒤에 작은 영혼은 아픕니다, 수천 번의 상처에서 피를 흘립니다.

식사가 끝났습니다, 우리는 일어섰습니다, 늙은 가정부가 접시들을 치웁니다, 어머니, 지금까지 말없이 앞만 보며 우물우물 씹고 앉아 있는 어머니는 내가 잘 알아듣지 못할 말을 중얼거립니다, 이제 지팡이를 집어 듭니다, 식탁 주위를 절뚝거리다 내 팔에 안깁니다, 그녀는 거의 승리의 몸짓으로 문 왼쪽을 가리킵니다, 나는 영문을 묻듯 그레테를 바라봅니다, 성모 마리아처럼 온화환 미소가 그녀의 얼굴에 나타납니다, 그녀의 뺨에 부드럽고 행복한 홍조가 살짝 스칩니다.

"저기 아이가 자고 있어." 그녀의 표정이 환해집니다. "이제 아이를 깨워도 괜찮아. 먼 곳에서 돌아오는 아버지를 매일 보는 것도 아니고."

십자가에 매달린, 세상의 죄를 짊어진 주님. 파도가 나를 감쌉니다, 그리고 멀리 데리고 갑니다, 나를 놓아주지 않습니다, 다시는 돌아올 수 없습니다, 없었던 일로 할 수는 없습니다, 해안선이 사라졌습니다, 저 멀리 현기증 나는 바다 위에, 정처 없이 —— 눈앞에 흐릿한 안개가 서립니다.

작은 방은 온통 하얗습니다, 분홍색과 파란색 벽들, 하얀 천장, 하얀 모슬린, 창문들은 열려 있습니다, 바람은 방 안으로 하얀 솜털 같은 커튼을 밀쳐 댑니다, 노란 매트 위에는 햇살의 둥근 반점들이 춤추고 있습니다, 아무 소리도 없습니다, 나는 나의 숨소리를 듣습니다, 두 여자가 내 옆에 가만히 서 있습니다, 구석에 작은 침대가 있습니다, 하얗게 래커칠한 나무 받침대에, 하얀 베개들, 세 걸음 만에 그녀는 아이 침대로 다가갑니다, 침대의 목재 가드 너머로 몸을 굽힙니다, 나무가 그녀의 품에 밀착됩니다, 옷이 위로 말려 올라갑니다, 나는 그녀의 검은 신발을, 하얀 양말을 봅니다, 두 개의 둥근 종아리, 몸은 진동하듯 되돌아와 자리 잡습니다, 그녀는 깊게 숨을 몰아쉽니다, 그녀의 손 안에서 뭔가 움직입니다, 작고 희미한 움직임, 뻗어 나오고, 깨어나 거세지고, 높이 들어 올린 작은 발로 발버둥치면서 덮개를 밀쳐 냅니다, 부드럽고 작은 몸뚱이가 벌거벗은 채 빨개져 그녀의 팔에 안겨 뒤챕니다, 빛을 향해 발버둥칩니다, 삶과 세상을 향해서, 작은 주먹을 아플 만큼 꽉 쥐고, 눈꺼풀은 꾹 닫혀 있습니다. 이제 그녀는 내 곁에 섭니다, 아이를 성광4)처럼 앞으로 내밀며, 내 팔에 맡깁니다. 나는 아이를 내려다보는데 만질 엄두가 나지 않습니다. "당신

---

4) 聖光. 가톨릭 성체 강복 때에 성체를 보여 주는 데 쓰는 제구(祭具).

아이야."라고 그녀가 말합니다, "그렇잖아, 당신을 꼭 닮았어,
까만 섬모며, 작고 둥근 코, 당신 아이 때 사진을 내가 책상에
서 찾았어, 짧은 바지를 입고 찍은, 귀엽고 재미있는 사진, 봐,
아이도 웃는 거 같잖아, 작은 손가락들이 당신 손가락을 붙
잡네, 그래, 그래, 그래, 아빠가 돌아오셨단다, 아빠, 아아빠, 라
고 불러 봐, 아아빠, 봐, 아이가 입을 둥글게 오므려, 아아빠,
저기, 정말로, 들려, 아이가 처음 한 말이야, 얼마나 많이 내가
그걸 아이에게 읊어 주었던지, 마침내 이 녀석이 그걸 알아들
었네, 오늘 처음으로 하는 말이야, 아아빠, 아아빠, 내 귀여운
아이, 금쪽 같은 녀석!"

　　그때 문을 긁는 소리가 들립니다, 으르렁거리면서 뭔가 찾
는 둔중한 소리, 문손잡이가 두 번 어설프게 아래로 접힙니
다, 방 안에 개가 들어옵니다, 몇 번의 크고 야생적인 도약을
하며 내게 달려듭니다, 아이를 향해 양쪽 앞발을 높이 쳐듭니
다, 나는 하마터면 아이를 놓칠 뻔합니다, 마지막 순간 그레테
가 아이를 손에서 채 갑니다, 그 짐승의 광기가 수그러듭니다,
커다랗고 빨간 눈으로 그것은 나를 노려봅니다, 의미 없이 짖
으면서, 다시 한번 방을 가로질러 그 여자에게 달려갑니다, 끙
끙대며 그녀의 무릎에 몸을 비빕니다, 꼬리가 침울하게 흔들
리고, 벌어진 주둥이에는 붉은 혀가 축 늘어져 있습니다, 개는
털이 더부룩한 고개를 돌립니다, 마치 구걸하듯 그녀를 올려
다봅니다, 개는 뒷발로 섭니다, 그녀의 팔에 기댑니다, 그녀는
필사적으로 아이를 팔로 끌어안고 있습니다, 개는 숨을 멈추
고 팔과 다리, 그리고 벌거벗은 아이의 몸을 핥습니다.

나?

"너 미쳤니, 네로? 대체 무슨 생각이야? 애가 떨어질 뻔했잖아!"

"이 짐승을 치워 버려." 나는 무뚝뚝하게 말했습니다. "나는 그걸 참고 볼 수가 없어." 나는 문을 열고 나갑니다, 나의 방으로 돌아갑니다.

메스꺼운 기분입니다. 그 짐승이 나를 혼란스럽게 했습니다. 나는 그 짐승이 밉습니다. 그건 꿈에서도 나를 쫓아올 것 같습니다. 그건 마치 사람 같습니다. 대체 그게 바라는 게 뭘까요? 이 모든 게 그 짐승에게 무슨 상관인가요? 우습습니다. 다 나의 상상일 뿐입니다. 나의 신경은 완전히 분열되었습니다. 빌어먹을 전쟁. 그러나 이제 다 괜찮습니다, 나에게는 집이 있고, 아내와 아이가 있습니다, 괜찮지 않을 일이 뭔가요, 내가 원한 것은 아닙니다, 내가 그 여권을 손에 넣었을 때, 이건 생각지 않았습니다, 나는 단지 그 더러운 진창에서 벗어나고 싶었습니다, 나는 단지 새로운 삶을 시작하고 싶을 뿐입니다, 나는 프롤레타리아가 아닙니다, 나는 이제 괜찮은 신사입니다, 아무튼 그런 사람입니다, 그러므로 나는 아무도 속이지 않습니다, 그녀는 나와 함께라면 충분히 행복할 수 있을 겁니다, 내가 아니면 대체 누가 그녀와 함께하겠습니까, 아이는 "아빠"를 허공에 대고 불러야 할 겁니다, 생글거리며, 앙증맞고 발그레한 발을 흔들고 있는 저 아이는, 그 개가 대체 뭐 대수로운가, 조심하면 됩니다, 나는 아무것도 다시 내주지 않을 겁니다, 여기 지금 내가 있고, 이를 악물고 지킬 것입니다, 나의 아이, 나의 아내—그레테! 끔찍합니다! 나는 그녀를 속이고 있습니다, 나는 이 여자를 알았던 적이 없습니다, 나는 나 자신과 더불어 그녀를 속이고 있습니다, 이 모든 것은 혐오스럽습니다, 그러나 나는 그녀가 좋습니다, 나는 그녀를 좋아합니다, 이렇게 갑작스럽게도 그런 일이 일어날 수 있습니다, 이런 건 처음입니다, 그녀를 생각하면, 가슴속에 뭔가 또아리를 틀어 아픈 느낌입니다, 그녀의 머리카락, 그녀의 입술, 그녀의 눈, 그녀가 몸을 굽혀 아이를 살피는 것을 바라볼 때 마음이 아립니다, 내가 대체 무슨 짓을 저지르고 있나요, 내가 대체 무슨 짓을 저지르고 있는 건가요?

문을 두드리는 소리가 납니다. 그녀입니다. 어떻게 내가 그녀를 벗어나 혼자 내 방에 있었을까요. 프롤레타리아는 그렇게 행동하겠지만, 배운 사람은 그러지 않습니다. 나는 왜 그 문을 여는 것을 망설이나요? 내가 그녀를 사랑하기 때문에? 나는 도둑인가? 미쳐버릴 것 같습니다!

"미안해." 그녀가 말합니다, "이 멍청한 짐승! 하지만 내가 그걸 어떻게 알았겠어. 지금은 당신 혼자 여기 누워 잠시 쉬는 편이 나을 거 같아, 아직 사람들이 익숙지 않을 테니까. 가만히 있어, 하지만 내가 곁에 있을게, 눈을 감아, 난 그저 조용히 있을게, 난 단지 당신을 보고만 있으면 돼, 단지 그거, 당신을 보고 있는 거, 괜찮지?"

"손을 내 이마에 얹어 봐." 나는 나지막이 말하며 눈을 감습니다.

"응, 그게 좋겠어, 당신은 이제 나의 또 다른 아들이야! 지금부터는 내 품에서 절대 빠져나가지 마!"

얼마나 오래 나는 그렇게 누워 있는 걸까요? 나의 이마 위에는 그녀의 손이 있습니다, 언제나 그녀의 손이! 나는 그녀의 아이입니다, 나는 보호받고 있습니다, 폭풍이 나를 이 손 아래로 데려왔습니다, 다 괜찮습니다.

내가 잠든 걸까요? 그럼에도 말할 수 있다면 말하고 싶습니다, 모든 것을 이 손에게 말하고 싶습니다, 나의 뜨거운 얼굴 위에 머물고 있는, 가녀리고, 고요하며 완전한 믿음을 주는 이 손에게. 나는 더는 말할 수 없게 될 것입니다, 비밀은 마치 장벽처럼 내 입을 짓누릅니다, 즐거움과 쾌락과 삶을 짓누르고 있습니다. 그러나 바로 그 때문에 나는 비밀을 간직합니다, 바로 그 때문에! 나는 살고 싶습니다, 나는 이 손에 입 맞출 수 있기를 바랍니다, 가녀린 손가락 사이에, 차갑고 둥근 손끝에, 작고 매끈한 담홍색 손톱에 입술을 대고 싶습니다.

"뭐 하고 있어." 그녀가 의아한 듯 묻습니다. "당신은 자야 한다니까!"

"그래, 그래, 나는 자고 있어. 이건 모두 그저 꿈이야, 모두가 단지 꿈, 그레테, 모두 마찬가지야, 우리는 그것이 진짜인지 아닌지 생각해서는 안 돼, 당신은 행복하잖아, 그렇잖아, 나만큼 행복하지, 당신은 나를 사랑하지, 그리고 우리는 함께야, 내가 당신 손가락들을, 당신 손을 잡고 있어, 다른 것은 그냥 다 환영일 뿐이야, 사람을 암흑으로 내던져 버리는 악마들, 하지만 당신은 빛이야. 당신은 나를 치유해, 모든 아픔이 내게서 떨어져 나가, 나는 당신에게 잘하고 싶어, 그 무엇도 나를 막을 수 없어, 당신은 나의 아내이고, 나의 구원이야, 사랑해, 사랑해,

그레테!"

　그녀의 입술이 나의 입술 위에 포개져 있습니다, 나는 그녀의 이마, 가슴, 목, 그리고 눈에 입을 맞춥니다, 그녀의 가슴이 요동칩니다, 그녀의 눈이 커지고, 부드러워지고 어두워집니다, 그녀의 손에서 힘이 다 빠집니다, 우리 둘은 안락의자 위에 누워 있습니다, 그녀의 숨이 얼굴에 뜨겁게 불어옵니다, 그녀의 몸이 떨리는 것이 느껴집니다──. 그때 바깥, 문 앞에서 어떤 목소리, 말소리가 들립니다, 어딘지 소란합니다, 나는 언젠가 그 소리를 들었을 것입니다, 마치 날카로운 바늘에 찔린 기분입니다, 나는 아무것도 알고 싶지 않습니다, 그건 나와 아무 상관이 없습니다, 그녀가 내 팔에 안겨 있고, 세상은 여기서 끝납니다, 벽 하나, 그 외에 나는 아무것도 알지 못합니다, 지금은 다른 것을 알 수가 없습니다──그때 아주 조심스럽게 문을 두드리는 소리가 납니다, 나이 든 가정부의 목소리가 벽을 통해 들립니다.

　"스벤 보르게스 씨가 찾아왔습니다. 박사님 내외를 뵙고 싶어 해요."

　그녀는 일어섰습니다, 어느새 저녁이 되었고, 먹먹한 빛이 창문에 붙어 있습니다, 나는 그녀의 눈을 더는 들여다볼 수 없습니다, 그녀가 이마를 숙였습니다, 그러지 않았다면 그녀의 부드러운 턱이 어스름 속에 단단하고 까맣게 드러났을 것입니다.

　"우리는 그를 만나지 않을 거예요." 그녀는 잠시 말이 없다가 입을 열었습니다, 그녀의 목소리는 단호하고, 조금 이상하게 갈라져 있습니다. 그녀의 몸이 뻣뻣하게 굳어 있습니다.

"그 사람이 당신을 사랑해?"

"몰라. 아마 나를 미워하기도 하는 것 같아. 그건 아무래도 상관없어. 나는 그 사람을 좋아하지 않아."

갑자기 몸을 틀면서 그녀는 말합니다. "그가 여기 온 것은, 휴가 중에 들른 거였어, 반년 전에, 그리고 석 달 전에 한 번 더, 그 사람이 당신의 안부를 전했어, 오늘 같은 어느 오후, 그는 맞은편 의자에 앉아 있었고, 그의 시선은 줄곧 내 눈을 향해 있었어, 잿빛의 둥근 눈이야, 마치 차가운 구슬 같은, 한번 보면 그 눈에서 벗어나지 못할 거야, 마치 생쥐 같은. 그는 당신을 봤다고 했어, 당신과 함께 있었다고, 나는 당신 이야기를 들을 수 있어 행복했어, 그래서 그를 식사에 초대했지, 안될 것도 없잖아, 그 사람은 당신 친구잖아, 당신은 저 멀리 참호 속에 있었는데, 당신이 보낸 무언가가 방 안에 당도한 거였지, 나의 곁으로 바싹 다가온 거였어, 그 사람은 헤어질 때 본 당신의 얼굴, 당신이 한 말들을 기억하고 있었어, 당신이 웃는 것을 보았다고 했어, 당신의 몸짓들, 그 일부가 그 남자에게 흡수되어 되비치고 있었을 거야, 나는 너무나 기뻤어, 더는 나 혼자가 아니었어, 나는 그의 말을 들었어, 무슨 말을 하는지도 모른 채, 당신도 그 사람 목소리를 들어 보았지, 나는 마치 다리 위를 걷듯 걸었어, 폭풍 같은 시간의 무한한 광대함 위를 부유했어, 우리 사이에 놓인 수만 리 땅 위를, 나는 당신 곁에 있었고, 당신이 나의 눈앞에 살아 있는 것을 보았어, 모든 것이 되돌아왔어.

그런데 그 사람은 그것을 오해했어, 내가 들뜬 것이 자기 때문이라고 생각한 거야, 나의 얼굴에 어린 환희와 행복 말이야, 그는 내 손을 덥석 잡았어, 나는 그때까지도 무슨 일인지 알지 못했지, 갑자기 그의 입술이 내 손에 닿았어, 그의 팔은 뜨겁게 달아올랐어, 나는 뒤로 물러섰어, 소스라친 채 그를 노려보았지, 그의 손은 허공을 휘적대고 있었어, 그의 입술에서는 알 수 없는 말들이 더듬더듬 흘러나왔어, 겨우 이 초쯤이었을까, 그는 정신을 추슬렀어, 사악한 미소가 그의 입가에 떠올랐어, 눈은 탁한 빛을 띠었어, 그리고 인사를 하더니 나가더군."

"두 번째는—."

"석 달 후에 그가 다시 찾아왔어. 왜 그는 늘 휴가를 받고, 당신은 아니었을까? 당신 때문에 화가 났어, 마음이 상했어, 그 사람보다 당신이 나를 덜 사랑했던 건가, 그 사람에게 미안한 마음도 들었을지 몰라, 아니면 허영심, 또는 호기심이었을까, 혹은 그저 그 사람이 당신과 아는 사람이었기 때문이었을 거야. 나는 그 사람의 방문을 다시 허락했어, 그는 더 나이 들어 보였어, 이마에는 특이한 주름들이 잡혀 있었어, 왼쪽 어깨가 위로 치켜 올라가고, 얼굴은 잿빛이었지. '전쟁이 곧 끝나나요.'라고 물었어. '그걸 원하지 않으시나요.' 그가 대꾸했어, 그의 목소리는 공허하게 울렸고, 입술은 꾹 다물고 있었어, 그는 말을 하는 동안, 그 공간 안에 있는 사람처럼 보이지 않았어, 전혀 거기에 없는 것처럼, 마치 온전히 다른 일에 몰두하는 사람 같았어. 나는 당신 안부를 물었어, 그 사람은 내 말을 못 들은 체했어, 나는 그의 손 위에 내 손을 올려놓았어, 그제

서야 나를 바라보더군, 한 마리 동물처럼 상처 입은 듯, 그 사람의 두 눈에서 초록빛이 뿜어져 나왔어, 하얀 이마 위의 주름들은 높이 치켜올라갔어, 갑자기 그가 소리를 질렀어. '너를 그냥 두지 않을 거야, 모든 것을 알 때까지 멈추지 않을 거야, 나는 너의 흔적을 쫓고 있다, 나는 너의 흔적을 쫓고 있다.'"

"언제? 어디서? 이런 미친놈!"

"그래. 나도 그렇게 생각해. 그의 입술은 새하얘졌고, 떨고 있었어, 어깨는 바싹 움츠러들었어, 나는 한마디도 내뱉을 수 없었어, 뭔가 물을 수도, 대꾸할 수도 없었어. 그 사람도 당황한 것처럼 보였어, 문 앞에서 그는 한 번 더 돌아섰어, 흥분한 기색은 얼굴에서 사라지고 없었어, 그는 맥이 빠지고, 고통과 결핍에 찌들어 보였어. '미안합니다.'라고 그는 거의 울먹이며 중얼거렸어, '용서하세요. 내가 했던 모든 말들, 내가 하게 될 모든 일들, 그게 나보다 더 강해요, 그건 한 인간이 어쩌지 못해요. 나는 그러다 죽을 거예요, 나는 그걸 압니다, 그런데 그 사람도, 그 역시, 일찍이, 가장 먼저!'"

"그러니까 그게 전부 ─."

"그 사람을 집 안에 들이지 마, 난 무서워!"

"대체 뭐가? 무엇이? 다 어처구니없는 일인데."

나는 힘껏 용기를 내어 말했습니다, 피가 관자놀이에서 끓어올랐습니다, 나는 자리에서 일어나 그녀 앞에 섰습니다, 뭔가가 나에게 다가섰습니다, 그것을 대면해야 한다고 생각했습니다, 그 남자는 무엇의 흔적을 쫓았을까요, 그는 무엇을 알아낼 수 있었을까요, 그것에 대해 뭔가 알아낼 사람이 있단 말인가요, 만약 그렇더라도, 그건 어려움 없이 처리할 수 있을 겁니다, 나는 다른 사람이 되어 있었으니까요, 아무 일도, 그래요, 아무 일도 일어날 수 없습니다, 나에게도, 그레테에게도. 나를 찾아낸다고요? 불가능합니다. 결코. 내가 알 수 있었겠습니까, 그것이 전혀 불가능하지 않았다는 걸, 내가 알지 못했던 전혀 다른 흔적이 어딘가에 있었다는 걸 ―.

나는 그녀의 몸을 팔로 감싸안았습니다, 이제 아주 분명해졌습니다, 나에게는 하나의 과제, 책임이 있었습니다, 무슨 일이 있어도 그녀를 보호하는 것, 그녀는 연약했고, 나의 보호 아래 있었습니다, 나는 그녀의 남편이었습니다, 유령 따위는 더이상 없었습니다, 내가 모든 권한을 가지고 있었습니다, 그녀는 나에게 의지하고 있었습니다, 그녀는 곤경에 처했고, 내가 그녀를 구해도 좋았습니다, 나는 아주 행복했습니다, 자랑스러움이 내 안에서 솟구쳤습니다, 그때까지 전혀 알지 못했던 힘에 대한 느낌이었습니다, 나는 그녀를 올려다볼 필요가 없었고, 그녀가 나를 바라봤습니다, 그녀는 유약했고, 나는 강했습니다, 누가 감히 나의 행복을 흔들겠습니까?

문턱에서 다시 한번 그녀는 멈춰 섭니다, 격정적으로 내 목을 감싸안습니다, 덜덜 떨면서 몸을 나에게 밀착시킵니다, "가지 마, 가지 마." 그녀가 숨을 내쉽니다, 내 안에서 어떤 반항심이 솟습니다, 거의 분노에 가깝습니다, 그런 느낌은 가져 본 적이 없습니다, 그녀는 내게 반항하려는 걸까요, 어쩌면 그녀가 다른 사람을 사랑하는 걸까요, 그럴까요? 나는 그녀를 때릴 수도 있습니다, 나는 팔을 들어 그녀를, 그녀의 얼굴을, 하얀 뺨을 칠 수도 있습니다, 하얗고 투명한 피부, 연약하고 둥근 목에 피가 나도록 말입니다, 그녀는 나의 피조물입니다, 내 안에 살고 있습니다, 단지 나를 통해서만 삽니다, 내가 그녀의 남편입니다, 주인입니다, 왜 그녀가 다른 남자를 바라보겠습니까? 저항? 저항이라고요? 그녀가 감히 그럴 수 있을까요?!

"왜 그런 눈을 해?" 그녀가 말합니다, 그녀의 얼굴이 아주 가까이 있습니다, 그녀는 무력하게 간청하듯이 나의 눈을 바라봅니다, "그건 이미 오래전에 지나간 일이라고 생각했어, 전장에 나가 있는 동안 당신도 그걸 잊어버렸겠지."

잊었다고? 무엇을요?

나는 그녀를 바라보았습니다, 나를 알 수가 없습니다, 어디서 그런 생각이? 때린다고요? 이 얼굴을? 이 몸을? 나에게 선사된, 나에게 맡겨진 이 피조물을, 나는 영예롭고, 축복을 받았습니다. 그레테, 그레테!

"결코 다시는 안 그럴 거지, 그렇지? 나는 당신의 것이야, 오로지 당신의 것, 그건 당신도 잘 알잖아, 몇 년 동안 나의 그리움은 오직 당신만을 향했고, 희망도, 두려움도, 절망도 모두 늘 당신을 둘러싼 거였어, 사랑도, 삶도 모두 다, 오직 언제나 당신, 언제나 당신, 언제나 당신뿐!"

나는 그녀의 이마에 입을 맞춥니다, 눈과 입에 입을 맞춥니다, 그녀는 웃습니다, 그녀는 마음이 완전히 풀어지고 행복해합니다, 나는 이제 그녀의 발아래 엎드려, 그녀의 발에 입 맞출 수 있을 것 같습니다, 가녀린 다리에, 마치 그녀가 아이에게 몸을 숙이듯이, 그녀 품에 안긴 나의 아이, 나의 아이, 나는 그녀의 모든 것을 사랑합니다, 눈썹 하나까지, 솜털 하나까지, 이제 그녀의 머리가 내 가슴에 놓입니다, 나는 손을 그녀 머리 위에 둡니다, 그녀는 일어섭니다, 그녀가 웃습니다, 어떤 일도 더 일어날 리 없습니다. "이리 와."라고 그녀가 말합니다, 우리는 팔장을 낀 채 안으로 들어갑니다, 방 안에는 이미 불이 켜져 있습니다, 전기등입니다, 창문에 커튼이 쳐져 있고, 방 한가운데에 놓인 탁자 둘레에는 아무도 앉지 않은 여섯 개의 의자들이 있습니다, 왼쪽에 있는 책상은 너비가 길고 갈색입니다, 책상 위에는 묵직하고 하얀 필통이 놓여 있습니다, 네모진 모양이 마치 묘비 같습니다, 그 앞에 활짝 펼쳐진 한 권의 책, 무엇이 쓰여 있을까요, 누가 그 책을 읽고 있었을까요, 아마 내가 아닐까요, 역시 나였을까요? 나의 책상, 다시금 모든 것이 떠오릅니다, 여기에 내가 앉아 있었습니다, 당연합니다, 여기에서 내가 예전에 일을 했습니다, 그런데 저기, 책상 앞에 있는 둥근 밀짚 깔개가 놓인 이 의자는——그래요, 회전합니다, 늘 둥글게, 지금 당장 그 위에 앉아 보고 싶습니다, 혹은 손을 기대 보고 싶습니다, 의자를 빙빙 돌려야 합니다, 가운데 나사 축은 가늘고 은빛인데 우스꽝스럽게 높이 솟아 있어 마치 가느다란 목 위에 아주 납작하고 평평한 머리가 놓인 것 같습니다, 그때 마지막 바퀴 회전이 거세지더니 부서지는 소리와 함께 그것이 날아가 바닥으로 떨어집니다, 목이 구부러져 휘어집니다, 나는 구부러진 목을 조심스럽게 다시 의자 위에 얹습니다, 그것은 꼭 술에 취한 듯 비스듬히 기울어진 채 다시 빙빙 돕니다, 더이상 돌지 못하고 서서히 멎을 때까지, 나무 지주가 끽끽대고 판의 모서리는 비스듬히 물려 버립니다. 문 왼쪽에 스벤 보르게스가 서 있습니다, 그는 꼿꼿합니다, 어깨는 이제 경련하지 않고, 안정되며 곧게 뻗어 있습니다, 목도 똑바릅니다, 그는 그레테를 바라봅니다, 그녀에게 다가와 머리를 숙입니다, 입가에는 의례적인 미소가 어려 있습니다. 그는 그녀의 손으로 몸을 기울여 입을 맞춥니다, 그러고는 나에게 다가와 손을 내밉니다, 손을 세게 쥡니다, 그의 손은 산처럼 넓적합니다, 그 손안에 들어가는 것은 무엇이든 으스러집니다, 나도 강철처럼 단단히 그의 손을 꽉 쥐었습니다, 그건 손으로 하는 싸움입니다. "자, 이제, 그만 놓으세요."라고 그레테가 웃으면서 말합니다, 목소리는 조금 갈라져 있었습니다, 얼굴은 조금 난처해 보였습니다, "당신이 돌아오자마자 한스와 나를 누구보다 먼저 찾아 주셔서 기뻐요. 이제 두 사람이 모두 여기 있군요, 두 분 모두 이렇게 살아서, 전쟁은 끝났어요, 당신들의 불길한 예감들이 허공으로 사라졌어요!"

그녀는 밝아 보이고 싶어 했습니다, 경쾌하게, 침울할 일은 이제 없습니다, 위험할 것도 더는 없습니다, 내가 그녀 곁에 있고, 어떤 위험도 그냥 두지 않을 것입니다, 그녀는 그걸 느낍니다, 내가 여기 있으니 안심입니다, 아내 같은 여자는 혼자 두어서는 안 됩니다, 그가 그녀를 바라보는 태도를 보면, 나는 그에게 한 방을 날릴 수도 있을 것 같습니다, 하지만 그 앞에 마치 하나의 벽이, 기차의 유리창 같은 것이 가로놓인 듯합니다.

이제 우리는 탁자에 둘러앉습니다, 그레테가 리쾨르를 가져오게 합니다, 마개가 달린 작고 세련된 유리병에 담긴 리쾨르,

작고 알록달록한 유리잔들, 그를 위해 왜 이렇게까지 애를 써야 하는지, 그냥 목을 잡아끌어서 내던져 버리면 될 것을, 독사처럼 떨쳐 내 버려야 할 것 같은데, 왜 그는 줄곧 말이 없을까요, 왜 아무 말도 하지 않을까요, 왜 단지 거기 앉아 있기만 할까요. "한 잔 더 드세요."—"고맙습니다."—마치 한 마리 두더지 같아, 그녀는 말합니다, 수천 개의 빨판으로 들러붙어 있는 물고기 같아, 그를 도발하여 불안에 빠뜨려야 합니다, 슬슬 피해서는 안 됩니다, 그놈처럼 어슬렁 숨어 있어서는 안 됩니다, 그가 무엇을 알고 있을 수 있을까요, 그는 누구인가요, 그가 나에게 무슨 일인가 저지른 적이 있지 않을까요, 그레테가 나타나기 전에, 그녀가 거기 있기 전에, 그런 때가 한 번 더 있지 않았을까요, 나는 마치 무덤 속에 누워 있는 것 같습니다, 나는 이 모든 것을 이미 한번 경험했습니다, 그런데 어떻게 그랬는지 모르겠습니다, 무언가 바람을 타고 날아옵니다, 내려앉아 한 사람에게 부딪칩니다, 소리 없이 하얗게 영혼은 허공을 부유합니다, 모든 것이 마치 젤라틴 같습니다, 손에 잡히지 않고 흐릿한 환영, 그런 세계 한가운데에 경이에 사로잡혀 앉아 있습니다, 여기 우아하게 장식한 방에 내가 앉아 있습니다, 나를 미워하는 한 남자가 맞은편에 앉아 있습니다, 이유는 모릅니다, 그리고 그레테가 있습니다, 나의 아내, 마치 배우처럼 나는 무대 위에 올라 있습니다, 나의 배역이 무엇이었는지 알게 될까요, 나의 연극은 끝까지 쓰여 있을까요, 이전에 이미 다 결정된 채, 나는 단지 그것을 따라 말하는 것입니다, 아주 오래전 태곳적의 무언가를, 나의 말들이 입에서 저절로 떨어집니다, 나의 피는 스스로 갈 길을 갑니다, 나를 감싸고 있는 것은 근육과 살덩이입니다, 나는 나 자신 안에 들어앉아 있습니다, 나의 눈으로, 마치 좁은 구덩이에서 바깥을 내다보듯이 둘러봅니다, 거기에 세계가 있습니다, 거기에 다른 삶이 있습니다, 인간과 거리와 구름과 방, 그리고 운명들, 나는 거기에 속한 사람입니다, 스스로 그 안에 들어서는—나는 대체 어디에 있는 것인가요, 무슨 일이든 벌어져야 합니다, 내가 무언가 해야 합니다, 그러지 않으면 내가 당할 겁니다, 두 사람이 무슨 말을 하는지 귀 기울여 들어야 합니다, 반드시 그래야 합니다, 그런데 그레테는 왜 자리에서 일어서나요, 그녀를 다시 불러야 합니다, 춤추듯이 가벼운 종종걸음으로 그녀가 나갑니다, 무슨 생각일까요? 저 친구에게 보여 주려는 걸까요, 그런 건가요? 그에게 나를 내맡기고, 그 남자 때문에 나를 배신하려는 건가요, 그를 사랑하는 건가요, 결국 그를 사랑하려는 건가요, 그녀를 따라갈 겁니다, 그래야만 합니다, 그녀에게 돌진해서 덮쳐야 합니다, 그 남자가 내게 무슨 상관인가요, 그녀는 나의 아내입니다, 나는 그녀를 따라갈 것입니다, 그런데 그가 먼저입니다, 그가 먼저입니다, 곧바로 나는 그를 붙들고, 그의 목을 바로 부여잡으려 합니다—, 그 남자는 나를 홱 바라봅니다, 차갑고 날카롭게, 그는 말합니다.

"당신 아내가 자리를 비웠군요, 이 틈을 빌려야겠습니다, 당신에게 해야 할 말이 있습니다, 우리 둘 사이에 있었던 일은 잊기로 합시다, 오늘 기차 안에서 내가 보인 태도를 용서해 주십시오, 당신을 갑작스럽게 맞닥뜨린 충격 때문이었습니다, 코흐 대령이 말씀하시길, 당신은 마지막 날까지도 그곳에 남아 있었다고 했습니다, 나는 그것을 믿으려 하지 않았어요. 나는 다시 한번 그 참호들을 가로질러 갔어요, 당신도 아시잖아요, 나는 당신이 있던 곳에서 그렇게 멀리 떨어져 있지 않았어요, 우린 더 자주 만났으면 좋았을 거예요, 다 지나간 일이지만, 내가 당신의 시신을 실제로 발견했더라면, 장미 화환을 놓아 드렸을 겁니다, 나는 아마 모든 것을 잊어버렸을 겁니다, 죽음은, 그래요, 모든 것을 지워 버리죠, 그런데 당신은 지금 살아 있고 다시 집으로 돌아왔네요, 당신의 아내에게로, 나는 다시 당신의 친구가 되고 싶습니다."

나의 친구라니요? 장미라니요? 그의 눈은 차갑고, 잿빛입니다, 얼굴은 굳어 있습니다, 목은 가늘고 굽었으며, 입술은 꾹 다물고 있습니다, 왼쪽 어깨가 움찔합니다, 그는 몸을 추스릅니다, 그는 서두르지 않습니다, 그는 자신의 먹잇감을 기다리고 있습니다. 이미 한번 이런 일이 있었습니다, 그가 이렇게 나의 맞은편에 앉아 있었던 순간이, 언제인지는 모르겠습니다, 왜였는지도 모르겠습니다, 지금과 거의 비슷했습니다, 그건 이제 아무려나 마찬가지입니다, 그는 내 친구가 되고 싶어 합니다, 그를 물리치지는 말아야 합니다, 전쟁은 끝났습니다, 이제 다 괜찮습니다, 살아 있다는, 죽어 누워 있지 않다는, 갈가리 찢겨 진흙 속에 파묻히지 않았다는 사실에 감사해야 합니다, 나는 혼자입니다, 친구가 한 명쯤 있어야 합니다, 그 사람이라고 왜 친구가 안 되겠습니까, 나는 어차피 아는 사람도 없습니다, 누군가를 알았던 기억이 없습니다, 그는 영리합니다, 그리고 나는 두려움이 없습니다, 아무도 믿지 않겠지만, 그렇습니다, 그 남자도 그레테도, 나는 남자입니다, 나는 그것을 증명했고, 누구도 감히 하지 않는 일을 감행했습니다, 그리고 살아남았습니다, 삶은 새로 시작될 것입니다, 이제야 비로소 삶이 시작됩니다, 그건 쉽지 않을 것입니다, 그는 나를 도와야 합니다, 그를 내 계획 속에 포함시킬 것입니다, 그에게 물어볼 것입니다, 그가 하는 일의 상황에 대해, 그는 이미 알 것입니다, 왜냐하면 그의 직업은 결국 ─ 그리고 나의 직업은 ─.

"곧장 일하러 가실 건가요?"라는 말이 위에서 메아리처럼 들려옵니다.

"네, 그러니까, 며칠 지나고요, 아마 그럴 거예요, 일단 한번 지켜봐야겠죠, 이것저것 먼저 정리해야 할 일들이 있을지도 모르고요, 우선 좀 쉬어야 할 수도 있으니까요, 그렇지 않나요, 당신도 그러시겠죠, 당신도 당장 모든 일을 한꺼번에 하려는 건 아니잖아요, 상황이 어떻게 될지 기다려봐야 할 것 같습니다."

"왜 기다립니까? 다른 사람들이 돌아오기 전에 뛰어드세요. 지금 모두 다시 일로 몰려가고 있어요, 극심한 경쟁이 시작될 겁니다, 지금 식탁을 차리지 않으면[5] 너무 늦을 거예요."

그는 내 발목을 잡으려 합니다, 나를 떠보려 합니다, 나는 들키지 않을 것입니다, 그는 나에게서 아무것도 찾아낼 수 없을 것입니다, 내게 코를 들이대며 맴돌고, 그의 흔적을 쫓겠지

---

5) Tafel decken. 식탁 차리기는 제때 준비하고 기회를 잡는 것을 의미한다.

만 나는 거리낄 것이 없습니다, 나도 그만큼 영리하고, 그만큼 잘 배웠습니다, 친구라니, 뒤를 캐는 친구라니, 혹은 내가 지나치게 민감한 것일까요, 그는 좋은 뜻으로 말했을 것입니다, 분명 그럴 것입니다, 그레테가 있는 자리에서만은 확실합니다, 모든 경우에 대비해야 합니다, 아닙니다, 공격해야 합니다, 아닙니다, 선수를 쳐야 합니다, 측면으로 쳐들어가야 합니다, 어떤 경우에라도 말입니다.

"그런데 당신은요? 당신 일은요?"

"─내일 시작합니다. 범죄자는 때를 가리지 않으니까요!"

"서글픈 직업이네요─."

"그렇게 생각하시나요? 법관 모자를 쓰고, 검사라는 직위에서, 권위를 위임받아 불의를 단죄하는 일을─."

"권위란 저절로 힘을 발휘하죠."

"하지만 그건 우리의 손을 도구로 씁니다. 누구나 스스로를 방어해야만 할 테니까요.─예전에는 달리 말했었죠."

예전이라고요? 그가 다시 나를 탐색하려는 건가요? 위협하려는 건가요? 하나의 방벽에서 다른 방벽으로. 그가 나를 찾아내서는 안 됩니다.

"그사이 전쟁이 있었습니다, 전쟁과 죽음. 우리 안의 많은 것이 달라졌어요, 사라지고, 변하고."

"하지만 시간이 흘러도 사라지지 않는 것들이 있습니다, 늘 남아 있는 것들, 그것을 아는 사람에게는 핏빛 표식으로 보이지요, 속죄를 하기 전까지는요."

"그럴 수도 있겠죠."

"비록 법으로는 더이상 처벌하지 않는다 해도, 결코 치유되지 않는 상처들이 있습니다, 언제든 다시 터지고, 늘 벌어지는 상처들이죠. 그 안에 무언가 남아 있기 때문입니다, 아직 작은 파편일 뿐일지라도, 그것은 절대 아물지 못합니다, 고름이 계속 섬세한 피부를 뚫고 흘러나옵니다. 의사인 당신은 그걸 누구보다 잘 아실 겁니다."

나, 의사인 나, 물론 틀림없습니다, 잠깐, 의사인 내가 어떻다고요, 그가 왜 그 말을 나에게 하는 건가요, 무슨 비밀이라도 누설하듯이, 어리석습니다, 우스울 정도로 어리석습니다, 내가 의사라는 것은 나도 잘 알고 있습니다, 외과 의사, 물론입니다, 저기 옆쪽에 놓인 벽장에는 기구들이 있을 것입니다, 오른쪽 문은 진찰실로 이어집니다, 그곳은 온통 새하얗습니다, 도구들이 번쩍입니다, 가스 풍로는 유리 칸막이 뒤에서 증기를 뿜습니다, 거기에 가스관이 있고, 멸균기, 무늬가 새겨진 뚜껑 덮인 유리 단지, 탈지면, 가루약과 요오드가 있습니다, 모든 것이 분명합니다, 구름처럼 나의 두뇌 앞을 가렸다가, 이제 증기처럼 흐려지고 있습니다, 나는 곧 들어가야 합니다, 모든 것이 제자리에 있는지, 깨어진 것은 없는지, 먼지로 뒤덮이지는 않았는지, 눈으로 보고, 손으로 만져 봐야 합니다, 그레테는 그곳에 들어오면 안 됩니다, 언젠가 내가 그녀에게 출입을 금지했습니다, 지금은 누가 진찰실을 살피고 있을까요, 당장 물어봐야겠습니다, 간호사를, 조수를 즉시 불러야 합니다, 모든 것이 다시 돌아가고 있을 것입니다, 모든 것은 다시 시작되어야 합니다, 환자들은 대기실에 빽빽이 서 있습니다, 그는 양해를 해 줄 것입니다, 나는 더이상 여기 앉아 이야기나 하고 있을 수는 없습니다, 나의 삶은 그럴 수가 없습니다, 사람은 일해야 하고, 돈을 벌어야 합니다, 아주 많이, 나는 그레테에 게 검은 진주가 박힌 반지를 사 주어야 합니다, 그것을 그녀가 줄곧 원하지 않았던가요, 검은 진주, 혹은 그녀는 이미 그것을 왼손 가운뎃손가락에 끼고 있는지도 모릅니다. 하얀 피부 위의 새까만 진주, 당시 큰 수술을 해 주고 받은, 꽤 후한 대가였습니다, 하지만 이제부터 어떻게 그걸 할 수 있을까요, 내 손이 그것을 해낼 수 있을까요, 다른 사람의 몸 안에 칼을 댈 수 있을까요, 벌거벗은 몸뚱이, 부서진 뼈, 끈과 깁스와 피, 마취용 클로로포름과 벌거벗은 여자들—.

"왜 그러세요, 무슨 일이죠, 갑자기 몹시 창백해졌어요."

그의 목소리에서 승리감이 느껴집니다, 그의 표정은 그것을 거의 숨길 수 없을 지경이고, 그의 눈에서는 뻔뻔한 증오가 불타오릅니다.

"당신 부인을 부를까요?"

개가 어느새 방 안에 들어와 있습니다, 개가 거기 있는 것을 전혀 알아채지 못하고 있었습니다, 개는 줄곧 거기 앉아 있었습니다, 보르게스의 의자 밑에 웅크리고, 주둥이를 앞발에 올려놓은 채, 개가 몸을 일으킵니다, 살금살금 걸어 나옵니다, 꼬리를 다리 사이에 끼운 채.

"늦었어요." 마침내 내가 말합니다, 그 남자는, 침묵에 빠져, 내가 거기 있다는 것을 거의 잊은 것처럼 보입니다, "미안합니다, 이제 돌아가셨으면 합니다. 그레테도 이미 들어갔습니다,

첫날이니, 다시금 모든 것에 익숙해지기까지, 조금 벅찰 수 있으니까요, 그렇지 않은가요?"

"맞습니다, 실례했습니다." 그가 일어서면서 말합니다, "시간이 이렇게 금세 지나가 버렸네요. 잠시 들러 당신과 부인을 보고, 사과하려 했을 뿐인데요, 이렇게 오래 머물렀네요, 그러니까, 우리는 이제 친구지요, 그렇지 않습니까. 그러니 자주 보지요."

"네, 자주 봅시다."

"그리고 그레테 부인에게도 사과의 말씀 전해 주십시오."

그는 문을 나섭니다, 나는 그를 문까지 배웅했습니다, 그러고는 다시 방으로 돌아왔습니다, 나는 잠깐 혼자 서 있습니다, 의자를 붙잡아야 합니다, 약한 현기증이 밀려왔습니다, 모든 것이 빙빙 돕니다, 아무것도 생각할 수 없습니다, 아무것도 생각하고 싶지 않습니다, 어딘가 통증이 느껴집니다, 더이상 침묵할 수 없을 것 같습니다, 모든 게 흐릿합니다, 내가 지금 무슨 짓을 하고 있는지 모르겠습니다, 머리가 쑤시고 찌르듯 아픕니다, 나는 왜 그를 집 안으로 들였을까요, 왜 그레테를 따라가지 않았을까요, 결국 그는 그저 어리석고 해롭지 않은 사람일지도 모릅니다, 어쩌면 선량한 마음으로 우리를 단지 놀라게 해 주려 했을 뿐일지도, 이제 밤입니다, 이제 충분합니다, 이제는 그만 쉬고 싶고, 잠들고 싶습니다, 내일은 새로운 날일 것입니다, 내일은 ─.

그녀가 방에 들어옵니다, "여보." 그녀가 나를 부르며 부드럽게 살살 내 목을 쓰다듬습니다, "내가 나가 버려 화났어, 난 그 남자를 참을 수가 없었어, 마치 목을 옥죄는 것 같았어, 이제 당신도 더이상 질투 같은 건 하지 않지만, 그래도 나는 그가 나와 아무 상관 없다는 걸 당신에게 보여 주고 싶었어 —."

"그래, 그는 당신에게 아무것도 아니지, 나에게도 그래, 다 괜찮아."

다 괜찮습니다, 오늘 밤, 비로소 푹 잠듭니다, 내일 시작될 것입니다, 내일 —.

"그가 당신에게 뭐라고 말했어?"

"궁금한 거야? 알고 싶은 거야? 한마디도 빠짐없이, 그래?"

"한스!"

아, 그런 말이 어쩌다 내 입에서 나왔을까요? 마치 가죽 채찍으로 때린 듯 거칠게, 나는 그녀를 그저 온화하게 대하고 싶을 뿐인데, 그녀를 언제나 다정하게 쓰다듬고 싶을 뿐인데, "한스."라고 부르는 그녀의 목소리는 다정하고 조심스럽습니다, 눈에 물기가 어립니다, 입술은 젖어 있습니다, 나는 그녀의 얼굴 위로 몸을 숙입니다, 그 얼굴은 안에서부터 빛을 내고 있는 것 같습니다, 눈꺼풀이 푸른 별들 위로 투명하게 자리하고 있습니다, 길고 까만 속눈썹이 떨립니다, "이리 와." 그녀가 거의 들리지 않을 정도로 속삭입니다, "어머니는 잠드신 지 오래야, 한밤중이야, 멍청한 그 인간, 난 시계를 쳐다보지도 않고 있었어, 벌써 모두 잠들었어, 이리 와. 난 당신을 간절히 원해 —!"

나는 그녀를 바라봅니다, 그녀는 내 팔에 안겨 있습니다, 그녀의 몸은 무겁고, 그녀의 숨결은 따스하게 내 얼굴로 불어옵니다, 그녀의 눈동자에서 단 하나뿐인 사랑이 빛납니다.

나?

불현듯 미칠 듯한 공포가 나를 엄습합니다, 심장이 폭풍처럼 세차게 뜁니다, 목구멍에 뭔가 걸린 듯합니다, 이게 다 도대체 뭔가요, 나는 대체 언제 이곳에 왔나요, 밤입니다, 끝이 있어야 합니다, 나는 혼자 있고 싶습니다, 나는 혼자 있어야 합니다, 당장, 그녀는 대체 무엇을 원하나요, 왜 나를 그런 눈으로 쳐다보고 있나요?!

그녀는 몸을 곧추세웁니다, 그녀는 아무것도 눈치채지 못했습니다, 그녀의 두 눈은 줄곧 나의 시선 속에 있습니다, 두 눈은 내내 거기에 있어야만 합니다. 그녀는 더이상 어디에도 가지 않습니다, 그녀가 손을 내 팔 아래로 밀어 넣습니다, 왼손으로 그녀는 문을 열고, 불을 켭니다, 작고 노란 등입니다, 노랗고, 희미하고, 약한 불빛 아래에 침대 두 개가 있습니다, 나란히 두 개의 침대가, 딱 붙어 자리하고, 그 위에 하얀 시트, 덮개가 덮여 있습니다—.

"안 돼, 안 돼, 안 돼!"

어디서 들려온 비명인가요, 어둡고, 낯선, 무시무시한 소리가 내 몸 밖으로 튀어나옵니다, 깜짝 놀라 그녀는 벌떡 일어납니다, 눈을 크게 뜹니다, 손끝이 새파래질 정도로 떨면서 그녀는 나를 지그시 바라봅니다.

"왜 그래, 한스!"

나도 충격을 받았습니다, 스스로도 혼란스럽습니다, 나는 그녀의 손을 내 손안에 꼭 쥡니다, 그녀의 손은 차고 축축합니다, 나는 그 손을 다 덮을 듯 입맞춤을 하며, 팔로 그녀를 감싸안습니다, 그녀의 몸이 흐느낌과 수치심 속에서 떨립니다, 나는 그녀를 내게로 바싹 끌어당깁니다, 나는 침대 가장자리에 앉습니다, 그녀를 나의 무릎에 앉힙니다, 그녀의 하얀 목덜미를 바라봅니다, 진동하는 작은 힘줄들과, 고동치는 작은 심장이 보입니다, 그녀의 둥근 어깨 위에 내 손을 올립니다, 그녀가 움직일 때 블라우스가 침대 기둥에 걸려 벌어집니다, 틈 사이로 하얀 살결이 희미하고 투명하게 빛납니다, 나는 입술을 그 위에 지그시 가져다 댑니다, 그녀는 모든 것을 잊습니다, 내 관자놀이에서 피가 세차게 고동칩니다, 나의 손은 미친 듯이 그녀의 얼굴 위를 더듬고, 적갈색의 머리카락을, 가느다란 목을, 하얀 가슴을, 그리고 동그란 무릎을 스치며 지나갑니다 ─. 문이 덜컹거리고, 맞부딪치고 긁히는 소리가 납니다, 나는 베개에서 고개를 듭니다, 귀를 기울입니다 ─손이 어디에 있는지 잊습니다, 안개가 걷힙니다, 모두 분명하고 명징해집니다, 모든 신경이 문으로 향합니다, 이제 분명히 들립니다, 나무가 긁히고, 마치 장작에 금이 가는 소리처럼 들립니다, 나는 벌떡 일어섭니다, 복도를 세게 구르고 걷습니다, 문 앞에 섭니다, 문을 열어젖힙니다, 어둠뿐입니다, 아무도 없습니다, 내가 잘못 들었을지도 모릅니다, 어쩌면 그것은 단지 나의 흥분한 피가 귓속에서 고동치는 소리인지도 모릅니다, 혹은 아직 귀에 남아 있는 전장의 포탄 소리, 어쩌면 나 역시 죽어 누워 있고, 단지 꿈을 꾸고 있는지도 모릅니다, 누군가 나의 관을 긁습니다, 전쟁은 아직 끝나지 않았습니다, 부서지는 장벽, 모르타르와 진흙, 나는 문을 다시 잠글 것입니다, 그렇게 아무도 없는 문 앞을 지키고 있는 것은 우습습니다, 아내에게 돌아가

나?   59

야겠습니다, 어떻게 그녀를 혼자 남겨둘 수 있단 말인가요, 그 것도 지금 같은 때 혼자 남겨두다니요, 문손잡이에 손을 얹습 니다, 그것을 눌러 봅니다, 반동이 느껴집니다, 뭔가 부드럽고 탄력 있는 것, 갑자기 겁이 납니다, 나는 온 힘을 다해 재빨리 문을 밉니다, 으르렁거리는 소리가 점차 또렷해집니다, 그리고 두 개의 눈이 보입니다, 나의 얼굴에 바싹 다가서 있는 눈, 어 둠 속에서, 초록빛의 커다란 두 눈이, 번뜩이는 점들로 나에 게 붙박여 있습니다, 그리고 덥수룩한 머리에 곤추선 머리카 락, 까만 털이 가득한 몸체가 보입니다, 도약을 하기 위한 듯 몸을 뒤로 당기고 있습니다, 나는 본능적으로 한 걸음 물러섭 니다, 나는 구석에서 의자 하나를 채 와서 높이 쳐들어 흔듭 니다──그 순간 두 눈이 사라집니다, 머리도 보이지 않습니 다, 문이 닫힙니다, 탁 소리를 내며 잠깁니다, 나는 열쇠를 두 번 돌립니다, 바깥에서는 무언가 천천히 끌리며 멀어지는 소 리가 들립니다, 그러고는 아무 소리도 들리지 않습니다. 나는 잠시 더 그곳에 서서 귀를 기울입니다, 아무 소리도 들리지 않 습니다, 나의 호흡이 차츰 잦아듭니다, 나는 몸을 돌려 방으 로 돌아갑니다, 그녀는 여전히 침대 위에 누워 있습니다, 배를 대고 엎드려 있습니다, 뜨겁고 붉게 달아오른 얼굴을 베개에 깊이 파묻고 있습니다, 옷은 위로 말려 올라가 있습니다, 다 리는 무릎까지 맨살이 드러나 있습니다, 머리카락 한 가닥이 느슨하게 풀려 있습니다, 침대는 그녀의 흐느낌에 따라 미세 하게 떨립니다. 나는 조용히 그녀에게 다가갑니다, 그녀가 갑 자기 굉장히 낯설어 보입니다, 낯선 사람, 소리 없이 조심스럽게 나는 옷을 그녀의 다리 위로 끌어와 덮어 주고, 침대 가장자리에 앉습니다, 그녀에게 하고 싶은 말이 있습니다, 손을 뻗어 그녀의 머리를 쓰다듬고 싶습니다, 그러나 그건 끝없이 이어지는 길과 같습니다, 나의 손은 무겁고 지쳐 있습니다, 눈이 거의 다 감깁니다, 나는 그저 자고 싶습니다, 깊이 잠들고 싶습니다. 얼마나 오래 그렇게 앉아 있었는지 모르겠습니다, 잠깐 잠들었는지도 모릅니다, 그랬을 것입니다, 내가 침대에 앉아 있었다는 것, 한 여자가 울면서 내 곁에 있었다는 것을 잊었습니다, 하지만 나도 어쩔 수가 없습니다, 나는 마치 카스파어 하우저[6]가 된 것처럼 어두운 지하실에서 나와 처음으로 빛을 봅니다, 처음으로 나무를, 구름을, 돌을, 다른 인간을, 한 여자를, 나의 아내를 봅니다, 기억은 아주 천천히 되살아납니다, 긴 시간이 필요할 것 같습니다, 나는 병든 것 같습니다, 모든 것을 새롭게 봅니다, 모든 것을 처음으로 경험합니다, 그건 아주 힘겨운 일입니다, 그사이 크고 어두운 손이 다가와 모든 것을 다시 덮습니다, 다시 완전히 혼자가 됩니다, 그건 끔찍합니다, 세계와 사물과 인간, 인간이 그중 가장 끔찍합니다.

나는 잠에서 깨어납니다, 계속 그렇게 앉아 있을 수는 없습니다, 몇시쯤 되었을까요, 그녀의 가녀린 손이 내 손 위에 놓

---

6) Kaspar Hauser. 1828년 5월 26일 독일 뉘른베르크 시내에 나타났던 16세 정도의 소년이다. 지하실에 고립되어 성장했다는 그는 말을 하지 못했다. 이 정체불명 소년의 출현과 삶은 당대 사람들에게 커다란 충격이고 미스터리였다. 그는 인간의 본성과 사회화 과정에 대한 여러 철학적, 심리학적 논의의 중심에 섰다.

여 있습니다. 그녀는 침대 시트를 끌어와 덮고 있습니다. 시트
가 아주 천천히 들썩입니다. 아주 규칙적으로. 그건 그녀의 숨
입니다. 그녀는 잠들어 있습니다.

나는 마음을 졸이며 그녀의 움직임을 관찰합니다. 그녀는
지금 등을 대고 누워 있습니다. 얼굴은 발갛고, 눈물 자국이
났습니다. 어린아이처럼 무릎을 끌어당겨 세우고, 속눈썹은
내리깔고 있습니다. 머리카락 몇 가닥이 헝클어져 관자놀이
주변에 늘어져 있습니다. 부드러운 입술은 반쯤 벌어져 있습
니다. 이따금 깊은 한숨이 고요한 호흡을 중단시킵니다. 잠든
채로 그녀는 내 손을 꽉 쥡니다. 나는 가만히 있습니다. 머리
를 그녀 위로 숙이고 그녀의 얼굴 가까이에 멈춰 있습니다. 그
녀의 이마 왼편에는 작고 푸른 핏줄이 보입니다. 핏줄은 관자
놀이 위에서 갈라집니다. 온 사위가 고요합니다. 규칙적인 숨
소리만 들릴 뿐입니다. 위로 아래로, 거기 무언가 살아 있습니
다. 스스로, 계속 위로 아래로. 그걸 더는 견딜 수가 없습니다.
나는 그녀에게로 고개를 더 깊이 숙입니다. 나의 입술이 그녀
의 입술에 닿습니다. 아주 부드럽고, 아주 달콤한. 나는 만집
니다. 삶을 만집니다. 그녀의 눈꺼풀이 올라갑니다. 깊고 푸른
두 개의 별이 내 눈 아래 있습니다. 그녀는 놀라며 알 수 없는,
아련한 꿈에서 깨어납니다.

"그레테." 나는 아주 나지막이 말합니다. "사랑해, 당신 입술
을, 이마에 흘러내린 머리카락을 사랑해, 당신의 두 눈과 그
아련하고 촉촉한 반짝임을 사랑해, 나는 당신의 눈물과 울음
을 터뜨리는 입을 사랑해, 나는 오래 떠나 있었지, 하지만 이

제 다시 돌아왔어, 시간이 필요해, 내가 당신을 다 받아들이기까지, 나를 인내해 줘, 내가 나를 되찾기까지는 더 먼 길이 남아 있어, 그건 내게도 쉬운 일이 아니야, 나는 먼저 나를 되찾아야 해, 하지만 난 당신을 사랑해. 우리를 떼 놓을 수 있는 건 이제 아무것도 없어, 당신을 사랑해, 늘, 마음속 가장 깊은 곳에서부터, 당신을 절대 떠나지 않을 거야."

두 개의 눈이 깨어납니다, 두 개의 눈이 듣고 있습니다, 두 개의 눈에서 푸른빛이 터져 나옵니다, 두 개의 팔이 다가와 내 목을 감싸안습니다, 몸이 탄성을 지릅니다, 나의 몸에 밀착합니다, 실오라기 하나 걸치지 않았습니다, 우리 둘 사이에는 아무것도 없습니다, 입술 위에 입술, 몸 위에 몸.

밤이 지나갑니다, 커튼 아래로 잿빛이 비칩니다, 나는 눈을 감을 수 없습니다, 가슴에서 시트를 걷어 냅니다, 나는 맨몸으로 누워 있습니다, 이상한 열기가 나를 휘감아 숨이 막힐 것 같습니다. 한쪽에 그녀가 누워 있습니다, 그녀의 얼굴에 미소가 어려 있습니다, 그녀는 내 꿈을 꾸고 있습니다, 잠 속에서도 나는 그녀 안에 있습니다, 나는 더이상 혼자가 아닙니다, 그런데 나는 왜 이렇게 불안한 걸까요, 그녀는 모든 것을 나와 함께할 것입니다, 설사 무슨 일이 일어나더라도. 무슨 일이 일어날 수 있겠습니까. 보르게스는 나의 친구입니다, 그가 먼저 그렇게 말했습니다, 그가 나에게 친구가 되어 달라고 말했습니다, 그러니 개 따위가 내게 무슨 해를 끼치겠습니까, 한 번만 더 내게 다가오면 죽도록 패 줄 것입니다, 밤이 지나가니 다행입니다, 내게서 행복을 뺏어 가려는 자는 누구든 때려눕힐 것입니다, 모든 건 황망한 꿈일 뿐입니다, 머리가 아픕니다, 이렇게 덥지만 않으면 좋으련만, 다른 사람들은 모두 잠들어 있습니다, 두꺼운 이불을 덮고, 아이와 어머니도, 나 혼자만 깨어 있습니다, 왜냐하면 망을 봐야 하기 때문입니다, 매 순간 어떤 일이 벌어질 수 있기 때문입니다, 누구도 운명 앞에서 안전하지 않습니다, 사람들은 운명의 실을 따라갑니다. 허공에 떠 있는 운명의 실들, 그것들을 더듬으며 나아갑니다, 그리고 예기치 못한 순간에 매듭을 맞닥뜨립니다——"그레테, 깨어 있네, 당신이 자는 줄 알았어, 왜 나를 그렇게 이상하게 쳐다봐, 왜 벌떡 일어나 앉아, 왜 그래, 내가 이불을 걷어 냈어, 너무 더워서, 다시 이불을 덮었어, 당신 부끄러움을 타는구나, 괜찮아, 그런데 전쟁터에서는 말이야, 당신 그거 알아, 모든 것을, 수치심조차도 잊게 돼, 나는 당신처럼 잠을 잘 자지는 못해, 이야기해 봐, 한마디라도 해 봐. 당신 얼굴이 창백해졌잖아, 이제 아무 문제 없을 거야, 내가 당신을 사랑하잖아, 당신도 나를 사랑하잖아, 이제부터 새로운 인생이 시작될 거야, 우린 절대 다시는 헤어지지 않을 거야, 꿈속에서조차도, 그렇지 않아, 당신, 당신——."

"이불을…… 한 번만 더…… 치워 봐." 그녀가 헐떡이며 더듬더듬 말했습니다, "모르겠어, 당신 정말 이상해 보여, 마치——당신 배꼽이 없잖아!"

"배꼽이 없다고? 말도 안 돼, 배꼽은 모든 사람에게 있는 거야, 어머니에게서 태어난 모든 사람 말이야, 그렇게 우리는 땅, 그리고 다른 사람과 묶여 있는 거야, 우리 모두에겐 어머니가 있어, 당신 아직 잠에서 덜 깼군, 꿈이 당신 눈에 어려 있어!"

"아니, 아니, 아니야." 그녀는 내 침대로 바싹 다가와 있습니다, 그녀의 작은 손아귀에서 갑자기 거센 힘이 느껴집니다, 그녀가 이불을 끌어 내립니다, 그리고 내 몸을 뚫어지게 바라봅니다, 그녀의 눈에 공포가 어립니다, 나도 눈을 내리깔고, 손가락으로 배를 더듬습니다, 매끈합니다, 피부는 둥근 북처럼 팽팽합니다, 움푹 파인 곳이 없습니다.

나는 배꼽이 없습니다, 나는 어머니가 없습니다, 나는 아이도 없습니다, 나는 인간의 처음이자 마지막에 이르는 모든 육체를 연결하는 일련의 사슬 속에 자리하고 있지 않습니다. 어머니의 몸에서 태어나지 않았습니다, 육체를 가졌지만 아무도 아닌 자, 나이지만 또 다른 사람, 하나의 이름이고, 운명이지만, 누구도 아닙니다. 대체 나는 어디에서 시작하며, 어디서 끝나는 걸까요? 나는 분명코 나를 느낍니다, 나는 그걸 떨쳐내지 않을 겁니다.

"그레테? 놀라지 마. 그건, 그래, 매끈해, 살갗이 아주 매끈해, 아마 다 그렇지는 않을지 몰라도, 이거 보여, 여기 주름이 있어, 아주 작지만, 거기 있잖아, 아마 전쟁 중에 거기에 뭔가 맞았을 거야, 그래, 내 옆에서 포탄이, 그래, 엄청난 압력이었고, 나는 쓰러졌어, 우리 모두가 쓰러졌어, 그 일에 대해 당신에게 편지를 쓰지 않았던가? 참호가 전부 무너졌어, 우리는 모두 망연자실했지, 몸에서 피가 솟구쳤어, 나는 철망 위로 넘어졌어, 심각한 상처는 아니었어, 그저 조금 상처가 났어, 바로 여기 한가운데에, 봐. 이제 거기에 흉터가 생겼지, 지금은 아주 조금 긁힌 자국만 남았어, 아주 작은 주름, 하지만 거의 매끈해, 원래 아주 매끈했는데, 거의 아무것도 보이지 않아, 그렇지 않아? 그렇게 보이지 않아?"

"당신은 부상을 입고도 내게 알리지 않았다고? 왜 편지에 그 이야기를 쓰지 않았어? 내 예감은, 내 예감이 그랬어, 난 늘 당신이 땅바닥에 쓰러져 있는 게 보였어. 모래와 진흙 속에, 예외 없이 당신이 피 흘리며 죽어 있는 것을 봤어, 아, 한스, 한스, 당신은 여기 있는 거지, 그건 다 지나간 거지, 당신은 살아 있는 거지, 죽음이 그토록 가까이 있었다니, 여기, 바로 여기서 일어날 수도 있는 일이었다니, 당신의 삶이 사라지고, 모든 것이 끝나 버릴 수도 있었다니."

그녀는 제정신이 아닙니다, 그녀의 입술, 뜨거운 뺨이 내 몸 위에 있습니다, 그 자리에 입을 맞추고, 또 입을 맞춥니다. 그러더니 그녀는 벌떡 일어나 내 곁에 무릎을 꿇고, 내 눈을 뚫어지게 들여다봅니다.

"왜 나한테까지 숨겼어? 당신이 나를 사랑하기 때문이라고, 하겠지. 하지만 당신은 나를 몰라, 내가 얼마나 용감하고 강인한지 모르는 거야, 당신이 내게 말할 수 없는 것 따위는 없어, 언제든 말하지 못할 것도 없고. 무엇이 닥쳐도 나는 두렵지 않아."

아무것도, 아무것도 두렵지 않다고요? 아, 모두 다 말한다면, 한 사람에게 모든 것을 다 말할 수 있다면, 마치 폭풍우처럼 모두 다 털어 버릴 수 있다면! 만약 내가 지금 그녀 앞으로 걸어가, 방 안에서 완전히 벌거벗은 채로 서서, 그녀의 손을 거기 없고 이렇게 말한다면. 봐, 나는 배꼽이 없어, 나는 어떤 어머니에게서도 태어나지 않았어, 이 모든 것이 거짓이야, 나는 인간이 아니야, 나는 내가 아니야, 나는 나 자신조차도 몰라, 하지만 나는 당신을 사랑해—. 그러면 그녀는 소스라치겠지요, 그러면 그녀는 비명을 지르며 나를 밀쳐 내겠지요, 아, 그러면 그녀의 모든 용감함과 강인함, 그리고 사랑마저도 사라져 버리지 않을까요?

"슬퍼 보여, 당신, 과거는 모두 죽었어, 우리는 지금 여기 있고, 살아가고, 행복해질 거야."

우리는 여기 있고, 살아갑니다. 그렇습니다, 우리는 행복해질 것입니다. 우리는 행복해져야만 합니다. 우리는 용감해지고, 강인해질 것입니다.

"아침이야, 벌써 날이 밝았어, 몸에 옷을 걸쳐야지."

"당신 말이 참 이상하게 들려, '몸에 걸쳐야지!'라니."

이상하게? 우리는 옷 속으로 기어 들어갑니다, 우리는 벌거벗은 몸 위에 옷을 걸치고, 일하러 갑니다, 그러면 비로소 인간이 됩니다—.

나는 살갗 위에 하얀 셔츠를 입고 있습니다, 밝은 잿빛 외투를 걸치고 있습니다, 밝은색 바지에는 다림질한 날이 곧게 서 있습니다, 발에는 보라색 양말을, 갈색 신발을 신습니다, 나는 일을 합니다, 바깥 대기실에는 사람들이 기다리고 있습니다, 나는 책상 앞 넓은 안락의자에 앉아 있습니다, 이건 전혀 놀라운 일이 아닙니다, 옆 의자에는 한 여자가 아이에게 고개를 숙이고 앉아 있습니다, 아이는 여섯 살입니다, 아이는 놀

다가 함석 깡통에 베였습니다, 나는 하얀 붕대를 감아 줍니다, 손가락은 빨갛게 부어 있습니다, 생기 없고 물컹한 살덩이, 섬세하고 붉은 끈과 붕대로 팔을 높이 끌어 올립니다, 갸름한 뺨이 빨개집니다, 숨이 가쁩니다. 갈색의 동그란 눈이 열기를 띠며 먼 곳을 바라봅니다.

"손가락을 살릴 수 있을까요, 선생님, 선생님이 그러셨잖아요, 만일 오늘 밤까지 열이 내리지 않으면 —."

아이 엄마는 내가 하는 말에, 나의 표정에 매달립니다, 그녀는 거기 서 있다가 나갑니다, 이것은 싸움과 같습니다, 그러나 눈물을 흘리지 않습니다, 그녀의 의연함은 단단한 벽 같습니다, 어떤 것도 관통할 수 없는 벽, 눈물을 속으로만 삭입니다, 캄캄한 속이 눈물로 가득 차오를 때까지, 그녀의 심장은 잿빛입니다.

"아이 이름이 무엇인가요." 나는 망연하게, 무슨 말이라도 하기 위해, 묻습니다.

"쿠어트헨, 선생님도 아시잖아요 —."

아, 네, 쿠어트헨! 둥글둥글하고 다정한 이름. 그런데 그 손가락, 하얗고 두툼한 살덩이, 그것도 쿠어트헨인가요? 그의 일부일까요? 쿠어트헨은 그것에 저항합니다, 자기 자신에게 저항합니다, 자기 자신을 막을 방벽을 세웁니다, 모든 혈구(血球)가 그쪽으로 서둘러 가고, 조직 속에서 싸움이 벌어집니다, 쿠어트헨은 하나의 풍경, 전장과 같습니다, 그 아이 안에서 싸움이 일어납니다, 아이는 그의 손가락 안에 있는 것이 아닙니다, 더이상 그의 손가락이 아닙니다, 이미 완벽하게 분리되어 존재합니다, 칼과 톱으로 그것을 지금 잘라 내고, 포크로 살갗을 잡아당겨 도려내고, 다시 꿰매 버린다면, 그렇게 잘려 나가 양동이에 담겨 있는 손가락은 대체 무엇인가요, 그것 또한 그 아이이기도 한가요, 쿠어트헨, 어제 아이는 그것을 움직였죠, 그것으로 움켜쥐고 감각했습니다, 어제 그 손가락과 네 개의 다른 손가락으로 어머니의 손을 붙잡았고 행복했습니다━그런데 대체 어디서 멈춘 것일까요, 양동이 속에 들어가 있으면서 동시에 침대 위에 앉아 있는 걸까요, 손가락은 없어도 괜찮습니다, 심지어 팔을 다 잘라 낼 수도 있겠지요, 두 팔과 두 다리를 모조리, 그 아이는 지금 어디에 있는 것일까요, 쿠어트헨, 어디에서 너는 시작되고, 어디에서 너는 끝이 나는 것이냐! 이제 아이는 통증도 느끼지 않습니다, 간호사가 아이 머리 위로 몸을 숙이고 아이 얼굴 위에 덮인 부드러운 천에 뭔가를 부어 넣습니다, 아이는 숨을 쉬지만 아무것도 느끼지 못합니다, 아이의 심장은 뛰고 있지만 아무것도 느끼지 못합니다, 아이는 살아 있지만 그것을 알지 못합니다, 아이는 나의 곁에 있고, 살아 있지 않지만, 살아 있다고 생각합니다, 나는 하얀 가운을 입고 서 있습니다, 내 안에, 내 주위에 피가 흐릅니다, 하얀 시트와 거즈 위로 피가 튑니다, 인간의 피입니다, 그것은 거즈 위에 물든 그들의 생명의 한 부분입니다, 나에게는 은색 기구들이 있습니다, 그것을 가지고 그 생명을 떼어 냅니다, 양동이 속에는 부서진 뼈들, 위와 내장 조각들, 잘린 팔다리들이 있습니다, 그리고 병상 위에는 사람들이 누워 있습니다, 몸의 조각들은 그들의 것입니다, 나는 그 모든 것 사이를 거닐고, 숨쉽니다, 삶이 내 안에서 숨쉽니다, 나는 열과 통증에 대해 묻습니다, 나는 몸을 만져 보고, 몸을 굽어봅니다, 나의 귀는 그들의 허파와 심장 위에 있습니다, 심장은 저절로 뛰고 있습니다, 그들은 그것을 느끼지 못합니다, 혼자서는 느끼지 못합니다, 나는 그것이 어떻게 호흡하고 박동하는지 듣습니다, 나는 그들의 내부를 들여다볼 수 있습니다, 나는 그 생명의 리듬을 알고 있습니다, 나는 작은 박테리아들의 활동을 봅니다, 나의 현미경 앞에 앉아 얼룩 하나를 주시합니다, 현미경 높낮이를 조정하면서 섬세한 무늬와 망(網)과 세포가 직조된 것을 봅니다, 붉은 점과 푸른 점들, 간상체(桿狀體)들, 외부에서 침투한 박테리아들과 이들을 내쫓는 혈청들을 봅니다, 맞붙어 자리한 침대 위에 사람들은 누워 있고, 잠들어 있습니다, 그들은 내가 그들의 몸에서 그것을 보고 있다는 것을 전혀 알지 못합니다, 그들 자신은 전혀 알지 못했고, 앞으로도 결코 알지 못할 것들을.

아, 모든 생명은 맹목적입니다, 나는 모든 것을 알고, 모든 것을 봅니다, 나는 모두를 돕습니다, 단지 나 자신만은 돕지 못합니다, 우리의 눈은 늘 외부로만 열려 있습니다, 그러나 내부는 어두운 동굴입니다, 그 안에 우리가 있고, 우리 자신을 결코 볼 수 없습니다.

그레테? 그래요, 오늘은 이것으로 충분합니다, 아마도 오늘 밤 한 사람이 죽을 것입니다, 그의 가슴에서 박동이 멈출 것입니다, 그사이 나는 그녀 곁에 누워 그녀를 안습니다, 나의 생명, 나의 정액이 그녀 안으로 흘러 들어갑니다, 행복이 우리를 한데 녹입니다, 그리고 여기서 하나의 새로운 생명이 시작되는 동안, 저기서 다른 생명은 꺼지고, 누구도 따라갈 수 없는 어딘가에 머물게 됩니다.

"피곤해 보여." 그녀가 말합니다, "입가에 주름이 생겼어, 전에는 본 적이 없던 주름이야, 당신 적어도 며칠은 더 쉬어야 했어, 곧바로 일을 시작하지 말고, 그 어느 때보다 힘들 테니까, 마치 모두가 당신이 돌아오기만을 기다린 것 같을 테지만, 다른 의사들도 얼마든지 있잖아 ─ ."

"그러면 당신은?"

"난 행복해, 나는 다른 누구도 아닌 당신만을 생각해."

"하지만 보르게스는?"

"그는 멀리 살잖아."

"하지만 그가 지금 온다면?"

"그는 오지 않아, 설사 그렇다고 한들, 그게 당신과 나를 왜 괴롭히겠어? 당신도 알잖아, 나는 그를 사랑하지 않아."

"내가 전장에 나가, 참호에 들어앉아 있는 동안, 아무도 당신 곁에 없었다는, 당신은 늘 혼자였고, 당신을 갈망한 남자가 한 명도 없었다는 말이지?"

그녀는 울음을 터뜨렸습니다.

"그래, 당신은 늘 울어 버리지, 할 말이 막히면 ─ !"

"당신은 너무 무리하게 일했어, 그래서 다시 과민해진 거야 ─ ."

"내가 진실을 말하니까 ─ ."

"그게 진실이 아니라는 것은 당신이 잘 알잖아."

"당신은 ─."

"나를 질책하지 마, 누구보다 당신이 잘 알잖아, 그게 어떤 건지."

그녀는 몸을 떨었고, 고개를 숙였습니다, 나는 대체 무엇을 원하는 걸까요, 왜 내 안에서 그런 말이 계속 나올까요, 나는 왜 끊임없이 나 스스로에게 맞설까요, 왜 나는 이렇게 일을 많이 하고 있는 걸까요, 환자들이 나와 무슨 상관인가요! 마침내 언젠가는 일하지 않기, 삶을 즐기기, 그것을 위해 우리는 태어났고, 그렇게 해 왔습니다!

"부쉬 산도르 부인 ─."

"그만 울어!"

"내가 질투라도 했더라면 어땠을까 ─." 그녀는 조용히 웃으며 하얀 수건으로 눈가를 닦습니다.

불안이 내 안에 자리 잡고 있습니다, 도무지 알 수 없는 기묘한 긴장, 나는 문으로 갔습니다, 나는 그레테를 거의 잊고 있었습니다, 나의 발걸음은 가볍고 활기찹니다, 나는 젊고 우아하다고 느낍니다, 하지만 동시에 나의 심장은 두려움에 사로잡혀 쿵쿵대고 있습니다, 가슴을 찔리는 듯한 통증이 일어납니다, 바로 그때 이 여자가 단호하고 작은 보폭으로 춤추듯 들어옵니다, 검고 빳빳한 머리카락은 하얀 이마 위에 갈라져 있고, 차갑고 곧은 하얀 목덜미는 뒤로 젖혀져 있습니다. 검은 속눈썹과 반듯한 검은 눈썹, 석고처럼 밝고 투명한 혈색, 크고 어둡고 견고해 보이는 눈이 나를 향합니다. 나는 이런 눈빛을 알고 있습니다, 그것은 명령하는 동시에 간청합니다, 유혹

하는 동시에 지배하며 우울에 가득 차 보입니다. 그러나 속눈썹이 내려와 시선이 가려지면, 어둠 속에서 음습한 광채가 나타납니다. 흰자위는 푸르고 어스름한 빛을 띠고 둥글고 검은 눈동자가 눈꺼풀 아래로 달아납니다. 심홍빛의 부드럽고 얇은 입술이 열립니다. 목덜미는 옆으로 기울어집니다.

이제 웃음이 이 입가에 떠오릅니다. 입은 가늘고 굳게 다물려 있습니다. 할 말을 참는 기색입니다. 눈은 번득입니다. 왼손은 경련하며 손수건을 하얀 손가락들 사이에 붙들고 있습니다. 그녀는 그레테에게 다가갑니다. 그녀를 포옹합니다. 두 여자의 볼이 서로 맞닿는 사이, 그녀는 그레테의 어깨 너머를 봅니다. 그녀를 지나쳐, 승리감이 깃든, 하지만 뭔가를 간청하는 듯한 미소를 바로 내 얼굴을 향해 심술궂게 지어 보입니다.

이 여자는 끔찍하다, 이 생각이 머릿속을 관통합니다. 나는 지금 차라리 전장에 나가 있고 싶습니다. 그 여자를 더이상 마주하고 싶지 않습니다. 왜인지 알 수 없습니다. 어렴풋한 두려움이 불현듯 나를 사로잡습니다. 그녀는 그레테를 팔에서 놓아주어야 합니다. 둘을 그렇게 함께 두어서는 안 됩니다. 그 순간 또다시 갑자기 개가 방 안으로 들어왔습니다. 이제는 개가 거의 사랑스럽기까지 합니다. 개가 나를 올려다보지 않고, 침을 흘리며 그 여자를 바라봅니다. 이 개는 늘 유령처럼 나타납니다. 절뚝거리면서 왼발을 질질 끕니다. 왼발은 위로 들려 있어, 오른발보다 짧습니다. 거기에 피가 말라붙어 있습니다. 나는 이제 피를 볼 수가 없습니다. 그건 그날 밤 생긴 것입니다. 개를 생각하면 마음이 아픕니다. 그 녀석은 왜 유령처럼 문가에 서 있어야 하는 걸까요, 녀석은 내가 쏘아 죽이지 않은 것을 기뻐해야 할 터입니다, 녀석이 쉬지 않고 킁킁대는 것, 이 향수, 그녀와 닮았습니다, 짙고 감각을 마비시키는 듯한, 그 안에는 어딘가 무시무시한 것이 있습니다, 그것이 뇌를 파고듭니다, 피가 돌기 시작합니다, 붉은 안개 ─ 그러면 무엇이든 잊을 것 같습니다, 그 속으로 완전히 빠져든 채 알지 못하는 일을 저지르게 될지도 모릅니다. 범죄든 ─ 살인이든 ─ 쾌락이든 ─.

그녀는 내게 손을 내밀어 입맞춤을 청합니다, 그 위로 나는 몸을 숙입니다, 어두운 파동이 관자놀이께로 밀려 올라옵니다, 그건 납처럼 나의 뇌에 자리 잡습니다, 나는 목을 구부리면서 뭐라 이름 붙일 수 없는 증오를 느낍니다, 그러나 내가 얼굴을 들었을 때, 거기에는 그녀의 얼굴이 띠었던 미소가 떠올라 있습니다.

"오래 떠나 계셨어요, 친애하는 친구, 그 시간이 우리 모두에겐 너무 길게 느껴졌습니다." 그녀의 목소리는 나지막하고, 마치 침대처럼 부드럽습니다, 입 밖으로 말이 나오기 전에 입술이 한 마디 한 마디를 모두 음미하는 것 같습니다.

"나는 제정신이 아니었지요, 전쟁이란……."

"그래요, 당신은 대단한 영웅이었죠, 언제나 맨 앞에 서서, 총탄이 빗발치는 가운데서도 수술을 했으니까요, 머뭇거림 없이요, 의무라는 것, 그것이 다른 모든 것보다 중요하죠, 그렇지 않나요, 죽음보다도, 맞아요, 죽음은 더 자주 맞닥뜨릴 수도 있는 거니까요 ─."

"이 사람은 다쳤어요―."

"다쳤다고요?" 그녀가 내 팔을 붙듭니다, 얼굴에서 냉소가 사라집니다, 겉치레가 다 걷힙니다, 경계심조차 모두 잊은 채, 그녀는 내게서 두 걸음 떨어져 있습니다, 그녀의 얼굴에는 오직 두려움이, 오직 고뇌, 오직 사랑만이 어려 있습니다, 그저 한순간입니다, 그녀는 다시 몸을 추스릅니다, 그녀의 입술에는 다시 사랑스러우면서도 냉소적인 미소가 떠오릅니다, 그녀의 목소리에만 아직 나지막한 떨림이 있습니다, 그녀는 그레테를 향해 돌아섭니다, 팔 아래를 감싸 줍니다.

"보세요, 부인, 남자들이란 이런 식이에요, 배려도 없고 이기적이죠, 하지만 이제 당신은 그를 다시 찾았네요."

한순간 그녀는 나를 매섭게 노려보았습니다, 그 눈길은 이제 노골적인 비웃음처럼 타오릅니다, 마치 내 화를 돋우려는 것 같습니다, 이 순간 나는 그녀를 증오합니다, 보르게스를 떠올리지 않을 수 없습니다, 왜인지는 모르겠습니다, 사람들은 모두 내게서 무엇을 원하는 걸까요, 가까이 몰려와서, 엿보고, 붙잡습니다, 나는 조용히 있고 싶습니다, 그저 조금 행복을 원합니다, 그들 모두 가 버렸으면, 나는 그레테와 단둘이 있고 싶습니다, 나는 아무도 모릅니다, 나는 아무것도 모릅니다, 나는 혼자 있고 싶습니다!

"물론 곧바로 일을 시작하셨겠죠, 할 일이 워낙 많으실 테니까요, 충분히 짐작해요, 게다가 저녁이든 밤이든 그는 언제고 밖에 나가겠죠, 그러면 당신은 집에 홀로 앉아 그가 돌아올 때까지 기다리고요, 하지만 당신도 잘 아시다시피, 그 사람은 마지못해 외출을 하는 거예요, 집을 나서야 하는 그 모든 시간을 그는 기꺼이 당신에게 할애할 거예요, 지금까지 그래 왔고, 앞으로도 그럴 거예요."

"달리 내가 어딜 가겠어요, 이건 당연하지 않나요?"

"네, 그야 당연하죠."

그녀의 입술에 심술궂은 기색이 감돕니다, 그녀는 나에게 바싹 다가섭니다, 그녀의 향수, 그녀의 살갗에서 풍기는 향기는 감각이 마비될 정도로 강렬합니다, 왼쪽 눈썹에 신경질적인 경련이 일어납니다.

"그렇게 친구들을 잃게 될까 두렵지 않나요?"

그녀는 무엇을 원하는 건가요, 무엇으로 위협하고 있는 건가요?

"우리의 친구들은 바로 그 때문에 우리를 존중해요." 그레테가 말했습니다, "남편이 그러지 않았더라면 이 큰 병원을 받았겠어요, 환자들을 위해 희생하지 않았더라면요? 그는 자기 의무를 다해요, 나는 나의 의무를 다하고요, 내 의무는 뒤로 물러서서 그를 돕는 거예요, 이 의무 때문에 나는 그를 사랑해요, 그의 일에는 책임이 따라요, 다른 건 접어 두어야만 합니다, 다른 생각은 할 수 없어요, 이건 자명한 일이에요."

심장이 뛰었습니다, 무엇이 두려운가요, 그레테는 옳습니다, 물론 환자들을 도와야 합니다, 손가락을 다친 그 아이, 그리고 다른 사람들, 그것은 자명한 일입니다. 그러나 나는 초조해졌습니다, 내 안에서 뭔가가 오그라들었습니다, 나의 머리는 지쳐 있고, 무언가 부서진 것 같습니다, 나는 몸을 똑바로 지탱할 수조차 없습니다, 상태가 좋지 않습니다.

"우리 다 함께 어디로 식사하러 갈까요, 오늘 일이 너무 많았잖아요, 물론 그것도 익숙해져야겠지만, 일단 어디 레스토랑에 가거나 아니면—?"

"당신 형편없어 보여, 뭐가 잘 안 됐어?"

"아니야, 아니."

"극장이나 오페라에 오세요! 조명, 음악, 사람들, 나의 전용 특별석에 우리 모두를 위한 자리가 남아 있어요."

그녀가 내게 눈짓을 하나요?

"바보 같은 어릿광대들, 기만적인 조명 속에서 허우적대고 있죠! 꿈꾸던 배역을 맡아 하룻저녁 버둥대는데, 거기서 운명을 만났다며 거창한 연기를 펼치곤 하지만, 집에 돌아가면 초라하기 짝이 없는 룸펜일 뿐이에요, 하찮은 걱정과 하찮은 감정에 시달리는, 마치 빵 굽는 사람들처럼."

"그냥 집에 있기로 합시다." 내가 말합니다, "이제 다 괜찮아졌어요."

"무슨 일이에요, 뭔가 당신 기분에 걸리는 거라도 있어요? 당신이 기꺼이 간다면, 나도 당연히 동행할 거예요, 부쉬 부인의 제안은—."

"그는 아마도 사람이 많은 곳에 가는 게 내키지 않는 모양이군요. 다른 제안을 드릴게요. 우리 천문대에 가요, 별들을 올려다보는 거예요. 거기는 외딴곳이라 조용하고—어두워요." 그녀가 속삭이며 덧붙였습니다, 그녀의 손등이 우연히 내 손에 닿았습니다, 마치 부드럽게 쓰다듬는 느낌이었습니다, 혹

나?

은 의도적으로, 일부러 그랬는지도 모른다고 나는 상상합니다. 나는 조심스럽게 그녀의 얼굴을 보았습니다, 그것은 차갑고 움직임이 없었습니다.

"근사한 생각이에요." 그레테가 기뻐합니다, "진짜 한번은 뭔가 새로운 것에 뜻을 모아 봐요, 거기 언젠가 꼭 가 보고 싶었어요, 당신도 그렇지 않아, 혹은 당신에게 묻지 않고 그냥 갈 수도 있지."

그녀는 갑자기 아이처럼 환하고 어려 보입니다, 그녀가 나갑니다, 고개는 꼿꼿이 들고 있습니다, 그녀의 몸짓, 머리카락, 마치 춤을 추고 있는 것 같습니다, 나는 지금 그녀를 얼마나 사랑하는지, 그녀 같은 여자가 있을까요!

누군가 뒤에서 내 팔을 잡았습니다, 뜨겁고 거칩니다, 맹금의 날렵한 포획 같은 손놀림입니다, 부쉬의 얼굴이 내 얼굴 가까이 있습니다, 그녀의 뺨은 달아올랐고, 눈은 차분한 빛 속에서 번득입니다.

"두 번이나 편지를 보냈는데, 왜 답장하지 않았죠," 그녀가 숨을 죽이며 내뱉듯 말을 쏟아 냅니다, "그리고 이 우스꽝스러운 촌극을 왜 계속하고 있는 거야! 우리가 저 여자를 왜 데리고 가야 하지! 나는 당신하고만 함께 있고 싶어, 오직 당신과 단둘이! 내일 와, 내일 오후에, 당신 ―."

그녀의 팔은 나의 가슴에 닿아 있습니다, 내 목을 감쌉니다, 그녀의 입술이 다가옵니다, 나는 정신이 아득해집니다, "더 이상 나를 사랑하지 않는 거야?" 그녀는 나지막하게 쏘아붙입니다, "후회하며 돌아간 거야, 그래? 저기 저 여자에게로?"

왜 나는 이 팔을 뿌리치지 않나요? 왜 나는 그녀를 밀쳐내지 않나요? 왜 나는, 이 여자 곁에서, 이런 입맞춤에 불타오르나요? 내게는 그레테가 있는데 ─.

그녀는 나를 놓아주었습니다, 나는 다시 홀로 서 있습니다, 그레테는 모자를 쓰고, 검은 외투를 걸쳤습니다, 그녀는 여전히 웃고 있습니다, 왼쪽 뺨에 작은 보조개가 생겼습니다. 나는 헐떡이는 숨을 가슴으로 억눌렀습니다, 온몸이 마비된 것 같습니다.

"왜 웃어요?" 그레테가 밝게 묻습니다, "두 분이 저를 깜짝 놀랠 일이라도 꾸미고 있는 표정인데요?"

놀라운 일, 아니, 말도 안 되는 일입니다, 아무것도 누설하면 안 됩니다, 내가 대체 무슨 말을 하는 건가요, 그녀가 그레테에게 말했을까요, 생각이라는 것을 할 수가 없습니다, 그 향수 냄새는 이제 내 재킷에 배어 버렸습니다, 내일 수술할 때도, 나는 그 냄새를 맡게 될 것입니다, 역겹습니다, 어쩌면 나도 마취된 것인가요, 누군가 다른 사람이 의사이고, 나는 모든 것을 그저 견디고 있는 환자 같은 기분입니다, 모든 것이 내 위로 스쳐 갑니다, 나는 파도에 몸을 맡기고 싶습니다, 대양 위에서, 완전히 자유롭게, 완전히 자유롭게 ─.

"외투가 당신한테 근사하게 어울리네요." 부쉬가 말합니다, 그리고 그레테에게 팔을 두릅니다, 목소리를 낮추고, 등을 동그랗게 말고 있습니다, 그녀는 마치 한 마리 검은 고양이 같습니다.

아래층으로 내려가니 길에 보르게스가 서 있습니다, 그는 어디에서 오는 길일까요, 그곳에 내내 서 있었던 걸까요, 우리를 기다린 것 같지는 않습니다, 그의 얼굴은 열에 들떠 창문을 올려다보고 있습니다, 유령처럼 창백합니다, 깜박이는 가로등 불빛 때문인가요, 잔뜩 움츠린 어깨 사이에 고개를 받치고 있습니다, 입술은 꾹 다물었습니다, 온몸이 쪼그라들었습니다. 그가 우리를 알아보았습니다, 깜짝 놀란 사람처럼 보입니다, 어깨에 경련이 인 듯 움찔합니다, 몸을 곧바로 추스릅니다, 얼굴에는 수줍은, 마치 아이 같은 미소를 띱니다, 그는 그레테에게 고개를 숙입니다, 그녀의 왼손에 어색하게 입을 맞추고, 우리에게도 인사합니다.

"대체 어디서 그렇게 갑자기 나타나신 거예요." 부쉬가 거침없이 내뱉습니다, "몽유병자 같아요!"

"저는—저녁이니까—그저 조금—밤공기가 이제 온화하고 신선하니까요."

"우리랑 함께 가요." 그녀는 교활한 눈으로 나를 바라봅니다. "우리는 셋인데, 넷이면 더 낫겠죠. 우린 별을 보러 가는 길이에요."

"제가 그래도 된다면—."

부쉬는 내게 몸을 밀착시킵니다, 나는 그 수법을 압니다, 그녀는 그레테 곁에 그를 두고 싶어 합니다, 나를 그레테에게서 떼어 놓으려는 것입니다, 그녀는 내 옆을 차지하고 싶어 합니다, 어둠 속에서 내 손을 잡고, 머리를 기대고 싶어 합니다, 약간 왼쪽으로, 나는 그녀의 두 눈을 들여다보게 되겠지요, 그녀의 머리카락이 내 뺨에 닿을 겁니다, 나는 그걸 원하지 않습니다!

"친애하는 부인." 보르게스가 말을 붙이며 그녀에게 팔을 내밉니다, 그녀는 그를 받아들여야 합니다, 그녀는 화가 치밉니다.

보르게스? 보르게스는 부쉬와 무엇을 하려는 걸까요? 함정인가요? 그에게 부쉬는 무엇일까요? 그리고 그레테는? 그녀는 혼자 서 있습니다, 도움을 청하듯이 나를 바라봅니다, 나는 그녀 곁에 있습니다, 모든 것을 잊습니다, 그녀의 팔을 잡습니다, 우리는 걷기 시작합니다, 주위는 돌아보지 않습니다.

"봤지." 그녀는 들뜬 목소리로 말합니다, "그는 나와 함께 걷고 싶어 하지 않잖아, 오히려 나를 피해, 마치 나를 무서워하는 것 같아."

"그는 당신을 사랑해."라고 말하면서 나는 그녀의 팔을 내 팔에 단단하게 붙듭니다. "그가 지금 부쉬와 함께 우리 뒤에서 걷고 있는 건, 당신의 발걸음을 보기 위해서야. 등 뒤에서 그의 시선이 느껴지지 않아?"

"그게 나랑 무슨 상관이야?"

나는 아주 행복합니다, 우리는 밤거리를 걸어갑니다, 그녀는 내 팔에 매달려 있습니다, 사람들이 스쳐 갑니다, 몇몇이 인사합니다, 나를 보자마자 이상할 정도로 기뻐하는 사람들이 있습니다, 나를 잘 아는 사람들일 것입니다, 나를 다른 사람으로 착각하는지도 모릅니다, 그런들 무슨 상관인가요.

"봐, 아무도 당신을 잊지 않았지." 그레테가 말합니다.

그래요, 나 역시 아무것도 잊지 않았습니다, 한 사람 안에 언젠가 있었던 것은 어디엔가 남아 있습니다, 그들이 나를 언제 보았든, 그래서 나를 알든 모르든 아무 상관 없습니다, 거기에 특별할 것은 없습니다, 이렇게 걷는 것이 좋습니다, 두 사람이 우리 뒤에 있든 없든 마찬가지입니다, 그들은 두 마리의 개와 같습니다, 너무 우스꽝스럽습니다, 그런데 저기 네로가 있습니다, 진짜 네로입니다, 어디서 온 걸까요, "개를 묶어 두지 않았어, 그레테?"

"아마 어머니가 내보냈을 거야, 괜찮아."

어머니? 아니, 괜찮습니다. 이제 다 상관없습니다, 다른 사람들이 우리를 따라잡지 못하도록 우리는 빨리 달립니다, 개가 짖으면서 우리 쪽으로 뛰어옵니다, 개도 행복해 보입니다, 우리는 금세 기차역에 도착합니다, 차표를 사고 계단을 올라갑니다, 우리가 탈 기차가 바로 도착합니다, 우리는 객차 안에 있습니다, 기차가 달립니다, 개는 우리와 함께입니다, 보르게스와 부쉬는 십 분 더 기다려야 할 것입니다, 만세, 맞은편 좌석에 앉은 남자가 이상한 눈으로 우리를 바라봅니다, 그렇습니다, 우리는 사랑하는 사이입니다, 원하기만 하면 나는 그레테를 끌어안고 입맞춤할 수 있습니다, 내가 원하기만 한다면, 그러면 저 남자는 가만히 얼굴을 찡그리겠지요, 나는 그레테의 손을 잡습니다, 그녀의 귀에 대고 그 이야기를 합니다, 그녀는 얼굴을 붉힙니다, 얼굴이 발그레해지면 그녀는 더 예쁩니다, 그녀는 행복한 눈으로 나를 보며 환하게 웃습니다, 개는 주둥이를 그녀의 품에 파묻고 눈을 감고 있습니다, 그녀는 한 팔을 내 팔에 끼우고 있습니다, 다른 한 손으로는 그 녀석의 털을 쓰다듬습니다, 나로서는 불만은 없습니다, 불쌍한 짐승이지 않은가요, 나도 그것을 쓰다듬으려 합니다, 하지만 녀석이 곧 으르렁거립니다, 너무 어리석습니다, 녀석은 이제 그레테에게서도 떨어집니다, 몸을 부르르 떱니다, 좌석 아래 먼지 가득한 구석에 가서 혼자 웅크립니다, 머리를 앞발에 얹고 나를 바라봅니다, 그 눈빛은, 마치 우는 것처럼, 슬픔을 띠고 있습니다, 개들도 울 수 있는가요?

기차가 멈춥니다, 도착했습니다, 우리는 두 사람을 기다려야만 하겠지요, 부쉬는 화가 잔뜩 나 있을 것입니다, 그녀가 보르게스를 무시하든 말든, 보르게스는 아무렇지 않을 것입니다, 그리고 그녀의 향수, 거기서는 벗어나기 어렵습니다, 나는 내일 다른 옷을 입어야만 할 것 같습니다. 그렇지 않을까요, 그레테? 기다릴 필요는 없어, 그들은 우리가 없어도 길을 알 거야, 모른다면 물어볼 수도 있겠지, 보르게스는 무엇이든 잘 알아내잖아, 하하, 여기에는 가로등이 왜 이렇게 적은 걸까요, 너무 어둡습니다, 네로는 주둥이를 바닥에 대고, 꼬리를 내린 채 소리 없이 우리 뒤를 따라옵니다, 나무들이 늘어선 길은 얼마나 고요한지, 밤이 깊은 시간입니다, 시간이란 대체 무엇인가요, 시간은 존재하지 않습니다, 우리 발걸음은 규칙적으로 이어집니다, 고요 속에서 발소리만 저절로 울리는 것 같습니다, 우리 두 사람의 발이 나란히 걷고 있습니다, 나의 커다란 신발과 그녀의 작은 신발, 빌소리는 우리 두 사람의 것입니다, 우리 둘만 우주 한가운데를 나아갑니다, 쉬지 않고 갑니다, 아무도 그것을 더이상 알지 못합니다, 발은 저절로 걷고 있습니다, 마치 심장이 멈출 때까지 스스로 뛰는 것처럼, 스스로, 맞은편에서 또 하나의 발소리가 들립니다, 아주 느리고 차분한 발걸음입니다, 차분한 사람, 차분한 심장, 그토록 차분할 수도 있습니다. 이제 그가 우리 옆을 스쳐 갑니다, 그는 담배를 피웁니다, 빨간 불빛이 보입니다, 다른 것은 온통 검은 그림자입니다, 그림자는 홀로 어디를 향해 가는 걸까요, 그와 함께 가는 이는 아무도 없을까요, 나의 그림자처럼, 내겐 누군가가 있습니다, 그렇습니다, 세상에서 가장 아름다운 여인, 그리고 그녀는 나를 사랑합니다, 우리는 행복합니다, 다시 발소리가 울립니다, 다만 우리 두 사람의 발걸음입니다.

이제 우리는 도착했습니다, 저 위 천문대 돔은 반쯤 열려 있고, 레일 위를 소리 없이 돕니다, 망원경은 마치 거대한 대포처럼 불길하게 밤하늘로 뻗어 있습니다, 구름 한 점 없는 하늘에는 별들이 가득 빛나고 있습니다. 우리가 들어서니, 나이 지긋한 한 남자가 우리를 맞이합니다, 머리카락이 하얗고 구레나룻도 하얗습니다, 두 눈은 얼음 같은 회색입니다, 그는 나직하게 속삭이며 말합니다, 우리의 발은 단단하게 시멘트 바닥을 울리면서 걷습니다, 노인에게 조금 기다렸으면 한다고 말합니다, 그는 우리가 하는 말을 듣지 못한 것처럼 보입니다, 귀가 멀어 버린 것입니다, 그토록 오랫동안 저 위에서 귀를 곤두세웠고, 이제는 더이상 듣지 못합니다, 그는 우리를 개의치 않고, 계단을 오릅니다, 기구 앞에 앉아 조정기를 돌리기 시작합니다, 그의 손은 난쟁이처럼 작고 짙은 갈색입니다, 푸른 핏줄이 오래 묵은 장작을 관통하듯이 지나가고 있습니다, 노인은 마치 태고의 새처럼 바싹 마른 목을 앞으로 쭉 뻗은 채 의자 위에 웅크리고 있습니다, 그의 눈길은 수백만 킬로미터 바깥을 향합니다, 오직 그의 몸뚱이만 여전히 거기 앉아 있습니다, 작게 쪼그라들어 연약하게 망원경에 붙어 있습니다, 마치 죽은 듯 보입니다, 이따금 그를 흔드는 것은 기침입니다, 그때마다 심한 경련이 일어나고 새파랗게 질려 이리저리 몸부림칩니다, 하지만 머리와 눈은 여전히 망원경에 고정되어 있습니다, 흔들림이 없습니다, 통증에도 아랑곳하지 않고, 멀리, 아주 먼 바깥 세계에 있는 듯합니다. 그가 중얼거리기 시작합니다, 무슨 말인지 이해하기 힘듭니다, 그의 입안에는 누런 치아가 몇 개 남아 있을 뿐입니다, 이따위는 대체 왜 신경 쓰고 있나요, 나는 그의 입술을 주의 깊게 살핍니다, "광년 — 행성 궤도 — 헬륨 가스 — ."라는 단어가 흘러나옵니다, 그의 입술이 이 말들을 하나하나 더듬고 있는 것 같습니다, 그들은 마치 외계에서 공진하다가 떨어져 나온 물방울들 같습니다.

"저 노인은 마치 한 마리 숫염소 같아 보이네요." 부쉬가 큭큭대며 말합니다, 그러고는 눈짓으로 노인을 가리킵니다.

그녀가 도착한 것을 눈치채지 못했습니다, 우리가 얼마나 오래 여기 있었던 걸까요, 그녀는 내게 화가 난 것처럼 보입니다, 나를 쳐다보지도 않습니다, 그녀는 격앙되어 있습니다, 그녀의 콧구멍이 숨을 크게 들이쉬고 내쉽니다, 이리저리 걸어 다닙니다, 이것에서 저것으로 옮겨 다니며 쓸데없는 말들을 늘어놓습니다, 모든 것에 손을 댑니다, 나사란 나사는 다 돌립니다. 보르게스는 줄곧 그녀 옆에 서 있습니다, 그레테는 완전히 잊어버린 것처럼 보입니다, 부쉬의 무지에 대해 아무 거리낌 없이 큰 소리로 웃어 댑니다. 마침내 그들이 멈췄습니다.

"대체 별은 어디서 보는 거예요, 아무도 이해할 수 없는 바보 같은 기계들뿐이잖아요."

그녀는 망원 렌즈 앞에 앉은 노인 곁에 서 있습니다, 거기 작은 체구의 노인은 그녀가 가까이 온 것을 알아차리지 못하고 있습니다, 그녀의 눈길도, 나긋한 팔다리도, 향수도, 그곳엔 정적만 흐릅니다, 이런 침묵이 그녀를 당혹스럽게 합니다, 아무도 숨을 내쉴 엄두도 내지 않습니다, 이 곰팡내 나는 공기 속에 뭔가 신성한 것이 있습니다, 한순간 그녀는 머뭇거립니다, 나이 들어 부서질 듯한 노인을 뚫어지게 바라봅니다, 그러고는 노인의 꾸부정한 등을 톡톡 치며 약간 불안한 목소리로 말합니다.

"교수님, 이미 100년은 해보셨을 거 아니에요, 이제 다른 사람도 좀 해보게 해 주세요!"

노인은 기구에서 몸을 떼고, 어리둥절하여 그녀를 바라봅니다, 그의 시선은 여전히 멀리, 은하수와 끝없는 우주 공간 속에 머물러 있는 것 같습니다.

"그래요. 그래요." 그가 말합니다, 늙은 머리를 기계적으로 끄덕입니다. "그래요, 그래요, 30억 년이에요, 30억 년!"

우리는 차례대로 계단을 올라갑니다, 가슴이 뜁니다, 부쉬는 벌써 의자에 앉아 있습니다, 다리를 꼬고 앉아 치마가 무릎까지 밀려 올라갔습니다. 그녀의 쾌활함은 억누를 수 없어 보입니다, 그녀는 사투른[7]을 수레바퀴라고 하고, 시리우스[8]를 넥타이핀에 비유합니다, 그녀의 입은 쉴 새 없이 떠듭니다, 그녀는 별들을 하나도 빠짐없이 보고 싶다고 말합니다, 결국은 별에도 질립니다, 의자에서 미끄러져 내려올 때 초록색 스타킹 밴드가 살짝 벗겨집니다, 그녀는 우아한 몸짓으로 보르게스에게 자리를 내줍니다, 그는 고맙다고 말합니다, 사실 그는 이미 잘 아는 것들이어서, 별을 쳐다보는 것에 그다지 흥미가 일지 않습니다, 그런 일들은 학자들에게 맡겨 두면 그뿐입니다, 마침내 그레테가 위로 올라갔습니다, 그녀는 조금 미숙하고, 당황스럽습니다, 자세도 바르게 잡지 못합니다, 아무 것도 볼 수 없습니다, 그런데도 그녀의 얼굴이 빛나기 시작합니다, "너무 아름다워요." 소박하게 마음을 다해 말합니다, 그녀는 고요한 성모 마리아처럼 보입니다, 그녀의 몸짓에는 경건함 같은 것이 어려 있습니다, 그녀가 이제 일어섭니다, 왼손으로 나의 코트를 붙듭니다, "이것 봐, 한스, 이건 당신이 꼭 봐야 해!"라고 말합니다. 그래, 이제 내가 들어설 차례입니다, 그런데 내가 자리에 앉아 기구로 고개를 숙이고 끝이 없는 우주 공간을 올려다보기 시작하자마자, 저 바깥에서 어떤 목소리가 들려옵니다, 머나먼 곳, 텅 빈 우주에서 들려옵니다, 고독하고 비탄에 빠진 어떤 영혼이 탄식합니다, 나를 부르며 불안에 사로잡혀 있습니다. 전율이 나를 사로잡습니다, 소름이 돋습

---

7) 토성.
8) 천랑성.

니다, 냉기 때문입니다, 심장이 오그라듭니다, 얼음처럼 차가운 기운이 혈관을 메웁니다, 어쩌면 나의 내면에서 그것이 들리는지 모릅니다, 가슴을 무너뜨리는 아주 또렷한 울음소리입니다, 마치 어린아이가 우는 것처럼, 울고 있는 자는 사자(死者)입니다, 울고 있는 자는 나 자신입니다, 눈앞이 흐려집니다, 초록색 동그라미와 붉은색 동그라미가 보입니다, 초록빛 금빛 커다란 원반이 망원경 안에서 떨고 있습니다, 그것은 나의 뇌 속에 있는 것 혹은 머나먼 태양입니다, 시리우스라고 생각합니다, 그곳에 존재하는 것들이 있습니다, 나의 일부가 지금 그 멀리에 있습니다, 나의 한 부분, 그것을 나는 그곳에서 지금 봅니다, 오래전 이곳에는 다만 고대의 이집트인들이 살았습니다, 나는 아직 세상에 태어나지 않았습니다, 나는 과거를 봅니다, 나의 두 눈으로 그것을 봅니다, 빛이 여기 도달하기까지는 그토록 긴 시간이 필요했습니다, 우리가 보고 있는 그것은 아마 이미 소멸했을지도 모릅니다, 알 수가 없습니다, 나도 그런 빛줄기입니다, 아마 나는 저 바깥 그곳에서 이미 죽었을 것입니다, 그리고 차가운 공간을 가로질러 나 자신을 부릅니다, 나를 듣고, 나를 보고 있습니다, 나는 거기에 있지 않을지도 모릅니다—.

탄식, 무시무시한 탄식,—이제는 고요합니다.

"맙소사." 내 곁에서 그레테의 말소리가 들립니다, "이제야 멈추네, 바보 같은 짐승, 하지만 녀석을 데려오는 건, 이게 정말 마지막이야."

"누구 말이야? 개?" 내가 말했습니다, 열이 끓을 때처럼 나의 치아들이 서로 맞부딪힙니다.

"개가 내는 소리를 못 들었단 말이야? 당신이 망원경 앞에 앉자마자 말이야, 그 전에는 누가 개를 신경이나 썼겠어, 구석 어디엔가 아주 조용히 처박혀 있었는데, 그런데 갑자기 뛰쳐 일어나 망원경 주위를 쿵쿵대더니, 그러고는 처량하게 울고, 짖어 대기 시작했어 —."

"그래, 나도 들었어, 나도 들었어." 나는 창백한 입술로 말했 습니다. "개가 뭔가 냄새를 맡았을 거야, 뭔지는 모르지만, 그 냥 놔둬, 이제 집으로 돌아갑시다."

아무 말 없이 우리는 왔던 길을 돌아갑니다, 부쉬와 보르게 스는 잡담을 주고받으며 앞에서 걸어가고 있습니다, 그레테도 말이 없습니다, 그녀는 내가 고통스러워한다는 것을 알고 있 습니다, 그녀는 나를 염려하며, 내가 눈치채지 못하도록, 자꾸 나를 슬그머니 바라봅니다, 그러고는 내 팔을 더 단단히 붙듭 니다, 그녀는 아무것도 묻지 않습니다, 나는 그것이 그녀에게 고맙습니다. 개는 저 앞에서 뛰어가고 있습니다. 보르게스와 부쉬가 있는 곳까지 뛰어갔다가 다시 돌아옵니다, 셀 수 없이 그렇게 되풀이합니다, 혓바닥은 주둥이 밖으로 축 처져 있습 니다, 이윽고 우리는 문 앞에 도착했습니다, 그리고 인사를 나 눕니다.

"내일 4시." 부쉬가 내 귀에 속삭입니다, 그녀는 나를 딱 한 번 바라봅니다, 그녀의 눈동자 속에서 심연이 타오르고 있습 니다, 나는 황급히 그녀를 잊어버렸습니다, 그리고 나의 방으 로 들어갑니다. "그만 자지 않을래, 너무 늦었어." 그레테가 말

나?   89

합니다. "그래, 너무 늦었어." 나는 아무 생각 없이 그녀의 말을 따라 합니다. "아이를 한 번 더 보려고!" "지금, 이 늦은 밤에?" 이미 나는 아이의 침대 곁에 서 있습니다, 그 조그마한 잠꾸러기를 안아서, 작은 손을 잡고, 발을 쓰다듬습니다, 조용히 아이의 눈 위에 입을 맞춥니다, 아이를 침대에 다시 누입니다, 가만가만 이불을 덮어 줍니다, 돌아서서 뭔가 말하려 하다가―갑자기 정신없이 그레테의 발아래 쓰러집니다.

"세상에, 여보, 대체 이게 무슨 일이야?" 그녀는 숨이 넘어갈 듯 외치면서, 나를 일으키려 합니다, 그러나 나는 사랑스러운 그녀의 몸을 붙듭니다, 그녀의 무릎을 끌어안습니다, 머리를 그녀의 치마 주름 속에 파묻고 흐느낍니다.

"당신에게 저런 아이가, 저런 아이가 당신과 내게 생기는 일은―결코, 결코 그럴 수 없었어!"

그녀는 나를 일으켜 세웁니다, 그녀의 품 안에 나를 아이처럼 안습니다, 나의 머리카락을 조용히 쓰다듬습니다, 의아함에 가득한 그녀의 두 눈은 크고 깊습니다, 나의 눈을 바라보며 묻고 있습니다, 그녀의 입술이 움직입니다, 하지만 아무 말도 나오지 않습니다. 오늘 밤 우리는 더이상 잠들지 못할 것입니다―.

나는 꿈을 꿉니다. 나는 둥근 파이프 속에 몸을 웅크리고 있습니다, 아무도 나를 보지 못하게 몸을 숨기고 있습니다, 이것은 망원경입니다, 내가 그것을 손에 쥐고 있습니다, 거꾸로, 반대쪽 끝에서 내가 작고 멀게 보입니다, 나는 조정 나사를 돌립니다, 그 얼굴이 점점 가까워지고 선명해집니다, 그것은 내가 아닙니다, 다른 남자입니다, 나는 조정 나사를 계속 이리저리 돌립니다, 그때마다 얼굴이 끊임없이 바뀝니다. 마침내 그레테가 나타납니다, 그녀 역시 점점 멀어져 갑니다. 갑자기 보르게스가 내 곁에, 파이프 안에 앉아 있습니다, 우리는 주사위를 던집니다, 그레테와 부쉬가 걸린 문제입니다, 그는 넥타이핀을 겁니다, 그것은 사투른입니다, 나는 그에 맞서 나의 목을 겁니다, 그건 시리우스입니다. 그때 파이프가 떨어져 나갑니다, 나는 늘 의심해 왔습니다, 이것은 사실 대포이며 어느 날엔가 틀림없이 발포될 것이라고, 탄약을 쏟아부은 것은 보르게스일 것입니다, 이름 모를 분노에 사로잡힙니다, 우리는 우주 공간 속을 빙글빙글 돌고 있습니다, 그는 나보다 몇 광년 항상 앞서 있습니다, 그레테와 부쉬도 마찬가지입니다, 모두 아주 멀찍이 떨어져, 회전하며 빛나고 있습니다, 한가운데에 태양이 있습니다, 그것은 나 자신입니다, 나는 그리움에 가득 차서 그것으로 손을 뻗습니다, 하지만 나에게 도달할 수 없습니다. 마침내 그 끝에 개가 나타납니다, 개는 목구멍을 아주 크게 벌리고 있습니다, 나는 지리우스를 붙잡고, 그것을 개에게 던지려 합니다, 보르게스를 맞힙니다, 그가 비틀거립니다, 이제 우리 모두는 날아서 그 안으로 들어갑니다, 개의 목구멍 속으로, 부쉬와 보르게스와 그레테, 시리우스, 사투른, 그리고 나, 새카만 어둠입니다, 그 짐승의 눈에서 눈물이 황금 물방울처럼 흐릅니다, 둥글고 검은 지구 위로 ─.

나는 깨어납니다, 내 곁으로 눈길을 돌립니다, 거기 그레테가 누워 있습니다, 푸른 별빛 같은 눈동자가 아무 움직임 없이 천장을 향해 있습니다, 얼굴은 눈물에 젖었습니다, 나는 그녀의 이마에 가만히 입술을 댑니다, 그녀는 두 팔로 나를 껴안습니다, 격정에 휩싸인 채, 내가 어디로 사라져 버리기라도 할 것처럼.

"한스, 한스." 그녀는 나의 뜨거운 귀에 대고 말합니다, "이제 당신은 그것마저 믿지 못하는구나, 당신은 나를 믿지 못해서 우리 두 사람의 아이조차 의심하는 거야, 대체 나는 어떻게 해야 하는 거야, 당신 안에 어떤 병이 깃든 거 같아, 왜 나를 이토록 괴롭히는 거야, 당신은 언제나 질투에 가득 차 있었지, 하지만 이제 당신이 아이까지 의심한다는 것은 — 밤새도록 고민했어, 어떻게 하면 나의 사랑을 당신에게 증명할까, 당신은 나를 믿지 않는데, 내가 어떻게 그걸 해낼 수 있을까 — 난 더는 못 하겠어."

흐느낌에 그녀의 목이 메었습니다.

"그런 것이 아니야, 당신은 나를 이해 못 해." 나는 정신 나간 사람처럼 말합니다, "당신에게 그걸 말할 수는 없어."

"당신이 나에게 말할 수 없는 게 대체 어디 있단 말이야, 나에게 뭔가 숨기고 있단 말이지, 알겠어, 하지만 당신이 다른 여자를 나보다 더 사랑하고 있다면, 그렇다고 말해, 그냥 말하라고, 설사 그것 때문에 내가 부서질지라도, 나는, 그래, 모든 것을 당신을 위해 할 거야, 모든 걸 견딜 거야, 내가 원하는 것은 오직 당신의 행복이니까, 당신을 그만큼 사랑하니까, 그만큼 사랑하니까."

아, 마음이 아픕니다, 나는 이 고통을 견디지 못할 것 같습니다, 차라리 말할 수 있다면, 차라리 죽은 거라면.

"아니야. 나는 당신 말고는 아무도 사랑하지 않아, 당신은 쓸데없는 생각을 할 필요도, 의심할 필요도 없어, 다 괜찮아, 틀림없어, 모두 제자리로 돌아올 거야, 조금만 나에게 시간을 줘, 아주 조금만 기다려 줘!"

나는 밖으로 나갑니다, 무엇을 더 할 수 있겠습니까, 어차피 아무 소용 없을 것입니다.

밖에 어머니가 서 있습니다.

"그레테는 어디 있지." 그녀가 묻습니다, 곁눈으로 나를 바라봅니다, 그녀의 얇고 주름진 입술이 꾹 다물린 채 힘없이 떨리고 있습니다.

"침대에요, 금방 나올 거예요, 몸이 조금 안 좋대요."

"그럼 그레테가 올 때까지 너라도 이 늙은 에미 곁에 좀 앉아라, 너무 지겨운 일이 아니라면 말이야. 의자 좀 이리 가져와, 그래, 함께 아침을 먹으면 좋겠구나, 혼자서는 이제 제대로 볼 수도 없단다."

"그래요 — 어머니."

나는 어머니에게 의자를 끌어당겨 와 식탁에 앉습니다, 찻잔을 어머니 앞으로 밀어 놓고 커피를 따릅니다, 무슨 말을 해야 할지 모르겠습니다, 나는 먹기 시작합니다, 어머니도 흰 빵을 집습니다, 메마른 손가락으로 빵을 작게 자릅니다, 어머니의 안경은 찻잔 쪽으로 비스듬히 기울어 있습니다, 어머니는 빵을 조각조각 부숴 쓰디쓴 커피에 적십니다, 각설탕 세 조각을 커피에 넣습니다, 몸서리쳐질 정도로 달 텐데라고 나는 생각합니다, 어머니의 손가락을 보면 입맛이 사라집니다, 손톱이 너덜너덜 물어뜯겨 있습니다, 그렇지만, 이 사람이 나의 어머니입니다, 나는 그녀와 이야기를 해야 합니다, 그녀에게 무슨 말을 해야 할까요?

"빵이 너무 딱딱하구나, 내 이로는 씹을 수조차 없어." 그녀가 혼잣말로 중얼거립니다, "제빵사가 예전 같지 않아, 전에 있던 사람이 훨씬 나았어, 다른 사람으로 바꾸어야 해."

"맞아요." 나는 곧장 덧붙입니다, "나라면 할 수 있을 거예요, 이 빵은 오븐 속에서 너무 오래, 삼십 분 정도 더 구워졌어요, 충분히 반죽을 하지도 않았고요, 보세요, 여기 그런 부분이 있지요, 내가 하는 게 낫겠어요, 금방 가요, 견습생이 정신을 바싹 차리지 못했었네요."

"너, 네가 빵에 대해 뭘 안다고. 마치 일평생 빵 굽는 일만 한 사람처럼 말하는구나."

그녀는 몸이 흔들릴 정도로 웃음을 터뜨렸습니다, 빵 부스러기가 그녀의 목구멍으로 들어갑니다, 그녀는 마른기침을 하기 시작합니다, 듣기 싫고, 심한 기침입니다, 그녀는 새파랗게 질립니다, 접시 위로 몸을 숙입니다, 나는 소스라쳐 벌떡 일어섭니다, 기묘한 느낌입니다, 나는 이마까지 온몸이 빨개졌습니다, 저런 빵 하나, 빵 부스러기 하나가 한 사람을 죽음으로 데려갈 수도 있습니다, 빵이 대체 나와 무슨 상관인가요, 무슨 수로 내가 빵에 대해 안다고 말할 수 있을까요, 나는 의사인데, 위염 환자를 위해서라면 그런 것이 중요할지도 모릅니다, 요리도 배워 두어야 합니다, 모든 의사가, 새로운 조리법도 고안해야 합니다, 요리를 위한 실험실을 확장할 수도 있을지 모릅니다, 지식은 늘 도움이 됩니다, 알맞은 빵 반죽에 대한 지식, 위의 분비선이 밀가루 같은 물질에 어떻게 반응하는가에 대한 지식 같은 것 말입니다—.

그사이 그녀는 진정되었습니다, 커피를 앞에 두고 앉아 이해할 수 없는 말들을 중얼거립니다, 그게 나와 무슨 상관인가요, 시간이 없습니다, 일을 해야 합니다, 나의 의무를 이행해야 합니다, "그 때문에 나는 그를 사랑해요." 그레테가 말합니다, 일하기, 일하기, 그 밖에 무엇이 있겠습니까!

나의 책상 위에 우편물이 놓여 있습니다, 동료 의사들에게 온 편지들, 환자들에게 온 편지들, 그들은 나의 조언을 듣고 싶어 합니다, 친구들, 학회, 법원이 보낸 편지들도 있습니다, 법원과 엮일 일이 뭘까요, 커다란 잿빛 봉투입니다, 작은 소포도 있습니다, 작은 나무 상자입니다, 나는 그것부터 열어 봅니다, 작은 튜브가 하나 들어 있습니다, 솜으로 싸여 있습니다, 봉인을 뜯습니다, 연골과 피부가 들어 있습니다, 인간의 피부입니다, 후두부, 피부에 깊게 파인 곳, 찢긴 곳, 상처입니다, 나는 편지 봉투를 뜯습니다, 무엇이 들었는지 자세히 봐야 합니다, 법원에 제출할 의견서, 어떤 살인, 어떤 여자가 고용인의 목을 베었다고 쓰여 있습니다, 침대 위에서, 대체 어떤 사건인가요, 고용주가 여자를 겁탈했습니다, 여자는 곤궁에 처한 어머니를 위한 돈이 필요했습니다, 고용주는 돈을 주기로 약속했습니다, 하지만 그가 원했던 것을 얻고 나자 말을 바꿨습니다. 그래서 여자는 그의 목을 물어뜯었습니다. 혹은 한 마리 개였을지도 모릅니다, 개 한 마리가 거기 있었다고 합니다, 아무도 그 개가 어디서 왔는지 모릅니다, 여인숙 안주인은 사건이 일어난 바로 그 시간에 개가 방 안으로 뛰어드는 것을 보았습니다, 어쩌면 젊은 여자는 아무 죄가 없을지도, 어쩌면 그것은 개가 물어뜯은 상처일지도 모릅니다, 그 피는 인간의 피가 아니라, 개의 피일 수도 있습니다, 그건 확증해 볼 수 있습니다, 분명히, 그들이 좀 더 일찍 나에게 표본을 보낼 수 있었더라면 좋았을 것입니다, 12시에 심리가 시작합니다, 지금은 맹장 수술도 해야 합니다, 4시에는 부쉬에게 가야 합니다, 아, 부쉬. 이 정신 나간 여자, 그녀는 사람 피를 끓게 만듭니다, 잊을 만하면 또다시, 그녀를 찾아가지 말아야 합니다, 이 문건에 서명을 한 사람이 보르게스입니다, 그가 소송을 진행하고 있습니다, 당연합니다, 역겨운 직업입니다, 하지만 그게 살인이라면, 시급히 들여다봐야 합니다, 현미경, 유리판 위에 작게 금을 그으며 혈청들을 채색합니다, 파란 핵을 가진 백혈구들, 그리고 붉은 적혈구들, 당연히 이것은 인간의 것입니다, 살인이 분명할 것입니다, 살인입니다, 이제 수술을 하러 가야겠습니다!

환자는 하얀 탁자 위에 결박된 채 누워 있습니다, 손목이 묶여 있습니다, 다리 위에는 넓은 끈이 지나갑니다, 그는 이미 잠들었습니다, 몸이 한 번 더 높이 들리고, 근육들은 경련하면서 긴장합니다, 흰 마스크에 가린 얼굴은 붉고, 부풀어 있습니다, 간호사는 환자의 왼쪽 눈꺼풀을 밀어 올리고 눈동자를 손가락 끝으로 가볍게 두드립니다, 환자는 아주 조금 움찔합니다, 그는 아직 인간입니다, 긴장이 다시 이완됩니다, 호흡이 더 깊어집니다, 폐는 공기를 뿜어냅니다, 그는 잠들었습니다, 지금 그는 어디에 있습니까, 그는 이제 알지 못합니다, 그가 살아 있다는 것을, 숨을 거둘 때까지 그를 그렇게 잠들어 있게 둘 수도 있습니다, 왜 지금 그런 생각이 떠오를까요, 맹장 수술은 질색입니다, 그대로 두어도 이 남자는 아마 저절로 회복할 것입니다, 수술 없이도 회복이 가능하다는 건 이미 드물지 않게 증명되었습니다, 사실 누구도 수술해서는 안 됩니다, 인간은 모두 죽을 때가 되면, 죽게 되어 있습니다, 칼을 밀어넣고, 피부를 찢고, 몸 한가운데를 가를 필요가 없습니다. 깨끗이 씻었습니다, 두 손이 말끔합니다, 박테리아가 하나도 남아 있지 않습니다, 사람의 몸에는 항상 수십억 개의 박테리아가 들러붙어 있습니다, 도처에 그런 적(敵)이 있지만, 그에 대해 모르고 살아갑니다, 그들도 살아 있으며, 우리보다 많지도 적지도 않은 권리를 가지고 있습니다. 아무것도 하지 않는 편이 나을지도 모릅니다, 죄라는 것은 원래 존재하지 않습니다, 어디에도, 사람이 손을 대고 움직이는 순간, 죄가 생겨납니다, 동시에 불의가, 그리고 살인이 일어납니다, 보르게스는 모릅니다, 알 수 없을 것입니다, 그는 그런 것을 이해할 수 없는 인간입니다, 그에게는 죄가 있거나, 죄가 없거나 둘 중 하나일 뿐입니다, 한 사람이 죽습니다, 그렇다면 틀림없이 누군가 책임이 있다는 것입니다, 하지만 그런 일들도 있는 것임을—그게 나와 대체 무슨 상관인가요!

나는 고무장화를 신고, 고무 앞치마를 두르고 있습니다, 그 위에 멸균된 하얀 가운을 걸쳤습니다, 가운을 더럽히지 않으려고 시뻘건 손을 몸에서 멀리 뻗치고 있습니다, 멸균된 얇은 장갑을 끼고 머리에는 멸균된 둥글고 하얀 모자를 쓰고 있습니다, 마취제 증기가 달콤합니다, 눈이 따갑습니다, 나는 제빵사처럼 보입니다, 우리는 모두 모자를 쓴 제빵사가 되어 있습니다, 케이크가 다 구워졌습니다, 맛보기로 자릅니다, 그러자 부풀었던 기포 하나가 톡 터집니다, 아닙니다, 혈관입니다, 작고 빨간 분수처럼 피를 높이 뿜습니다, 새하얀 병상 위에 아주 작고 붉은 점들이 생깁니다, 새하얀 생크림 케이크 위에 올린 작고 빨간 산딸기 같습니다, 어처구니없는 비유입니다, 지압을 해야 합니다, 그러지 않으면 피가 멈추지 않고 계속 흐릅니다, 이 남자의 생명이 빠져나갑니다, 또 한 사람이 죽습니다, 맹장염으로 죽었습니다, 근육을 조심스럽게 젖혀 봅니다, 공간이 필요합니다. 복막이 보입니다, 아주 얇고 섬세하며 계속 미세하게 움직입니다, 거기 아직 감각이 남아 있습니다, 아직까지, 한 부분이 다른 부분보다 더 강하게 느껴집니다, 어딘지 알기 위해서는 배를 열어 봐야 합니다, 마취가 더 필요합니다, 그는 이 남자가 살아 있다는 것을 기억합니다, 저기 누운 것은 살아 있는 사람입니다. 몸은 꿈틀하며 불쑥 솟으려 합니다, 그러다 다시금 잠이 듭니다, 거기 내장이 있습니다, 조금 탁한 액체가 흐릅니다, 맹장, 작은 충양돌기, 그것을 지져야 합니다, 이글이글하는 인두로 살아 있는 몸속을, 이제 맹장이 밖으로 나와 있습니다, 빨갛고 염증으로 부어 있습니다, 내벽에 붙은 작은 잿빛 궤양, 그를 깨우십시오, 마지막 봉합을 좀 끝내 주세요라고 누군가 말하는 것 같습니다, 이런 쓸모없는 것을 몸

안에 지니고 있다니, 이건 전혀 쓸모가 없습니다, 아무 기능도 없습니다, 우리 선대 동물의 잔여로 남아 있는 것뿐입니다, 의미 없이 유전되고 생명의 사슬에서 전유된 것입니다, 부모란 단지 아버지와 어머니만이 아닙니다, 그들의 피만이 아닙니다, 우리 안에 모든 동물이 있습니다, 모든 식물이 있습니다, 우리 안에서 그들 모두가 이야기하고 있습니다, 희미한 말들을 하고 있습니다, 태아들은 그 모든 형태를 지니고 있습니다, 아가미로 숨을 쉽니다, 물고기이자 파충류이자 포유류입니다, 그 모든 피조물이 우리 안에 있습니다, 그러므로 무언가를 행합니다, 움직입니다, 우리는 단지 그 모든 것의 최종 결과물일 뿐입니다, 모든 것의 총합입니다, 어디서 우리는 끝이 나는 걸까요, 우리는 모두 형제고, 모두 하나입니다. 죄라는 것은 존재하지 않습니다, 왜냐하면 우리는 우리 자신만이 아니기 때문입니다. 여기에 우리의 영원성이 있습니다, 이것 이외에 다른 것은 존재하지 않습니다, 천국은 필요하지 않습니다, 우리는 언제나 여기 있습니다, 언제나 여기 있었습니다, 모든 인간과 모든 사물과 모든 세상 속에 있습니다.

벌써 11시 30분입니다, 옷을 갈아입어야 합니다, 그레테를 한 번 더 보고 싶습니다, 하지만 이미 너무 늦었습니다, 검은 옷을 입어야 합니다, 법원은 엄격합니다, 온통 어둡고 가차 없습니다, 그곳에 가면 모르는 사람, 모르는 운명에 대해 심판하게 됩니다, 한 불쌍한 여자를 살인으로 내몬 것, 그것은 뻔한 일일 것입니다, 그 돈 많은 남자는 아마도 룸펜이었을 것입니다, 언제나 잘못은 남자가 저지르고, 대가는 여자가 치릅니다,

어린 여자는 어머니를 위해서 그 일을 저질렀다고 했습니다, 가난 때문에, 가난했어도 그 여자에게는 자기만의 만족이 있었을지도 모릅니다, 어떤 상황이든 빈곤을 돕는 기관들이 있게 마련입니다, 여자에게는 오빠도 한 명 있었다고 합니다, 대장장이였다던가 제빵사였다던가, 제빵사는 아니었을 것입니다, 그는 전사했으니까, 만약 그가 살아 있었다면 도움이 되었을 것입니다, 일을 할 수 있었을 것이고, 그랬다면 그런 비극은 일어나지 않았을 것입니다, 한 남자는 아직 살아 있을 것이고, 한 여자는 죄를 짓지 않았을 것입니다. 그녀는 어떤 모습일까요, 새까만 머리카락에 빨갛고 도톰한 입술, 반들반들한 이마를 가진 무뢰한일지도 모릅니다, 살해당한 남자는 그녀가 몸을 내준 첫 번째 남자는 아니었을지도 모릅니다, 어쩌면 이 모든 일이 동정심을 얻기 위한 한 편의 감상적인 연극일지 모릅니다, 법정에서 관대한 판결을 얻어 내기 위해 꾸며 낸 이야기, 순진무구한 여자와 불쌍한 어머니, 가난, 집안을 부양해야 할 오빠의 전사. 그녀는 그저 매춘부일 뿐입니다, 그녀에게 남자가 대가를 충분히 지불하지 않아 다툼이 벌어지고 여자가 남자의 목을 졸랐을 것입니다. 결국, 그게 나와 무슨 상관인가요, 나는 나의 의무를 다할 뿐입니다, 내가 해야 할 진술을 할 뿐입니다, 그것은 인간의 피입니다, 그럼요, 재판장님, 그렇게 말하고 나면 끝입니다.

비가 내립니다, 하늘에는 창백한 빛이 어려 있습니다, 자동차는 티어가르텐⁹⁾을 지나 '큰 별'¹⁰⁾을 넘어 다리로 속도를 냅니다, 모퉁이에 젊은 여자가 서 있습니다, 금발에 하얀 블라우스를 입었습니다, 여자는 미소를 띠며 차 안에 앉아 있는 나를 들여다보고는 얼굴을 붉힙니다, 모르는 사람입니다, 그녀는 제방으로 가려는 모양입니다, 자동차가 웅덩이 위를 내달리자 누런 진흙이 여자의 얇은 양말 위로 튑니다, 내 안에서 무언가가 타오릅니다, 나는 운전사에게 속도를 늦춰 달라고 부탁하려 합니다, 목소리가 떨립니다, 이상한 불안감이 나를 사로잡습니다, 내가 왜 이토록 흥분할까요, 나는 몸을 돌려 그녀에게 사과하려고 합니다, 하지만 보이는 것은 고개를 숙인 얼굴과 젖은 옷자락을 급히 추스르는 손놀림뿐입니다.

차는 형사 법원 앞에 멈춰 섰습니다, 나는 긴장하여 예민해져 있습니다, 차에서 내립니다, 복도와 계단을 헤맵니다, 여기저기 뿔뿔이 흩어져 서 있는 사람들, 어두워 잘 보이지 않는 무리를 지나는데 큰 소리를 내는 사람이 아무도 없습니다, 이곳은 운명의 집입니다, 나는 법원 안내원에게 나의 소환장을 보여 줍니다, 그는 하품을 하면서 한쪽 교차 통로를 가리킵니다, 나는 법정마다 문 위에 적힌 번호를 읽습니다, 나 역시 몹시 지쳐 있습니다, 부디 오래 끌지 않기를 바랄 뿐입니다, 내가 해야 할 진술을 하고, 어서 집으로 돌아갈 것입니다, 그렇습니

---

9) Tiergarten. 베를린 중심부에 위치한 넓은 녹지이다. 원래는 왕실 사냥터로 사용하던 곳이 이후 대중에게 개방되어 유럽에서 가장 큰 도시공원 중 하나가 되었다.

10) '큰 별(Der Große Stern)'은 독일 베를린에 있는 유명한 교차로를 일컫는 속어다. 승전탑(Siegessäule)이 한가운데에 서 있는 원형 광장을 가리키며, 이곳에서부터 다섯 개의 주요 도로가 별 모양처럼 방사형으로 뻗어 나가고 있어 붙여진 이름이다.

다, 집, 아름답고도 이상한 말, 인간에게 집이라는 것이 정말 있을까요?

　나는 나의 자리에 앉아 있습니다, 참관석은 사람들로 가득 들어찼습니다, 저 사람들은 무엇을 보고 싶어 하는 것일까요, 그저 호기심 때문일 것입니다, 보르게스는 이미 발언대 앞에 서 있습니다, 얼굴이 붉게 상기되었습니다, 그는 나를 보지 않습니다, 문서들에 열중하고 있습니다, 나는 너무 일찍 도착했습니다, 차라리 걸어왔어야 했습니다, 차를 타고 오면서 낯선 사람에게 진흙이나 튀길 바에야 말입니다, 아니면 그레테를 한 번 더 보고 왔어야 했을 것입니다, 마치 이 모든 일이 나에게 중요한 일인 것 같지만, 사실은 그저 짐승같이 저열한 범죄로 일어난 일일 뿐입니다, 나는 의사입니다, 법률가가 아닙니다, 건너편에 있는 변호사는 코안경을 썼는데 그다지 똑똑해 보이지 않습니다, 다른 사람들과 잡담을 나누고 농담이나 주고받는 것을 보면, 이 사건에 진지하게 임하지 않는 것 같습니다, 이런 일에야 능숙하겠지만, 그렇더라도 이럴 수가 있는가, 한 사람을 사형에서 구제하거나 감옥에서 벗어나게 해야 하는 일인데 말입니다, 그것도 아직 젊은 여자가 ― 재판부가 입장합니다, 드디어 착석합니다, 판에 박힌 절차입니다, 피고인 ― 잘 보이지 않습니다, 비가 내려 날이 흐립니다, 저 위에 있는 자리는 어둑어둑합니다, 그녀 곁에 굳이 두 명의 경찰관을 붙여 둘 필요는 없었을 것입니다, 참관인들은 마치 서커스 구경을 하듯 목을 길게 빼고 있습니다, 인간은 여전히 인간입니다, 설사 어떤 범죄를 저질렀다 해도, 그는 여전히 다른 사

람들과 똑같아 보입니다, 전혀 다르지 않아 보입니다, 이제 그
녀가 입을 엽니다, 이름? "에마 베투흐입니다." 그녀는 여지없
이 금발입니다, 에마 베투흐, 베투흐, 베투흐?! 방청객이 웃음
을 터뜨립니다, 그렇습니다, 그들은 웃어서는 안 됩니다, 정직
한 이름일 뿐입니다, 우스울 게 전혀 없습니다, 하지만 언제나
이런 웃음, 킥킥거림, 저 무례한 사람들은 혼쭐이 나야 합니
다! 에마? 분명히 그들은 그녀를 에마라고 부릅니다, 에마? 그
애를 봐야 해, 이것은 누구의 목소리인가요, 이것은 누구인가
요, 베투흐?

　　나는 자리에서 일어섭니다, 뒤에서 누군가 "좀 앉아요."라
고 소리칩니다, 물론입니다, 이곳은 서커스가 아닙니다, 내가
진술할 차례가 올 때까지 나는 아직 오래 기다려야 할 것입
니다, 어머니는 아직 커피잔을 앞에 두고 앉아 계실 것입니다,
어머니? 나는 멀리 떠나야 할 것 같습니다, 그레테도 따라와
서는 안 됩니다, 슬픔이 북받칩니다, 이 젊은 여자의 목소리는
얼마나 연약한가요, 그리고 얼마나 슬픈가요, 그녀는 범죄자
가 아닙니다, 결코, 가엾은 사람일 뿐입니다, 내가 돌보아야 할
환자입니다, 나는 일어나서 그녀를 데리고 나가야 합니다, 나
에게는 그럴 자격이 있습니다, 오직 나만이 그걸 알 수 있습니
다, 나는 의사입니다, 그녀는 안정을 취해야 합니다, 우리는 모
두 형제이고 자매입니다, 우리는 모두 똑같이 죄가 있고, 똑같
이 죄가 없습니다, 나는 그녀에게 다가갑니다, 그녀는 아직 어
린아이일 뿐입니다, 대체 사람들이 그녀에게 무슨 짓을 저지
른 것인가요!

나?

그녀가 말합니다, 아주 나직하게, 마치 발끝으로 서서 내 귀에 살며시 속삭이는 것처럼, 아버지는 돌아가셨어요, 이미 오래전에요, 아, 그렇죠, 그리고 어머니는 아프세요, 어머니가 아프다고요? 많이 아프세요, 어디가 아픈지는, 말하지 않습니다, 그녀는 오빠에 대해 말합니다, 제빵사였고, 가족을 먹여 살렸고, 전쟁에 나갔다가 죽어 버린 오빠, 하필 전쟁이 끝나던 날, 오빠가 돌아오기를 기다리며 모든 것을 준비했었습니다, 커다란 케이크를 구웠습니다, 예전에 함께 일했던 어린 견습생이 만들었습니다, 보릿가루와 건포도로, 서툰 아이라 제대로 된 빵이 나올 리 없었습니다, 어머니는 의자를 창가로 옮기고 내내 창밖을 내다보았습니다, 집 안 구석구석을 닦았습니다, 타닌을 뿌리고 큰 꽃다발을 엮었습니다, 위층 침대에는 그를 위해 침대보를 새로 갈았습니다, 아들을 깜짝 놀라게 하려고 어머니는 새하얀 시트를 샀습니다, 어머니는 마지막까지 남겨 두었던 돈을 털었습니다, 오빠가 돌아오면 집에 돈이 다시 생길 것이었습니다, 그는 빵 가게를 곧바로 다시 떠맡을 것이었습니다, 흰 빵은 언제나 필요합니다, 누구나 먹어야 삽니다, 이 일보다 안정적인 직업도 없습니다, 전쟁에 나갔던 사람들이 돌아온 것은 딱 한 번뿐이었습니다, 수많은 전우가 죽었습니다, 수없이 많은 가족이 절망에 빠졌습니다, 그러나 그들은 그들의 영웅이자 구원자를 맞이했습니다.

저녁이 되었습니다, 그는 돌아오지 않았습니다, 그는 정규 열차를 놓쳤을 것입니다, 모든 게 그렇게 뒤죽박죽이었습니다, 질서 따위는 무너져 있었습니다, 혁명은 갑작스러웠습니다, 모든 규율이 깨지고, 평온이 사라졌습니다, 누구나 집에 돌아가고 싶어 했습니다, 하지만 그저 기다리는 수밖에 없었습니다. "본론으로 들어가 주시기 바랍니다." 재판장이 말합니다, 이것은 본론이 아니란 말인가요, 이것이야말로 ─ . 그녀는 잠시 당황합니다, 목소리는 더 소심해지고, 더 작아집니다, 마치 길을 잃은 가엾은 새처럼 떨립니다, 대체 무슨 말을 하라는 것인가요, 그것이 가장 중요한 것 아닌가요, 오빠는 결국 돌아오지 않았습니다, 그들은 나흘 동안 그렇게 앉아 있었습니다, 꽃들은 다 시들었습니다, 어머니는 돌처럼 굳어 버렸습니다, 그녀는 믿을 수 없었습니다, 얼굴은 잿빛이 되었습니다, 하지만 뺨에는 단 한 방울의 눈물도 흐르지 않았습니다, 다 집으로 돌아왔습니다, 오직 빌헬름만 돌아오지 않았습니다, 빌헬름, 빌헬름 베투흐는 실종되었습니다, 그가 죽는 것을 본 사람은 없었습니다, 전우들은 돌아왔지만 아무것도 모른다고 했습니다, 에마는 관청에서 몇 시간이고 서성였지만, 아무것도 알아내지 못했습니다, 어머니는 창가에 놓았던 의자를 다시 들여놓았습니다, 어머니는 울지 않았습니다, 하지만 에마는 밤마다 어머니의 낮은 흐느낌을 들었습니다, 마치 "부서진 항아리"에서 나오는 소리 같았습니다, 이런 표현을 그녀가 어떻게 떠올렸을까요, 그것은 오빠가 늘 쓰던 말이었습니다! 이제 어머니는 거의 침대에서 일어날 수 없습니다, 어머니는 심장병이 있습니다, 그 며칠 동안의 극심한 흥분과 말없는 절망으로 병이 더욱 악화되었습니다, 에마는 일해야 합니다, 일자리를 찾아, 돈을 벌어야 합니다, 그전에는 그럴 필요가 없었습니다, 어머니는 말립니다, 하지만 그건 아무 소용도 없습니다, 일을 하지 않고 그저 굶고만 있어야 한단 말인가요, 그럴 수는 없습니다, 하지만 에마는 배운 것이 아무것도 없습니다, 그녀는 늘 집에 만 있었습니다, 어머니를 도왔고, 오빠의 귀여움을 받았습니다, 그녀는 오빠를 다른 누구보다 다정하게 대했고 사랑했습니다, 오빠의 사진도 아직 간직하고 있습니다, 사진은 한결같이 침대 머리맡에 놓여 있습니다, 이제 그녀는 그 사진을 블라우스 속에 넣고 다닙니다, 마치 연인의 사진처럼, 그녀가 미소를 지은 걸까요? 어머니에게 작별 인사를 하며 입을 맞춥니다, 목이 메입니다, 약이 다 떨어졌습니다, 집에는 한 푼도 남아 있지 않습니다, 돈을 마련해야 합니다, 이제는 오로지 그녀에게 달린 일입니다, 오래 헤매고 다닙니다, 일자리가 없습니다, 전쟁에서 돌아온 남자들로 일자리가 다 찼습니다, 어디에서도 일거리를 찾을 수 없습니다, 결국 그녀는 베를린으로 갑니다, 공고문 하나를 읽습니다, 프리드리히하겐에 있는 어느 농장에서 하녀를 구하는 광고, 하녀, 그래도 해야 합니다, 그녀의 고운 손은 금세 거칠어지고 붉어질 것입니다, 그래도 해야 합니다, 그녀를 거칠게 다룰 것입니다, 때릴지도 모릅니다, 아무래도 상관없습니다, 오직 중요한 것은 돈, 돈입니다, 어머니에게는 의사가 필요합니다, 어머니가 돌아가시기라도 한다면, 그런 일은 생각조차 할 수 없습니다, 약도, 좋은 음식도 비쌉니다, 아, 그녀는 뭐든지 할 것입니다, 이미 집 밖에 나섰습니다, 농장주는 그녀를 지그시 바라봅니다, 그 눈빛을 보며 그녀는 남자의 얼굴을 후려치고 싶은 충동을 느낍니다, 돈, 그는 키가 작습니다, 팔은 굵고 손에는 살이 투실투실합니다, 머리카락은 빨갛고 입술은 심술궂어 보입니다, 그는 곁눈질로 그녀를 아래에서 위까지 훑어봅니다, 그녀는 오직 돈만 생각합니다, 주인 여자가 곧장 거친 언행을 시작합니다, 그녀는 나이가 많고 깡말랐습니다, 귀에는 커다란 보석 귀걸이를 달고 있습니다, 그녀는 에마의 옷차림을 비웃습니다, 낡아 빠진 앞치마를 두르고 다니라고 명령합니다, 괜찮습니다, 오빠가 이런 모습을 볼 수 없는 것이 차라리 다행입니다, 그녀는 말을 돌보는 하인을 도와야 합니다, 마구간에 쌓인 분뇨를 치워야 합니다, 이것은 계약서에 쓰여 있지 않은 일입니다, 그녀는 화가 납니다, 농장주에게 항의합니다, 주인 여자가 그녀를 때리려 듭니다, 그녀는 모든 것을 삼키며 참습니다, 돈, 돈, 돈, 주인 남자는 여전히 기묘한 눈빛으로 그녀를 뚫어지게 바라봅니다, 정원에서, 한낮에, 주인 여자가 자리를 비우자마자, 주인 남자가 그녀의 몸을 끌어안습니다, 그녀는 그를 밀쳐냅니다, 소동이 일어납니다, 부인이 뒤쫓아와, 무언가 눈치채고, 질투심에 가득 찹니다, 그때부터 지옥이 펼쳐집니다, 주인 여자가 그녀를 혐오하기 시작합니다, 상황은 점점 더 나빠집니다, 어느 날 저녁 주인 남자가 베를린에 가야 하는데, 그녀가 함께 가야 한다고 말합니다, 서둘러 출발 준비를 하라고 합니다, 그가 뭔가를 사게 될 텐데 그녀가 그것들을 들고 따라다녀야 한다는 것입니다, 그렇게 그들은 베를린에 갑니다, 주인 남자는 자동차를 탑니다, 어디로 가는 걸까요, 그곳은 곁길로 난 골목입니다, 좁고 어두운 길입니다, 그녀는 거리 이름이 생각나지 않습니다, 아래층에 초인종이 있습니다, 이것은 누구의 집인가요, 그녀에게 아래층에서 기다리라고 합니다, 아니, 그녀도 함께 올라가야 한다고 말합니다, 그녀는 망설입니다, 어떻게 해야 할지 알지 못합니다, 그녀의 심장이 두려움에 쿵쿵 뜁니다, 갑자기 개가 한 마리 나타납니다, 이마에 하얀 점이 있는 갈색의 커다란 세인트버나드입니다, 주인 남자가 "빨리 와." 하고 말합니다, "개를 뭘 그렇게 쳐다보고 있어." 그녀도 왜 그러는지 모릅니다, 개가 짖기 시작합니다, 끙끙대기 시작합니다, 개는 그녀 곁으로 바싹 기어 옵니다, 킁킁거리며 흥분한 채 공기를 들이마십니다, 멀어졌다가 다시 되돌아옵니다, 주인 남자를 향해 높이 뛰어오르며 이빨을 드러냅니다, 단지 그런 것처럼 보였는지도 모릅니다, 아래층에 한 여자가 서 있습니다, 젊음이 사라진 얼굴입니다, 핑크빛 파우더로 화장한 얼굴은 메말랐습니다, 여자가 주인 남자에게 들어오라는 눈짓을 합니다, 그들은 아는 사이처럼 보입니다, 주인 남자는 개 때문에 지체된 것에 화가 난 듯 개에게 손을 휘두르더니 그녀를 집 안으로 끌어당깁니다, 화장을 한 여자는 예의 바르게 몸을 숙여 인사하며 입을 크게 벌리고 웃습니다, 어둠침침한 계단을 올라갑니다, 그녀는 덜컥 겁에 질립니다, 비좁은 방입니다, 침대 하나가 놓여 있습니다, 공기는 눅눅합니다, "이리 와." 그가 말합니다, 주인 남자의 콧망울이 떨리기 시작합니다, 굵은 두 팔을 그녀에게 뻗습니다, 그녀는 저항합니다, 소리를 지르려 합니다, 그때 남자가 두툼한 입술로 그녀의 귀를 짓누르며 속삭입니다, 공짜가 아냐, 금화를 줄게, 할 때마다, 옷도 사 주고,

신발도 사 줄 거야, 그게 너무 적다면 네가 원하는 걸 사 줄게, 네가 예쁘게 군다면 두 개도 줄 수 있지, 그럼 넌 부자가 될 거야, 그리고 나중에 잘생긴 남자와 결혼도 하게 되겠지, 나처럼 잘생긴 남자 말이야, 하하!

그녀는 숨이 막힐 것 같습니다, 현기증이 입니다, 매번 금화 두 개라니, 의사에게는 하나만 가져가도 충분할 것입니다, 어머니는 다시 건강해질 것입니다. 그 일이 오래 걸리지도 않을 것입니다, 모든 게 다시 괜찮아질 것입니다, 그러면 그녀는 집으로 돌아가게 될 것입니다, 돈, 돈, 어머니, 다 괜찮을 것입니다. 그녀는 거의 정신을 잃었습니다, 주인 남자가 그녀의 몸에서 옷을 벗겨 냈습니다, 그리고 그녀 위에서 몸을 굴렸습니다 —"당신은 저항했나요." 재판장이 묻습니다, 그녀가 어떻게 그럴 수 있었겠습니까, "아마 거의 의식을 잃은 상태였을 겁니다, 재판장님." 내가 끼어듭니다, 나의 목소리가 갈라지고 거칩니다, 나는 자리에서 일어나 있습니다, 왜 일어섰는지는 나도 모릅니다. "참고인이 끼어드는 것에 이의 있습니다. 이건 변호사의 일입니다." 보르게스가 말합니다. 그렇습니다, 분명히 맞는 말입니다, 하지만 변호사가 입을 다물고, 변호사가 아무 말도 하지 않는다면, 이것은 의사의 일이기도 합니다.

"의학적인 문제 제기일 뿐입니다, 재판장님 —."

"이의 있습니다." 보르게스가 갈라진 목소리로 소리를 높입니다, 칠면조처럼 얼굴을 붉히고, 주먹으로 탁자를 내리칩니다, 재판장은 손을 공중에서 부드럽게 젓습니다, "피고인이 말해 보세요." 그러나 그녀는 지금 넋이 나가 있습니다, 목소리가 흔들립니다, 흐느끼기 시작합니다, 무슨 일이 일어났는지 갈피를 잡지 못합니다, 주인 남자는 돌변하여 약속 따위는 없던 일로 하려 들었습니다, 돌연 차갑게 굴며 반대쪽으로 돌아누웠습니다, 그는 원하던 것을 얻었습니다, 그것으로 만족했고 한 마리 짐승처럼 거기 누워 있었습니다, 모든 것이 헛된 일이었습니다, 모든 헌신이 쓸데없었습니다, 모든 희생, 그가 그녀를 속였고 기만했습니다, 그녀는 더럽혀지고 명예를 잃었습니다, 돈도 받지 못했습니다, 금화 두 개는 없었습니다, 오직 궁핍함만 남았습니다, 어머니는 죽을 것입니다, 모든 것이 끝났습니다, 그의 잘못입니다, 그녀의 순결, 사랑 때문이 아니었습니다, 돈 때문이었습니다, 그녀는 창녀가 되었습니다, 저기 누워 있는 뚱뚱하고 붉은 몸의 남자 때문에, 그녀는 어마어마한 증오심에 사로잡혔습니다, 자기 자신을 증오했습니다, 그 남자를 증오했습니다, 그녀의 눈앞이 물결치기 시작했습니다, 무슨 일이 벌어졌는지 도무지 알 수 없었습니다, 그때 갑자기 개가 방 안에 나타났습니다—.

그녀는 더이상 말을 잇지 않습니다, 어떤 비난에도, 어떤 설득에도 대꾸하지 않습니다, 단호하게 침묵합니다, 그저 자리에 앉아서 소리 없이 눈물을 흘립니다, 얼굴이 일그러지고 입술이 떨립니다, 매 맞은 아이처럼 보입니다, 아무것도 들리지 않는 사람처럼 보입니다, 그녀는 마음의 눈에만 보이는 한 장면을 응시하고 있습니다, 하나의 사건과 한 명의 죽음, 그것에 대해 입을 다뭅니다, 이제 다 끝났습니다, 무슨 말을 하겠습니까, 재판관들이 다 무슨 상관이란 말인가요!

"눈앞이 물결치기 시작하고, 어마어마한 증오심에 사로잡히는데, 개 한 마리가 방에 나타난다, 그거 참 특이하군요—." 라고 재판장이 말합니다, 무엇이 특이하다는 걸까요, "그러니까 당신이 주장하는 바는, 당신이 아니라 그 신비한 개가 뛰어올라 당신 옆에 있던 남자의 목덜미를 덥석 물었다는 거지요, 도대체 그런 개가 어디에 있습니까, 조사관에게는 그 개를 몰랐다고 진술한 모양이네요, 문 앞에서 갑자기 큰 소란이 있었고, 문손잡이가 밑으로 눌렸다고요, 그렇죠?"

아니, 그녀는 침묵합니다, 아닙니다, 그녀는 아무 말도 하지 않습니다, 듣고 있기는 한 걸까요, 자신이 어디에 와 있는지 알까요?

증인들이 나옵니다, 앵무새처럼 초록색 옷을 걸친 뚱뚱한 포주, 그녀는 살쪄서 부푼 몸을 코르셋으로 조이고 있습니다, 구슬처럼 둥글고 까만 눈을 가졌고, 이마는 곱슬머리로 덮여 있습니다, 말이 몹시 빠르고, 격앙되어 있습니다, 혀짤배기소리로 중얼거리는 동안 두툼한 입술 위로 침이 흐릅니다, 자기 집에서 그런 일이 일어나다니, 그곳은 점잖은 집이다, 품위 있는 신사들만 드나든다, 경찰서장이 자신이 정숙한 여자라는 걸 확인해 줄 수 있다, 자기에 대해 나쁜 말을 하는 사람들은 없다, 농장 주인을 오랫동안 알고 지냈다, 그는 자주 들렀다, 만약 그가 아직 살아 있다면, 그녀의 평판을 증명해 주었을 것이다, 그런데 그가 그토록 끔찍한 죽음을 맞았다니, 아, 맙소사, 불쌍한 사람이라고 쏟아 냅니다.

포주는 일부러 과장되게 큰 소리로 코를 풉니다, 방청석 여기저기 웃는 소리가 들립니다, 재판장은 자리에서 안절부절 못하며 이리저리 움직입니다, 그녀가 마침내 진정하고, 진술을 이어 갑니다, 저기 저 여자가 그 착한 분을 목 졸라 죽였다, 자기가 그것을 목격했다고 말합니다. 대체 어떻게요, 그럼 그 개는 그곳에 없었단 말인가요, 어떻게 그것을 직접 볼 수 있었을까요? ─ 아, 그 개, 맞다, 그렇게 확실하게 말할 수는 없을 것 같다, 그 개가 어떻게 거기 나타났는지, 아래층 문가에서, 계속 저 여자 주위에서 킁킁거렸다, 그 개가 어떤 개인지는 모른다, 갈색 털이 곱슬곱슬하고 이마에 흰 점이 있는 세인트버나드였다, 농장 주인이 문을 닫고 들어섰을 때 개는 골목에 그대로 서 있었다, 길에 붙박여 서 있었다, 떠날 줄을 몰랐다, 줄곧 위층 창문을 쳐다보며 그 자리에서 이리저리 뛰며 짖고 있었다, 길 가던 사람들도 발길을 멈추기 시작했고, 덜컥 겁이 났다, 그래서 문을 열어 주었더니 개가 집 안으로 들어와 계단을 뛰어오르더니 곧장 방으로 들어갔는데, 거기 두 사람이 ─ 아무튼, 자기도 지체 없이 뒤따라갔는데, 문은 이미 열려 있었다, 방에 들어서려는 순간 개가 자기 앞을 지나 밖으로 뛰쳐나갔다, 위층 방 안에는 농장 주인이 완전히 벌거벗은 채 침대에 누워 있는데, 얼굴은 파리하고 목은 물어뜯겨 있었다, 너무 놀라서 크게 소리를 지르고, 정신없이 울부짖을 수밖에 없었다, 그렇게 마음씨 좋은 남자였는데, 저 저 여자는 속옷 차림으로, 미동도 하지 않고, 그 옆에 앉아 있었다, 저 여자가 농장 주인을 죽인 거다, 저 여자는 농장 주인에게서 눈을 떼지 않고 계속 쳐다보고 있었다, 완전히 야수 같은 뜨거운 눈으로, 그것을 보고 너무 무서워 경찰서로 달려갔다, 망설일 겨를이 없었다고 말합니다.

포주는 들어가도 좋다는 허락을 받습니다, 그녀는 짐짓 우아하게 고개를 끄덕입니다, 몸을 숙여 인사합니다, 의기양양하게 주위를 둘러보고는 서둘러 나갑니다, 한순간 정적이 흐릅니다. 이윽고 재판장이 입을 엽니다.

"피해자와 살인자 사이에 몸싸움이 일어난 것은 분명해 보입니다, 피해자 목의 물어뜯긴 자국과 침대 옆 마룻바닥에서 혈흔이 발견되었습니다, 문제는 그게 무슨 피인가 하는 겁니다, 개의 피인가, 아니면 피해자가 흘린 피인가? 그것이 정말 개의 피라면, 물론 그럴 가능성은 극히 낮겠죠, 하지만 이 개를 둘러싼 이야기 전체가 전혀 그럴듯하지 않은 상황이니, 만약 그것이 개의 피라면, 어쨌거나 개도 상처를 입었다고 추론할 수 있습니다, 말하자면 개와 농장 주인 사이에 격투가 벌어졌고, 그 짐승이 알 수 없는 이유로 남자의 목을 물어뜯은 것이라고요. 참고인 의견을 말해 보세요."

나는 자리에서 일어섭니다, 재판장 앞으로 걸어 나갑니다, 그런데 갑자기 이상한 기분에 휩싸입니다, 내가 걸어가는 것이 아니라, 발언대가 나를 향해 밀려오는 기분입니다, 말이 내게 밀려오는 기분입니다, 나는 뭔가 다른 말을 하려고 하는데, 나의 입, 나의 입술이 저절로 움직입니다, 마치 나의 의지를 막아서는 것처럼, 그리고 나의 목소리가 말합니다.

"개의 피입니다, 친애하는 재판장님, 조사 결과는 개의 피였습니다."

나의 진술은 엄청난 파장을 일으킵니다. 참관석이 술렁이고 다들 자리에서 일어섭니다. 격앙된 목소리들이 점점 커집니다. 배심원석에 앉은 사람들이 다 같이 머리를 수그리고 맞댑니다. 흥분이 법정을 뒤덮습니다.

"참고인은 자신의 진술에 대해 선서해야 한다는 점을 분명히 알고 계신가요." 보르게스가 장내의 소란 가운데 새된 소리로 외쳤습니다.

"참고인은 자신의 의무와 진술의 중요성에 대해 한 번 더 신중하게 생각하시기 바랍니다." 재판장이 덧붙였습니다. "재판의 결과가 그에 좌우될 수도 있습니다."

"알고 있습니다." 내 안의 목소리가 차분하게 말합니다.

"참고인이 선서를 하기 전에 질문할 것이 있습니다." 보르게스가 의기양양하게 말합니다. "피고와 혹시 어떤 사적인 관계가 있는 것은 아닌지요. 그럴 가능성도 완전히 배제할 수는 없습니다. 이 문제의 중요성을 감안할 때, 만약 개인적인 친분이 있다면, 참고인의 진술을 의심할 수밖에 없습니다."

"저는 단지 의사로서 여기 와 있을 뿐입니다." 나의 목소리가 말합니다. "저는 소견서를 제출하는 것뿐이며, 개인적인 것들은 상관이 없습니다."

"참고인의 신뢰성, 의무에 대한 이분의 인식을 의심할 만한 근거가 제게는 있습니다. 다른 참고인을 소환하고 이분을 기피 신청하고자 합니다."

나는 그를 향해 돌진합니다. 피가 머리로 치솟습니다. 내가 어디에 있는지 잊습니다.

"이자는." 나는 더듬거리며 말을 쏟아 냅니다. "이자는 여기서 감히 나를 공격하려는 겁니다, 이자는 내 친구 행세를 하며 우리 집안에 기어들어 왔습니다, 내 친구가 되기로 맹세했었습니다, 그런데—."

"그 일은 여기 이 건과 무관합니다, 의사 선생님—."

"그는 내 뒤를 바싹 쫓으며, 뭔가 증명을 하려 하지만—."

"휴정을 요청합니다." 검사가 말합니다.

배심원들은 심의를 위해 물러갑니다, 짧은 휴정 시간이 주어집니다, 나에게 무슨 일이 일어난 걸까요, 나는 유리창을 부숩니다, 그와 나 사이를 가로막는 유리를 짓밟습니다, 나는 이 남자가 너무 싫습니다, 그와 마주치면, 그의 두개골을 깨 버릴 것입니다, 나는 아무것도 빼앗기지 않을 것입니다, 그것도, 그 젊은 여자도, 나와 아무 상관도 없는 일이지만, 나는 나의 의무를 다합니다, 나의 의무?! 언제나 변함없는 나의 의무?!

한순간 나는 흔들립니다, 비참한 기분이 듭니다, 눈앞에서 모든 것이 춤추기 시작합니다, 숙고할 시간이 없습니다, 법정이 다시 열리고 모두 제자리에 다시 앉습니다, 검사의 청구는 기각되었습니다, 다른 참고인은 부르지 않을 것입니다, 재판장은 법정이 나의 공인된 권위와 정직함에 대해 전적인 신뢰를 가지고 있다고 강조합니다, 나는 선서를 위해 앞으로 나갑니다, 얼마나 깊이 내가 그를 증오하는지, 그것이 그레테 때문인지, 아니면 저 젊은 여자 때문인지, 모든 것이 혼란스럽습니다, 십자가 위에 손을 얹었습니다, 누가, 나, 나입니다, 나의 손이 위로 올라갑니다, 이것은 나의 손이 아닙니다, 이 손을 잘라

서 양동이에 버릴 수 있습니다, 손은 완전히 제멋대로입니다, 말들, 나의 입술도 제멋대로입니다, 나, 나는 지금 누가 말하고 있는지 모릅니다, 법정에 숨 막히는 정적이 흐릅니다, 나는 그 고요를 듣습니다, 내 말들을 듣습니다, 말들이 어떻게 입 밖으로 하나하나 떨어지는지 듣고 있습니다, 나는 그곳에 서 있는 나를 봅니다, 완벽하게 혼자, 마치 무덤에 누운 듯이, 무덤에서 들려오는 목소리, 무덤에서 들려오는 맹세, 내가 나의 옆에 서 있는 기분입니다, 모든 것이 안개 속입니다.

아무것도 알 수 없습니다, 보르게스는 여전히 말을 이어 가고 있습니다, 변호가가 그에게 반박합니다, 재판관들은 다시 자리를 뜹니다, 법정은 웅성거립니다, 재판관들이 돌아옵니다, 재판장이 짧게 선고를 내립니다, 아무 문제 없습니다, 젊은 여자는 무죄입니다, 그녀는 비틀거리며 밖으로 나갑니다, 에마, 옆을 스쳐 지나가며 나는 그녀의 얼굴을 봅니다, 그녀는 나를 봅니다, 나를, 나를? 그녀의 얼굴은 창백합니다, 눈처럼 하얗습니다, 마치 죽은 사람처럼, 그녀는 어디로 가는 걸까요? 아, 그녀를 따라갑니다, 그녀는 자유의 몸입니다, 나로 인해, 한 사람이 자유로워졌습니다, 대체 내가 무엇을 했길래, 웃고 싶습니다, 그러나 얼굴이 굳어 있습니다, 얼어붙은 것처럼, 꼼짝도 할 수 없습니다.

이윽고 정신을 차립니다, 보르게스가 내 옆을 스쳐 갑니다, 눈빛은 강철 같습니다, 머리는 어깨 사이에 꼭 끼여 사나운 새처럼 보입니다, 나는 그를 거의 의식하지 못합니다, 어둑한 복도를 지나, 계단을 내려갑니다, 외롭다고 느낍니다, 몸

116

이 돌처럼 무겁습니다, 숨이 막혀 죽을 지경입니다, 아무 생각도 할 수 없습니다, 이루 말할 수 없는 피로가 덮쳐 옵니다, 이것이 삶인가요, 거리로 나섭니다, 집으로 갑니다, 어딘들 누가 알겠습니까, 눈이 아플 만큼 밝은 빛이 갑자기 어둠을 뚫습니다, 저기 그러니까─그 개가 있습니다, 이마에 흰 점이 있는 갈색 세인트버나드, 네로입니다, 녀석이 맞은편 길 위에서 나를 기다리고 있습니다, 컹컹 짖으며 나를 향해 달려옵니다, 둔덕을 가로지릅니다, 그 개입니다, 그것은─어떻게 그럴 수 있을까요, 개는 젊은 여자에게서 무엇을 원하는 걸까요, 컹컹댑니다, 그녀에게 어떤 냄새를 맡은 걸까요, 누군가, 무엇인가─누구도 그 개를 보아서는 안 됩니다, 그러지 않으면 모든 것이 끝장입니다, 나락, 우리 모두 그곳으로 추락합니다, 모두, 모두, 그곳으로, 빨리, 뛰어갑니다, 모퉁이를 돌아, 광장을 지나, 거리를 가로지릅니다, 녀석은 계속 따라옵니다, 높이 솟아오르기도 하고, 숨을 헐떡거리고, 혀를 늘어뜨리고, 이제 티어가르텐을 가로지릅니다, 사람들이 놀라 멈춰 섭니다, 경찰이 몸을 돌립니다, 나는 더이상 아무것도 보지 않습니다, 아무것도 생각하지 않습니다, 완전히 맹목적으로 달립니다, 점점 더 멀리, 어딘가에 있을 목적지를 향해, 어딘가에 있을 집으로, 나는 어느 문 앞에 다다릅니다, 계단을 올라갑니다, 높은 곳에 있습니다, 그레테, 나는 그녀의 팔에 안깁니다.

"당신이 집에 오니 마음이 놓여, 얼마나 불안했는지 몰라, 개도 다시 나가 버렸어, 개는 바깥을 하염없이 돌아다녀, 당신이 전장에 나가 있을 때도 그랬어, 한번은 온종일 사라졌었어,

이제 오랫동안 그 녀석을 찾아 헤매야 할지도 몰라."

"곧 올 거야, 아마 거의 다 왔을 거야."

"묶어 놓아야 할까, 또 당신을 물려고 했어?"

"아니, 아니야."

"무슨 일이 있었어? 여튼 그 녀석은 다시는 내보내지 말아야 해."

"아무 일도 없었어. 그 녀석 입에 피가 묻어 있었던가? 이제는 아무 상관 없는 일이긴 하지만."

"그 여자는 풀려났어?"

"응."

"당신이 도움이 된 거야?"

"응."

"기쁘지 않아?"

"응, 기뻐."

"하지만 당신 얼굴은, 뭔가 숨기고 있는 것 같아, 아까부터 줄곧—."

무엇 때문에 그녀는 묻는 것일까요, 묻지 말아야 합니다, 아무도 묻지 말아야 합니다, 나는 가만히 있고 싶습니다, 세상 어딘가에 고요히 누울 수 있다면 좋겠습니다, 눈을 감고 싶습니다, 죽어 있고 싶습니다, 땅속 저 아래 있고 싶습니다, 오늘은 이상한 날입니다, 내가 집으로 돌아온 지 일 년이 되는 날인가요, 그동안 무슨 일이 있었던 걸까요, 모든 것이 나를 밀쳐 냅니다, 모든 것이 나를 잡아끕니다, 누군가 끊임없이 내 뒤를 쫓고 있습니다, 나는 감시당하고 포위당합니다, 마음을 놓을 수가 없습니다, 어딘가 맞지 않습니다, 나는 바람 속에 날리는 재입니다, 나 자신에게서 달아나는 도망자입니다, 어딘가에 내가 가야 할 곳이 있을 것입니다, 하지만 나의 중심은 나를 벗어나 있습니다, 그럼에도 손을 한껏 뻗어 보지만, 손에는 아무것도 잡히지 않습니다, 뿌리내릴 수가 없습니다, 늘 불안한 채로 남아 있습니다, 사람들 사이로 걷습니다, 사람들이 이상하고 낯설게만 느껴집니다, 어디에 있을까요, 마침내 나를 붙잡아 줄 손은 어디에 있을까요, 나의 목숨을 부려 놓을 바닥, 그것은 어디에 있을까요, 나는 바다에서 헤엄칩니다, 파도 위를 떠다닙니다, 하지만 나의 닻을 내리는 곳은 깊디깊은 심연입니다, 푸른 어둠 속에 나는 단단하게 누워 있습니다, 저 위, 저 위에서 나는 환한 빛 속에 춤춥니다.

"한스." 곁에서 어느 목소리가 들립니다, 두 눈이 푸른빛을 내며 나를 바라봅니다, 사랑이 가득합니다, "한스." 그녀의 팔이 가만히, 다정하게 내 목을 감쌉니다, "물어보고 싶은 것이 있어, 당신이 눈을 감고 그렇게, 마치 내가 당신 곁에 없는 듯이, 혼자 우두커니 있으면, 나는 너무 힘들어, 하지만 이제는 말해야겠어, 더이상은 혼자 감당할 수가 없어, 슬퍼하는 것만으로 끝낼 수가 없어, 행복을, 자, 여기를 봐, 이렇게 행복할 수 있는데 — 당신은 왜 그때 내가 당신의 아이를 결코 가질 수 없을 거라고 말한 거야, 지금, 지금은 여기까지 와 있잖아, 내가 — 내가 이제 — 당신의 아이를 품고 있는데 —."

어떤 소리가 들립니다, 음악이 흐르나, 어떤 목소리가 다가와 무언가 말합니다, 나는 아무것도 알아듣지 못합니다, 아무것도 이해하지 못합니다, 아무 일도 아닐 것입니다, 있을 수가 없는 일입니다, 말도 안 되는 일입니다, 숨이 막힙니다, 소리를 지르고 싶습니다, 내가 아이를, 내가 아이를—그레테!

"대체 무슨 일이야, 사람을 왜 이렇게 놀라게 해, 당신 표정은 왜 그래—기쁘지 않은 거야?"

이것이 사랑인가, 나, 한 인간, 그건, 그것은, 저 너머로, 이것이 사랑인가, 심연을 거너, 저 너머로—.

"그레테!"

"당신—." 그녀가 환호합니다, 목소리는 떨리고, 웃음으로 가득하고, 갈라지고, 나의 목소리처럼 튀어오릅니다, "놓아줘, 내 팔, 숨도 쉴 수 없잖아, 무슨 힘이 그렇게 세, 정말 숨이 막힌다니까—."

"영원히, 영원히." 나는 몸을 떨며 말을 더듬습니다, 그녀의 입술에 입을 맞춥니다, 눈에서 눈물이 폭포처럼 세차게 터집니다, 이제 모든 것이 괜찮습니다, 아직 태양이 빛나고, 아직 행복이 있습니다, 모든 것은 지나갑니다, 이제 아무 일도 일어나지 않을 것입니다, 그녀가 다리를 놓았습니다, 모든 것의 한가운데에, 그 모든 것을 가로질러, 그 어느 것보다 튼튼하게, 나는 살아 있는 이들의 고리에 연결되었습니다, 이제는 더이상 아무 일도 일어나지 않을 것입니다?!

나는 격정적으로 그녀를 다시 안았습니다, 나의 눈은 흔들림 없이 불타오르며 그녀의 눈에 묻고 있습니다, 그녀는 머리를 비스듬히 기울인 채 나를 지그시 바라봅니다, 그녀의 입술이 그녀의 대답입니다.

삶이 시작됩니다. 사랑은 삶을 극복합니다, 이제 다 괜찮습니다, 다 괜찮습니다—.

그녀가 지쳤습니다, 몸을 뉘어야 합니다, 많이 힘겨웠을 것입니다, 그녀를 소파로 안고 갑니다, 그녀는 눕지 않으려 합니다, 입가에는 흐뭇한 미소가 어려 있습니다, 그녀는 잠들고 싶지 않다고 말합니다, 나는 그녀의 머리카락을 쓰다듬습니다, 눈꺼풀 위에 손을 얹습니다, 마침내 그녀가 순순히 따릅니다, 그녀가 잠들었을까요?! 나는 아주 조심스럽게 손을 거둡니다, 그녀 옆에 앉아 있습니다, 나도 눈을 감습니다, 행복합니다, 귓가에 어떤 선율이 울립니다, 무슨 노래인지 떠오르지 않습니다, 시간이 흐릅니다, 소리 없이 흐릅니다, 매 순간을 붙잡아야 합니다, 커다란 시계가 째깍째깍 가고 있습니다, 곧 괘종이 울립니다, 몇 시일까요, 어두운 괘종 소리가 네 번 울립니다, 네 번의 울림, 나는 아무 생각 없이 종소리를 세고 있습니다, 저 멀리 바깥에서 울리는 듯하다가, 천천히 내 안으로 스며듭니다, 뭔가 타오르기 시작합니다, 그렇습니다, 4시입니다, 뭔가 해야 하지 않았던가요, 부쉬, 그녀에게 가야 합니다, 약속을 하지 않았던가요, 영원처럼 아득합니다, 겨우 어제 일어난 일일 뿐인데요, 하지만 그녀가 이제 무슨 상관인가요, 여기가 나의 자리입니다, 그래도 그녀가 기다리겠지요, 치장하고 곱슬머리는 올려 묶었을 것입니다, 지금쯤 두 눈은 벌써 창문을 향하고 있을 것입니다, 그리움 가득한 짙은 눈동자, 입술, 그리고 고개는 살짝 비스듬히 기울이고 있겠지요, 내가 그녀를 얼마나 증오하는지요, 지저분한 얼룩을 떨치듯 그녀를 버려야 합니다, 그녀도 재판정에 왔을까요, 아무래도 상관없습니다, 다 마찬가지입니다, 나의 자리는 여기입니다, 나의 신성한 재단, 여기 이 몸 안에 내가 있습니다, 내가 자랍니다, 그녀와 나로부터 자라납니다, 인간은 수백만 개의 자기를 자기 안에 담고 있습니다, 그 가운데 하나가 지금 그녀의 품에서 자라고 있습니다, 그리고 한 인간이 태어날 것입니다, 나와 다른 한 인간, 한때 나였던 어떤 것이기도 하면서 내가 아닌 인간, 그리고 나 자신도 그렇습니다, 서로 다른 두 사람으로부터 태어났습니다, 무릎을 꿇어야 합니다, 몸에 아이를 품은 모든 여자에게 경의를 표해야 합니다, 기적은 그토록 가까이, 그토록 선명하게 드러납니다, 하늘은 필요하지 않습니다, 신은 언제나 이 땅 위에 있었고, 지금도 이곳에 있습니다, 천국은 언제나 지상에 있습니다. 이제 가야 합니다, 마지막으로, 네로를 데려갑니다, 금세 돌아올 것입니다, 그레테가 잠에서 깨어나면 이미 여기 돌아와 있을 것입니다, 그녀는 나의 외출을 전혀 눈치채지 못할 것입니다.

　나는 마음속으로 그녀의 이마와 눈과 손에 입을 맞춥니다, 문을 나서기가 망설여집니다, 심장이 다시 쿵쿵거리기 시작합니다, 왜 다시금 불안이 엄습할까요, 돌아왔을 때는 모든 것이 다 괜찮아질 것입니다, 나는 발끝으로 복도를 디딥니다, 조용히 문을 엽니다, 한 번 더 뒤를 돌아봅니다, 잠든 그녀의 모습을 나의 영혼 깊이 새깁니다, 그녀는 웃고 있는 것이 아닐까요, 그리움이 내 안에서 일어납니다, 갑자기 말할 수 없는 고통에 휩싸입니다, 되돌아가고 싶습니다, 머물고 싶습니다, 결국 발걸음을 뗍니다, 문을 닫습니다, 개를 풀어 주고 집을 나섭니다.

비는 그쳤습니다, 여기저기 파인 작은 웅덩이들 위로 햇살이 반사되고 있습니다, 수로를 따라 걷습니다, 대기는 포근합니다, 물 위에는 어린 오리들이 떠다닙니다, 새끼 오리들은 아직 알의 형상이 남아 있습니다, 노란색, 회색, 갈색이 뒤섞인 작은 깃털들은 삐죽삐죽 하늘로 솟아 있습니다, 녀석들은 무게를 잡고 떠다니는 어미 오리 주위에 몰려 밝은 소리로 떠듭니다, 작은 발로 흐린 물을 휘젓습니다, 작은 부리를 물속에 처박습니다, 뭔가 낚아채고 좋아합니다, 널찍한 배가 다리 밑에서부터 새끼 오리들에게 다가오고 있습니다, 한 남자가 기다란 노로 바닥을 짚으며 배를 앞으로 밀고 갑니다, 그의 얼굴은 햇빛을 받아 발갛게 달아올랐습니다, 배의 뒤편에 한 젊은 여인이 키를 잡고 있습니다, 여자는 푸른 스카프로 금발 머리를 감쌌습니다, 여자가 남자에게 무어라고 외칩니다, 선실의 작은 굴뚝에서 가느다랗고 푸른 연기가 피어오릅니다, 새끼 오리들이 놀라서 왼쪽으로 몰립니다, 새끼 오리들은 어떻게 알까요, 어떻게 그걸 할 수 있는 걸까요, 나는 실험실에 있는 나의 아메바들을 떠올립니다, 아메바는 몸뚱이 하나를 가지고 몸으로 보고, 듣고, 먹고, 추위를 느끼고, 생식하고, 움직입니다. 모든 것이 함께 있습니다, 눈도, 귀도, 피부도, 입도, 심장도 없습니다. 다만 모든 것이 함께 있습니다, 모든 것이 하나로 되어 있습니다, 움직이는 생명체입니다, 사람도 그럴 것입니다, 나 또한 그렇게 존재하는지도 모릅니다, 하지만 다른 사람들은, 심지어 여자들은, 그레테만은 그렇지 않을 것입니다, 그리하여 그녀는 모든 것을 해내고, 모든 것을 극복합니다, 그녀는 살고, 웃고, 울고, 사랑합니다, 지금은 소파에 누워 꿈을 꾸고 있습니다, 나는 서둘러야 합니다, 여기 서서 대체 무얼 하는 것인가요, 빨리, 집으로 가야 합니다, 그녀에게 커다란 꽃다발을 가져가고 싶습니다, 꽃들도 그렇습니다, 빛깔과 향기 속에 살아가다가 바람이 불어와 씨앗을 흔들어 공기 중에 날리면, 어디엔가 그것이 내려앉고, 그곳에서 다시 꽃이 피어납니다.

나는 발걸음을 서두릅니다, 지체할 시간이 없습니다, 뤼초 광장[11]을 가로지릅니다, 모퉁이에 꽃집이 있습니다, 꽃집에 들어가 커다란 백합 세 송이를 삽니다, 백합을 손에 드니 마치 피로 물든 세 개의 창이 손에서 뻗어 나온 것처럼 보입니다, 지하철역을 지납니다, 쇠네베르크 거리의 돌길을 걸어서 지나갑니다, 프라하 거리에 있는 한 집 앞에 멈춰 섭니다, 나는 이 집을 알지 못합니다, 개가 꼬리를 오그린 채 계단 앞으로 기어갑니다, 계단 하나를 오를 때마다 개는 몸을 돌려 나를 쳐다봅니다, 개의 몸짓에는 경계하는 듯한, 음흉한 기운이 스며 있습니다, 어쩌면 그것은 순전히 나의 상상일 뿐인지도 모릅니다, 2층 문 앞에서 개가 멈추고 꼬리를 흔듭니다, 나는 초인종을 누릅니다, 문이 열리고 젊은 여자가 나타납니다, 나는 현관에 들어섭니다, 개를 본 그녀의 얼굴에는 당황한 기색이 역력합니다.

---

11) Lützowplatz. 베를린 중심부에 위치하는 광장.

"개는 바깥에서 기다리게 하시는 게 낫지 않을까요?"

"아니요. 데리고 들어갈 겁니다."

나의 목소리에 화가 묻어 있습니다, 개를 어디에 두든 하인들이 무슨 상관인가요, 개가 집 안을 더럽히더라도 그걸 치우는 게 하인의 일입니다, 그러려고 하인을 두는 것이 아닌가요, 하녀는 할 일을 줄이고 싶은 것입니다, 다른 모든 사람이 해야만 하는 일들이 있습니다, 고되고 불공평한 일들, 삶이란 그런 것입니다, 저 하인은 축사에서 오물을 날라야 합니다, 그 아내는 질투가 많습니다, 남편은 하녀를 데리고 시내로 나갑니다, 어둑한 골목으로 들어섭니다, 하녀의 의사는 묻지도 않고 그녀를 침대 위에 던집니다.

노동이 아니면 굶주림, 돈이 아니면 굶주림. 모든 것을 밝혀내야 합니다, 한 인간이 석방되었습니다, 하지만 자유의 몸으로 그가 할 수 있는 것이 무엇일까요? 그것으로 안심해도 좋을까요?

"늦으면 안 된다고 했잖아." 부쉬가 부루퉁해져서 입술을 삐죽이며 말합니다, "그래도 나를 완전히 잊어버리지는 않았네, 조금은 내 생각을 했군."

그녀는 내 손에 들린 백합으로 손을 뻗습니다, 무의식적으로, 아무 생각 없이 내 손에 들려 있던 백합, 그녀에게 주려고 가져온 것은 아니었는데 — 뭔가 다른 이유 때문이었는데, 그것을 왜 손에 들고 있었던 걸까요?

"왜 그래, 나한테 주려고 가져온 것이 아니었어, 천년만년 손에 들고 있을 것처럼 쥐고 있잖아." 그녀가 의아한 얼굴로 묻습니다.

"아니, 아무것도 아냐, 난 그냥, 나는—적당한 그릇을 찾고 있었어, 꽃병 같은—."

"그냥 이리 줘, 내가 찾을게, 아니면 옆방 침실에 있는 걸 가져와, 은색 받침대가 있는 크리스털 꽃병 말이야, 설마 당신 다 잊어버리진 않았겠지, 그래도 조심하고, 나는 차를 준비할게, 당신이 좋아할 만한 차야, 물론 그레테가 끓이는 차만큼은 아니겠지만."

꺼림칙한 느낌에 사로잡힙니다. 어두운 그늘이 내 영혼 위로 기어오릅니다, 나는 그녀의 손에 꽃을 건넵니다, 마리아의 심장을 꿰뚫기 위해 어둡게 타오르는 화살 같은 꽃, 나는 머뭇거리다 돌아서서 문 쪽으로 몇 걸음을 내딛습니다, 갑자기 그녀가 등 뒤에 가까이 다가섭니다, 그녀의 머리가 내 머리 가까이 있습니다, 그녀의 머리카락이 내 관자놀이를 스칩니다.

"이게 다야? 나를 다시 만났는데?"

그녀의 목소리는 몽환적입니다, 그녀의 눈빛처럼 은밀하고, 부드럽습니다, 야윈 얼굴을 한쪽으로 기울인 채 그녀는 청동빛 실크 드레스를 입고 있습니다, 목과 어깨는 드러나 있습니다, 살결이 희고 매끈합니다, 나는 고개를 숙입니다, 이 차갑고 매끈한 상앗빛 살결에 입을 맞춥니다, 그녀가 몸을 떱니다, 하얀 두 손 사이에 나의 머리를 움켜쥐고, 그녀의 짙은 입술을—.

"깨물어 줘, 깊게, 당신의 하얀 이로." 그녀의 뜨거운 몸이 떨립니다. "얼마나 원했는지 몰라!"

그녀는 여전히 꽃을 손에 들고 있습니다, 꽃 한 송이가 탁자 모서리에 부딪히며 부러집니다, 나는 그녀의 오른쪽 눈동자에서 초록빛을 띠는 금색의 작은 점을 발견합니다, 그녀의 뜨거운 숨결이 내 얼굴에 닿습니다, 갑자기 그녀가 아주 낯설게 느껴집니다, 기묘한 역겨움이 밀려옵니다, 마음을 들키지 않으려 애쓰며 그녀의 몸에서 손을 거둡니다, 나는 대체 여기서 무엇을 하고 있는 걸까요, 그녀는 아무것도 눈치채지 못합니다, 옷매무새를 고칩니다, 영원히 마르지 않을 듯한 촉촉한 눈으로, 마치 나를 다 녹여 버릴 듯이 바라보며 속삭입니다.

"꽃병, 백합 한 송이가 부러졌네, 괜찮아, 내 마음도 마찬가지야, 그걸 당신 손으로 가져가, 다시 좋아질 거야."

나는 문을 열고 옆방으로 갑니다, 달콤한 향수 냄새가 가득합니다, 어지럽습니다, 침대 위 벽에 커다란 유화 하나가 걸려 있습니다, 그림 속에는 손에 책을 들고 있는 벌거벗은 소녀가 있습니다, 하얀 대리석 상판의 화장대 위에는 크기와 색깔이 다양한 병들, 작은 상자들이 놓였습니다, 상아, 도자기, 크리스털로 만든 것들입니다, 커다란 타원형 거울 옆에 그 꽃병이 반짝이고 있습니다, 나는 그것에 손을 대려 합니다, 조심스럽게 손에 듭니다, 그때 등 뒤에서 삐걱대는 소리가 납니다, 몸을 돌립니다, 네로가 침대 위로 뛰어오릅니다, 앞발 두 개로 큼직한 침대보를 가지고 놉니다, 축축한 주둥이로 값비싼 레이스를 조각조각 뜯고 있습니다, 깜짝 놀라 개를 붙잡으려다 나는 멈칫합니다, 여기 이 침실에서 나는 뭘 하고 있는 걸까요, 대체 이곳에서 무엇을 해야 하는 걸까요, 이 여자는 나에게 무엇을 원하는 것일까요, 다 터무니없습니다, 여자는 나를 가만히 내버려두어야 합니다! 이상한 유쾌함이 갑자기 솟구칩니다. 지금 나는 이 침실 한가운데에 서 있고, 크리스털 꽃병을 손에 쥐고 있습니다, 나 대신 나의 개가 침대에 누워 침대보를 물어뜯으며 한껏 즐기고 있습니다, 마치 그것이 훌륭한 별식이기라도 한 양, 마치 돼지의 뼈라도 핥는 것처럼, 나는 갑자기 큰 소리로 웃기 시작합니다, 더이상은 참을 수가 없었습니다, 네로는 침대보에 몸을 말고 놀란 눈을 동그랗게 뜨고 나를 바라봅니다, 혓바닥은 마치 하얀 나이트캡 아래 늘어진 듯이 걸려 있습니다, 걷잡을 수 없는 웃음이 터져 나옵니다, 나는 모든 것을 잊습니다, 나는 거기 서서 그 짐승을 바라봅니다, 두 눈에 눈물이 차오를 때까지 웃습니다, 손등으로 눈물을 닦으려는데, 꽃병이 손에서 미끄러집니다, 꽃병으로 손을 뻗어 보지만, 그것은 바닥에 부딪혀 산산조각이 납니다.

부쉬가 방문 앞에 서 있습니다, 그녀는 산산조각 난 꽃병 앞에 서 있는 나를 봅니다, 지금도 이 정신 나간 웃음을 멈출 수가 없습니다, 그녀는 침대에 올라가 있는 개를 봅니다, 귀한 침대보가 물어뜯긴 것을 봅니다, 바닥에 산산조각 나 있는 꽃병을 봅니다, 그녀는 평정심을 잃습니다, 개에게 달려듭니다, 개에게서 침대보를 빼앗으려고 합니다, 녀석은 고집을 부리며 침대보를 물고 늘어집니다, 녀석은 이 실랑이를 재미있는 놀이로 여기는지도 모릅니다, 쉽게 놓아주지 않습니다, 여자의 흥분이 점점 고조됩니다, 마치 달리기 경주 같고, 광기 어린 춤 같습니다, 나는 여전히 그곳에 서서 웃고 있습니다, 여자의 분노가 절정에 이릅니다, 얼굴은 체리처럼 빨갛습니다, 그녀는 더이상 주체하지 못하고 나를 향해 비명을 지릅니다.

"지금 웃고 있는 거야, 거기 서서 웃느냐고! 내 시트, 내 꽃병! 여기는 참호가 아니야!"

머리카락이 헝클어진 그녀는 마치 분노의 여신처럼 보입니다, 네로가 침대에서 뛰어내립니다, 침대보의 한 끄트머리가 개의 왼쪽 뒷다리에 감겨 있습니다, 개는 주둥이로 그것을 잡아채려 합니다, 팽이처럼 빙글빙글 미친 듯이 돕니다, 뒤로 벌렁 자빠집니다, 다리를 공중에서 허우적댑니다, 거울 쪽으로 몸을 굴립니다, 부쉬는 소리를 지릅니다, 내가 제지할 사이도 없이 화장대가 넘어갑니다, 화장대 위의 작은 병들, 상자들, 파우더, 가위, 향수들이 떨어집니다, 바닥 위에 유리 조각들이 흩어집니다, 초록색 액체가 마룻바닥을 타고 넓게 퍼집니다, 앰버와 라벤더 향기가 코를 찌릅니다, 개는 겁에 질려 멈춰 섰다가 이내 돌아다니기 시작합니다, 코를 바닥에 대고, 떠다니는 냄새를 쫓아 움직입니다, 이젠 질립니다, 나는 웃는 것도 잊습니다, 그 순간을 이용해 나는 개의 주둥이에서 침대보를 당겨 빼앗습니다, 찢기고 더럽혀진 그것을 부쉬의 손에 건넵니다.

그녀는 손을 허공에 내민 채 눈물을 쏟습니다, 안쓰럽습니다, 그녀는 손을 떨며 머리카락을 정돈합니다, 개와 실랑이하는 동안 옷은 다 구겨지고, 블라우스가 풀어 헤쳐졌습니다, 그녀는 어린아이처럼 흐느낍니다, 나는 그녀에게 다가갑니다, 얼굴을 가린 손을 가만히 떼어 냅니다, 그녀는 아무것도 알고 싶지 않다는 듯 흐느끼며 침대 위에 몸을 던집니다. 잠시 기다

립니다, 이 난장판 한가운데에 우두커니 서 있습니다, 슬퍼할
수는 없습니다, 네로는 한쪽 구석으로 기어 들어가 나를 바라
봅니다, 무엇을 말하려는 눈빛인가요, 거의 웃음에 가까운 눈
빛이 아닌가요, 나는 왜 이곳에 서 있나요, 저 바깥에는 얼마
나 중요한 일이 많은가요, 이 우스꽝스러운 상황은 여기서 끝
을 내야 합니다, 인내심이 바닥났습니다, 나는 침대 가장자리
로 다가섭니다, 그녀의 팔을 거칠게 부여잡습니다, 나의 목소
리는 단호하고 사납게 울립니다.

"그만 갈게, 가야만 해."

그녀는 벌떡 일어납니다, 꽃병이 부서진 것도 잊고 찢어진
침대보도 잊은 채, 짓밟힌 그녀의 감정이 비명을 지릅니다, 나
에게 분노의 폭언을 쏟아붓습니다, 나는 몹쓸 인간, 비열한 배
신자입니다, 전쟁이 나를 한심하고, 저열하고, 이기적인 짐승
으로 만들어 버렸다고 소리를 지릅니다, 내가 술에 취해 제정
신이 아닌지도 모르며, 내가 술에 취해 여자를 찾아간다 해도
그녀는 전혀 놀라지 않을 거라고 말합니다, 그레테한테 그런
짓을 하지 않겠지만, 내가 어떤 여자들과 어울리는지 누가 알
겠냐고, 다시는 찾아오지 말라고, 이제 닥치고 가 버리라고 쏘
아붙입니다.

나는 몸을 돌립니다, 숨을 크게 내쉽니다, 끝을 내고 마침
내 떠나기로 결심합니다, 그녀는 그저 농담으로 여겼던 것 같
습니다, 다시금 눈물을 쏟아 냅니다, 손수건을 입에 물며 벌떡
일어섭니다, 격정적이고 절박하게 나를 끌어안습니다, 자기를
떠나지 말라고, 혼자 내버려두지 말라고 애원합니다, 곧 괜찮

아질 거라고, 그간 내가 편지에도 답장을 하지 않아 너무 예민해져 있었다고 말합니다, 그레테를 한없이 증오했다고 고백합니다, 어쩌면 내가 그레테를 다시 사랑하게 되었을지도 모르지만, 그건 너무나 터무니없는 일이라고, 자기를 두고 그렇게 보잘것없는 여자에게 돌아가느냐고 말합니다──지금 그녀는 끔찍해 보입니다, 화장은 지워졌습니다, 파우더를 바른 얼굴 위에 눈물 자국이 선명합니다, 블라우스 앞자락은 더 벌어졌습니다, 가슴 한쪽이 드러나 있습니다, 불쾌한 기분이 몰려옵니다, 들척지근한 향수 냄새를 더는 견딜 수가 없습니다, 그녀의 손에 입을 맞춥니다, 할 말을 생각해 내려 합니다, 하지만 그럴 필요조차 없다고 느낍니다, 이미 나와는 아무 상관없는 일들입니다, 나는 문가에 섰습니다, 순간 그녀의 흐느낌이 뚝 멈춥니다, 잠시 굳어 있습니다, 그러더니 서툰 손놀림으로 풀어 헤쳐진 블라우스를 목까지 여밉니다, 그녀의 눈에 섬뜩한 불꽃이 일어납니다, 부드럽던 입술을 단단히 꾹 다뭅니다, 그리고 거친 목소리로 소리칩니다.

"가, 그냥 가 버려, 당신 따위 이제 필요없어, 오래전부터 필요없었어, 그 사랑스러운 그레테에게 회개하며 돌아가, 아니면 또 다른 여자랑 놀아나든가, 이게 고작 내가 바친 사랑에 대한 보답이라니, 당신이라는 사람을 더 알고 싶지 않아, 너무 지쳤어, 내 남편이 아직 살았다면, 의지할 데 없는 여자를 당신이 얼마나 욕보였는지 똑똑히 말해 주었을 거야, 가여운 사람, 당신이 그를 살해한 거야, 보르게스가 그걸 알아, 그 사람이 맹장염으로 쓰러진 날, 당신이 나를 따라 나와 자리를 비우지 않았더라면, 그를 수술해 주었더라면, 그 사람은 오늘도 살아 있었을 거야, 당신은 의사의 의무를 잔인하게 저버렸어, 그걸 당신도 아주 잘 알고 있잖아, 나는 잘못이 없어, 그날 당신이 따라 나올 필요는 없었으니까, 착한 내 남편, 착한 내 남편!"

나는 마치 유령이라도 본 듯 그녀를 멍하니 바라봅니다. 뺨에서 핏기가 사라지고, 몸이 덜덜 떨리기 시작합니다. 똑바로 서 있을 수가 없습니다. 그녀는 내가 달라지고 있음을 감지합니다. 그녀의 표정에 어렴풋한 승리감이 비칩니다. 그녀의 분노, 그녀의 증오는 끝을 모릅니다.

"그래, 이제야 겁이 나는 모양이지, 당신과는 모든 게 끝이야, 어제 당신이 법정에서 서약한 순간, 보르게스가 말했어, 그도 당신을 두 번 다시 보지 않을 거라고, 보르게스는 명예를 지키는 사람이야, 여자들과 예의 바르게 사귀는 법을 알아, 그 사람이 하는 말들은 거짓이 없어, 당신보다 훨씬 나아, 여자들을 잘 이해하고, 친절하고, 사려 깊지, 그리고 그 사람은 나를 사랑해, 오래전부터 나를 사랑하고 있어, 그가 나에게 그렇게 고백한 적이 있어, 그런데 당신은, 당신은, 꺼져 버려, 당신도, 당신이 데리고 다니는 그 짐승도 — 그렇게 오랫동안 당신을 기다렸건만, 이제, 이제 고작 — 당신을 증오해, 언젠가는 대가를 치르게 될 거야!"

아무 감각이 없습니다. 아무것도 들리지 않습니다. 이 사람이 정말 같은 여자일까요, 같은 인간일까요? 아름다움, 교양, 우아함, 헌신과 사랑은 어디로 사라졌을까요? 모든 것이 겉치레였고, 모든 것이 기만이었습니다. 내가 여기서 무얼 하고 있나요, 밖으로 나갑니다.

나는 더이상 돌아보지 않습니다, 차라리 잘된 일입니다, 그녀는 추하고 저열합니다, 나는 거실을 지나갑니다, 탁자 위에는 손도 대지 않은 채 차가 여전히 놓여 있습니다, 차 끓이는 기구에서 증기가 피어오르고 있습니다, 불을 꺼야 할 것입니다, 차가 거기 있고, 아무도 마시지 않습니다, 누군가는 차를 다시 내다 버려야 할 것입니다, 어이없는 일입니다, 모든 것이 어처구니없습니다, 네로가 그런 짓을 할 거라고는 생각지 못했습니다, 어떻게 그런 생각이 떠올랐을까요, 녀석은 마치 사람 같습니다, 나처럼 걷습니다, 우리는 어떤 집으로 올라가고 다시 거리로 나섭니다, 사람들은 끊임없이 계단을 내려가고 또 다른 계단을 오르는데, 그 사이에는 거리를 걷습니다, 언젠가 한번 일어났던 일입니다, 어디선가 한 사람이 창가에 서서 소리를 지릅니다, 끊임없이 소리를 지릅니다, 거리에서는 누군가 다가옵니다, 나도 다가가고 계단을 오릅니다, 다른 계단들이 연이어 나타납니다, 넓은 계단, 밝고 화려한 계단, 어둡고 음산한 좁은 계단, 그들은 가난과 죽음으로 이어집니다.

등 뒤에서 문이 탁 닫힙니다, 무슨 일인가 벌어졌고, 무슨 일인가 해결되었습니다, 그 역시 의무였습니다, 그러니 이번에는 제대로 나의 의무를 다한 셈입니다, 하지만 그뿐인가요, 그 외에는 아무것도 아닌가요? 그녀는 나를 증오합니다, 나를 위협합니다, 그녀가 더 할 수 있는 일이 무엇일까요, 그녀는 한 마리 벼룩 같습니다, 물려고 덤비지만, 손으로 누르면 진물만 뿜습니다.

나?

백합도 그녀가 가지고 있습니다. 사실은 그녀에게 주려던 것이 아니었습니다. 그녀가 꽃을 부러뜨렸습니다. 마치 피를 흥건하게 흘리는 것 같았습니다. 조심해야 합니다. 모두 조심해야 합니다. 꽃들은 순백으로 남아 있어야 합니다. 백합은 흰색이어야 합니다. 죽은 자들을 위한 꽃이기 때문입니다.

땅바닥에 버려진 기분입니다. 불안이 모두 사라졌습니다. 자유입니다. 하지만 텅 빈 느낌입니다. 자유만으로 무엇을 할 수 있습니까. 그 젊은 여자가 꽃피울 수 있도록 해야 합니다. 무죄 판결이 곧 행복을 의미하는 것은 아닙니다. 그녀의 뒤를 따라가야 했습니다. 그랬더라면 그녀가 어디에 사는지 알아냈을 것입니다. 그녀를 따라가서 도움을 줄 수 있었을 것입니다──지금이라도 길을 알아낼 수 있다면.

나는 다시 거리를 헤매고 있습니다. 가려던 곳이 있지 않았던가요. 모두 다 괜찮아지지 않았던가요. 살아 있는 사람들 속으로 스며들지 않았던가요. 그렇습니다. 집으로 가야겠습니다. 당신이 얼마나 오래 기다렸을까요. 나흘 동안 내내 창밖만 바라보며 꼼짝 않고 기다렸다고 했지요. 결국 의자를 제자리에 돌려놓고, 눈물을 참았다고 했지요. 그래요. 울지 말아야 해요. 아, 그리움이 가득 차오릅니다. 한 어머니에게는 아이가 있습니다. 살아 있는 사람들 틈에서 살아갑니다. 그러다 어머니가 죽습니다. 그녀의 목소리가 찾아 헤매고 부르고, 찾아 헤매고 부릅니다──마침내 아들을 찾아낼 때까지.

벌써 어두워졌습니다. 거리에는 땅거미가 내려앉았습니다. 집에서, 일터에서, 상점에서 사람들이 쏟아져 나옵니다. 가로등이 켜지기 시작합니다, 작고, 노랗고, 둥근 가로등들은 저마다 홀로 서 있는 것 같습니다, 모든 빛이 바닥에서, 은빛 아스팔트에서 퍼집니다, 위에 서 있는 집들은 음울한 보랏빛 그림자 속에 있습니다, 마치 천장이 없는 터널을 지나는 기분입니다, 대기는 미지근합니다, 대기는 축 늘어져 있습니다, 사람들은 모두 등을 구부정하게 굽히고 걷습니다, 포츠담 광장으로 들어섭니다, 신호등이 바뀝니다, 사람들의 물결이 일순간 멈췄다가 다시 흐릅니다, 나도 그 흐름에 휩쓸려 광장을 건너갑니다, 중앙역에 도착합니다, 매표소로 갑니다, 손에는 어느새 기차표 한 장이 쥐어져 있습니다, 넓은 계단을 오릅니다, 사람들이 북적입니다, 가방에 짐을 꾸려 들고 가는 사람들, 열기에 달아오른 표정들입니다, 나는 홀로 걷습니다, 묵직한 괘종 아래 갇힌 것처럼 혼자 거기 있습니다, 사람들은 차단기 앞에 새까만 원을 만들며 몰려서 있습니다, 차단기를 걷어 내자마자 사람들이 좁은 목구멍 속을 통과하듯 한데 몰립니다, 투덜거리고, 깔깔 웃습니다, 가방을, 짐짝을, 지팡이를 끌며, 신이 난 듯 깡충거리며 플랫폼을 따라 자유롭게 뛰어갑니다, 나는 그 사이를 천천히 걸어갑니다, 열차 앞에 멈춥니다, 사람들이 어깨를 어색하게 앞으로 내밀며 자기 몸과 짐을 열차 안에 밀어 넣는 모습을 낯설게 바라봅니다, 나도 천천히 열차에 오릅니다, 객차 안에서 사람들은 좁은 통로를 따라 발걸음을 재촉하며 서로 부딪히기도 합니다, 마침내, 마침내 객실을 찾아, 자리에 앉습니다, 짐짝은 그물 선반에 올리고, 창문을 내립니다, 무엇보다 환기가 우선입니다, 여기 객실에서는 공기가 멈춰 있는 것 같습니다, 축축하고 숨이 막힙니다, 마치 수천 년 동안 먼지가 쌓인 듯합니다.

나의 자리는 구석에 있습니다, 창가 자리입니다, 네로는 나의 발치에 누워 있습니다, 네로가 나의 자리에 뛰어올라 앉도록 합니다, 나는 열차 밖으로 다시 나갑니다, 마치 뭔가 잊고 온 사람처럼 한 번 더 플랫폼을 따라 걷습니다, 차단기를 통과하여 다시 돌아가려는 것처럼, 다시 시내로 돌아가려는 것처럼 행동합니다, 단순한 착각이었을지도 모릅니다, 흐릿한 빛을 비추는 커다란 시계를 올려다봅니다, 아직 오 분이 남아 있습니다, 고개를 들어 높이 아치형 천장을 쳐다봅니다, 노란색을 띠는 동그란 불빛들이 여기저기 떠 있습니다, 커다란 반원형 출구를 통해 바깥의 밤으로 이어지는 곳을 내다봅니다, 위로 아래로 불빛들이 보입니다, 황금빛, 붉은빛, 초록빛입니다, 나는 잠시 눈을 감습니다, 이상한 웅웅거림으로 둘러싸입니다, 열차의 흥분된 숨소리를 듣습니다, 작은 짐가방들을 실은 수하물 운반차가 발치를 가까이 지나치며 나직하고 불안한 종소리를 냅니다, 어디선가 "케이크!"라고 외치는 소리가, "시에스타, 야간 휴식."이라고 외치는 소리가 들립니다, 마치 이슬람 교도의 기도 소리처럼 울립니다, 아직 이 분이 남아 있습니다, 사람들이 무리 지어 기차로 몰려옵니다, "승차하세요."라는 외침이 들립니다, 창문을 내립니다, 떠나는 사람들이 창문으로 머리를 내밉니다, 아래를 굽어봅니다, 남아 있는 사람들은 얼굴을 위로 쳐듭니다, 마치 다리 위인 것처럼, 마지막 인사들을 주고받습니다, 나는 창가에 혼자 서 있습니다, 누가 나에게 말을 걸겠습니까, 나 또한 아무에게도 아무 할 말도 없습니다, 기차가 움직이기 시작합니다, 역사를 미끄러지듯 빠져나가려 합니다, 손을 흔들고, 눈물을 흘리고, 소리치는 사람들을 조금 더 끌고 갑니다, 그리고 이제는 어두운 껍질을 벗어 던지고 빠져나온 듯 날렵하고도 묵직한 모습으로 역사 바깥으로 나아갑니다, 몇 개의 교차 지점을 지나 덜컹덜컹 흔들리며 나아갑니다, 황금색과 빨간색 불빛은 점점 사라지고, 밝은 빛으로 밝혀진 근교의 역 두 개를 지나칩니다, 반대편 선로에 있는 열차는 경주를 이내 포기합니다, 나는 불 밝힌 객실 안에 있는 사람들을 유리창 너머로 봅니다, 그들이 탄 증기 기관차의 굴뚝에서는 붉은빛에 둘러싸인 황금빛 불꽃이 날아오릅니다, 마침내 어둠이 내립니다, 몇몇 불빛들이 빠르게 스쳐 갑니다, 선로가 트입니다, 기차는 밤으로, 저 먼 곳으로 달려갑니다.

나의 자리로 돌아옵니다, 네로는 다시 좌석 아래 눕습니다, 바로 눈을 감습니다, 방에 들어와 있는 것 같습니다, 방이 풍경들을 지나치며 달립니다, 덥습니다, 천장에는 둥근 전등이 불을 밝히고 있습니다.

맞은편 자리에는 젊은 여자가 앉아 있습니다, 금발의 땋은 머리가 창백하고 피곤해 보이는 얼굴을 감싸고 있습니다, 겨울 재킷을 걸치고 있고, 여린 발은 투박한 갈색 부츠 안에 숨어 있습니다, 그녀 옆에는 나이가 지긋한 여인이, 아마도 선생인 듯한 여인이 잿빛 쿠션 위에 앉아 있습니다, 주름진 뺨은 숨을 한껏 들이마시며 부풀어 있습니다, 여인은 번잡스러운 몸짓으로 안경을 걸치더니 책 속으로 완전히 침잠합니다, 세 남자 가운데 한 명이 재킷을 벗고 조끼 단추를 풀어 놓습니다. 그는 장화를 벗고 실내화를 신습니다. 그의 회색 양털 양말이 보입니다.

그때 역무원이 와서 검표를 합니다. 한 사람은 세 시간만 지나면 내릴 것입니다. 다른 남자와 나이 지긋한 여인은 자정쯤 내릴 것입니다. 나는 가만히 앉아서 창밖을 내다봅니다. 어두운 풍경을 바라봅니다. 틈새 바람이 오른쪽 뺨에 서늘하게 스칩니다. 고개를 뒤로 젖힙니다. 기묘한 불안이 내 안에 있습니다. 구석에 앉은 남자가 굵은 시가에 불을 붙입니다. 매캐한 연기가 묵직하고 파랗게 천장으로 피어오릅니다. 그 옆에 앉은 남자는 손을 배 위에 포개고, 벌써 잠든 것처럼 보입니다. 나는 세 사람을 지나 유리문을 밀치고, 다시 통로로 나섭니다. 기차가 달려가는 방향과 반대로 걸어가며 창을 통해 다른 객실들을 들여다봅니다. 유리창 너머 앉아 있는 사람들이 마치 쇼윈도 속 상품들처럼 몽환적으로 보입니다. 소리 죽인 그들의 대화를 듣습니다. 그다음 객실은 이미 어둠에 잠겼습니다. 모두 잠에 빠져 있습니다. 나는 다시 나의 자리가 있는 객실로 돌아옵니다. 젊은 여자는 자리에서 일어나 창문에 기대어 있습니다. 그녀 옆으로 다가갑니다. 우리는 이야기를 시작합니다. 그녀는 열흘간의 휴가를 받아 산으로 가는 길입니다. 우리는 함께 창밖을 내다봅니다. 우리 위에 떠 있는 별들에 관해 이야기합니다. 그녀가 하는 일에 대해, 그녀의 어머니에 대해, 운명에 대해, 저 멀리 외딴 마을들과 고독한 불빛 아래 아직 깨어 있을 사람들에 대해 이야기를 나눕니다.

우리는 더이상 객차 안에 있지 않습니다, 우리는 고개를 창 밖으로 내밀고 밤 속으로 나아갑니다, 등 뒤에 있는 사람들은 이미 잊었습니다, 우리는 거침없이 나아갑니다, 지나치는 역의 불빛들이 휙휙 사라집니다, 다른 기차도 지나갑니다, 불빛들은 우리 눈앞에서 황금빛 뱀처럼 춤춥니다, 그러고는 넓은 평지가 다시 나타나고, 우리의 대화는 밤 속으로 깊어져 갑니다.

자정을 훌쩍 넘겼습니다, 피로가 몰려옵니다, 객차 안에는 우리 말고 아직 한 사람이 남아 있습니다, 그는 신발을 벗고 딱딱한 나무 좌석 위에 길게 누워 있습니다, 우리는 창문을 올립니다, 갑작스레 더워지더니 방 안에 들어와 있는 것 같았습니다, 나는 그녀에게 누워 보라고 권합니다, 그녀는 주저합니다, 푸르고 투명한 눈으로 나를 지그시 바라봅니다, 마음이 아픕니다, 이 여자가 누군가를 떠올리게 하는 걸까요, 나는 그녀의 좌석 위에 내가 가진 덮개를 놓아 주고, 구석 자리에 앉습니다, 그녀는 내 곁에 누워 머리를 나의 무릎 위에 둡니다, 금빛 머리카락에서 짧은 곱슬머리 한 가닥이 흘러내립니다, 눈이 감깁니다, 길고 짙은 속눈썹이 떨립니다, 파리한 얼굴 위로 미소가 어립니다, 이 모든 것이 낯설지 않습니다, 언젠가 똑같은 일이 나에게 일어났던 느낌입니다, 나는 잠들 수가 없습니다, 눈에 불이 붙은 것 같습니다, 이마 안쪽으로 둔중한 통증이 느껴집니다, 나무 벽이 나의 관자놀이를 세게 누릅니다, 옆 객차에서 이야기 나누는 소리가 희미하게 들립니다, 구석 자리의 남자가 코를 곱니다, 입이 벌어져 있습니다, 뾰족하게 생긴 코는 이상하리만큼 하얗습니다, 나의 무릎 위에는 금발의 낯선 여자가 잠이 든 채 미소를 짓고 있습니다, 고요합니다, 바깥 풍경은 빠르게 스쳐 지나갑니다, 구석 남자의 이마 위로 파리 한 마리가 천천히 기어갑니다.

나도 어느새 잠이 들었던가 봅니다, 방 안이 환합니다, 푸른 안개에 덮인 언덕 풍경도 잠들어 있습니다, 손은 무언가 부드러운 것 위에 놓여 있습니다, 네로입니다, 밤사이 맞은편 좌석에서 뛰어내렸던가 봅니다, 무엇이 그를 돌연 나에게 다가오게 했을까요, 개는 이제 나를 미워하지 않는 걸까요, "네로." 나지막하게 불러봅니다, 아직 꿈을 꾸는 듯합니다, 네로의 주둥이가 나의 무릎 위에 놓여 있습니다, 꼬리를 흔듭니다, 녀석은 무언가를 묻는 듯한, 슬픈 눈으로 나를 바라봅니다, 따뜻한 혀로 내 손을 핥습니다. 나는 마음을 열고 녀석의 털을 쓰다듬습니다, 지금 나는 행복하다고 느낄 지경입니다, 이 녀석이 나를 다시 사랑하는구나, 왜 이제야 나를 사랑하는 것일까, 왜 지금까지 나를 그토록 미워했을까, 다시 눈을 감습니다, 깊고 단단한 잠에 빠져듭니다.

종착역에 거의 다다랐습니다, 젊은 여자가 그물 짐칸에서 가방을 내리는 것을 돕습니다, 그녀는 이제 볼품없고 음울해 보입니다, 남자는 잿빛 양말 위에 신발을 끼우고 있습니다, 기차가 멈춰 섭니다, 우리는 역에 도착했습니다, 나는 검표소를 통과합니다, 카이저슈트라세를 따라 로스마르크트 쪽으로 걷습니다.[12] 개는 겁을 집어먹은 듯 내 발에 바싹 붙어 따라옵

---

12) 카이저슈트라세(Kaiserstraße)와 로스마르크트(Rossmarkt)는 프랑크푸

니다, 나는 오른쪽 좁은 골목으로 꺾어집니다, 뭔가가 나를 끌어당기는 것 같습니다, 나는 거의 눈을 감고 걷는 듯합니다, 모든 것이 익숙하게 느껴집니다, 그리고 동시에 한없이 낯설기도 합니다, 나는 사실 여기 오려던 것은 아니었습니다, 나는 지금 다른 곳으로 향하고 있어야 하지 않던가요, 그레테는 소파에 누워 잠들어 있을 것입니다, 그녀가 깨기 전에, 나는 돌아갈 것입니다, 그녀 곁에 있을 것입니다.

지금 나는 오래된 교회 앞에 서 있습니다, 같은 자리를 맴돌고 있습니다, 여기 이 집들 주변에 와 본 적이 있습니다, 다시 기차역으로 돌아가는 편이 나을지 모릅니다, 여기 이 좁은 골목길을 헤매고 다니는 것은 아무 의미가 없습니다, 개도 지쳐 보입니다, 걸음이 점점 느려지더니 뒤로 처지기 시작합니다, 이리저리 두리번거리며 주위를 살핍니다, 길모퉁이에 나이 든 여자가 앉아 햇빛을 받으며 소박한 아침을 먹고 있습니다, 개는 그녀 앞에 멈춰 서더니 꼬리를 흔듭니다, 그녀의 얼굴이 환해집니다, 노쇠하고 작은 손으로 갈색 털을 쓰다듬고 토닥입니다, 그녀는 먹고 있던 빵 조각을 힘겹게 이로 잘라 개에게 내밉니다, 개는 빵을 탐욕스럽게 잡아채더니 그녀의 좌판에 누워 앞발에 머리를 얹습니다, 늙은 여자는 개에게 몸을 숙입니다, 그들은 마치 서로 이야기를 나누는 것처럼 보입니다,

나는 휘파람을 붑니다, 개는 여자 곁에 가만히 누워 있습니

르트 중심가의 지역명이다. 로스마르크트는 과거 말을 사고팔기도 하고 사형 집행장으로 쓰이기도 했다.

다, 길을 되돌아가 개를 데려와야 합니다, 좌판에는 비누, 담배, 알록달록한 잔 들이 늘어서 있습니다, 늙은 여자에게 담배를 몇 개 삽니다, 그녀는 고개를 깍듯이 숙여 인사하고는 웃으며 말합니다, "이 멋진 개를 위한 리본은 어떠세요? 초록색 아니면 갈색?" 나는 그것도 삽니다, 두 가지 모두, 값을 치릅니다, 네로는 마지못해 몸을 일으키더니 햇빛 속에서 기지개를 켭니다, 방황이 다시 시작됩니다, 나는 자일 거리13)에 들어섭니다, 첫 손님들이 모여들기 시작합니다, 나는 몇몇 상점에 들러 물건들을 둘러보고 나옵니다, 나는 한 번 더 오른쪽으로 길을 꺾습니다, 작은 사잇길에 빵집이 하나 있습니다, 나는 안으로 들어갑니다, 문에 매달아 둔 작은 종이 울립니다, 밝은 은색 종입니다, 종소리가 좀처럼 잦아들지 않습니다, 바구니에 갓 구운 빵들이 담겨 있습니다, 하얗고 반들반들한 도자기 쟁반에는 케이크와 타르트가 놓여 있습니다, 나는 탁자 너머로 손을 뻗습니다, 세멜14) 하나를 집어 두 쪽으로 갈라 봅니다.

"손님, 빵에 직접 손을 대시면 안 됩니다." 키 작은 곱슬머리 점원이 거만하게 눈썹을 치켜올리며 말합니다.

"매장에 나올 때는 우선 앞치마부터 벗어."라고 나는 말합니다, "그리고 이 세멜들은 또다시 제대로 구워지지 않았어."

어린 점원은 한순간 멈칫합니다, 처음엔 당황한 기색만 보이다가, 얼굴이 점점 붉어집니다, 그러더니 뻣뻣한 태도로 말

---

13) Zeil. 프랑크푸르트 도심 북쪽에 있는 쇼핑가로 잘 알려진 거리다.
14) Semmel. 독일식 작은 빵 브뢰트헨(Brötchen)의 다른 이름.

합니다.

"그러시면 안 된다고요, 주인이 금지한 일이에요, 가게 진열장에 둔 것을 손님들이 손으로 만지는 거요."

나는 마음이 놓였습니다, 슬며시 미소를 띠지 않을 수 없습니다, 정중하게 케이크 한 조각을 주문합니다, 케이크는 훌륭하고 맛있습니다, 그에게 묻습니다.

"지금 주인은 좋은 분인가, 많이 달라지셨나?"

어린 점원의 태도가 조금 누그러졌습니다, 달라진 건 없다고, 주인어른은 모든 걸 예전 그대로 놔둔다고, 건물 뒤편만 조금 증축하고 싶어 하지만, 아마 내년쯤일 것이고, 그는 인색한 편이라고 말합니다, 예전 주인이 훨씬 너그러웠고, 임금도 많이 주었다고 말합니다, 다만 그 사람은 너무 야망이 크고 다혈질이었다고, 아, 그래서 가끔은—.

"그래도 그 사람을 좋아한 거지?"

아주 좋아했다고 말합니다, 그가 세상을 떠난 지도 벌써 일 년이 되어 간다고 말합니다, 내가 혹시 그와 아는 사이냐고 묻습니다, 아니, 그렇지 않다고 대답합니다, 이제 이것으로 되었습니다, 나는 케이크가 얼마인지 묻습니다.

빵값을 지불합니다, 정해진 값의 세 배를 그에게 줍니다, 그는 놀란 눈으로 나를 쳐다봅니다, 나는 곧 바깥으로 나옵니다, 다시 골목길 위에 서 있습니다, 눈을 감습니다, 누군가 내 이름을 부르는 것 같은 기분이 듭니다, 눈을 감고 몇 걸음 더 걷습니다, 쌀쌀해지고 있습니다, 나는 해를 벗어납니다, 어느 집 문 앞에서 멈춰 섭니다, 왼쪽에는 오래된 나무 계단이 나선형으로 올라가고 있습니다, 휘파람으로 개를 부릅니다, 녀석이 보이지 않습니다, 다시 바깥으로 나가 보니, 개는 여전히 햇빛 속에 누워 있습니다, 개의 이름을 부릅니다, 그래도 개는 아랑곳없이 고집스레 자리를 지킵니다, 매질을 해야 하나요, 무엇 때문에요, 녀석은 햇빛 속에 있고 싶을 뿐입니다, 녀석은 햇빛 속에 남아 있어야 합니다, 나는 그늘로 되돌아갑니다, 삐걱거리는 계단을 올라갑니다, 나의 영혼에 무겁고 검은 덮개가 드리워지는 듯한 기분입니다, 숨을 쉴 수가 없습니다, 설명할 길 없는 두려움이 내 안에 움틉니다, 한 걸음도 더 내디딜 수가 없습니다, 어둠 속에 꼼짝없이 서 있습니다, 눈앞에 통나무 문이 솟아 있습니다, 문이 살짝 열려 있습니다, 문을 두드릴 용기가 나지 않습니다, 몸이 마비된 것처럼 굳었습니다, 그러다 귀를 문에 가져다 댑니다, 문 너머에서 뭔가 벌어지고 있습니다, 무슨 일인가 일어나고 있습니다, 서둘러야 합니다, 하지만 힘이 없습니다, 신음과 숨소리가 들립니다, 그 사이로 희미한 울음소리도 들립니다, 어떤 남자의 나직하고 어두운 목소리가 진지하고 냉정한 말들을 하고 있습니다, 물소리가 들리다가 뚝 멈춥니다, 신음 소리는 줄곧 이어집니다, 나는 곧바로 물러나려 합니다, 나는 도둑이 아닙니다, 돌아서서 그곳을 벗어나야겠습니다, 그때 문이 열립니다, 한 남자가 밖으로 나옵니다, 작은 가방을 들었고, 안경을 고쳐 쓰며 안쪽을 향해 낮은 소리로 말합니다.

"병원으로 돌아갑니다, 무슨 일이 있으면 부르세요! 아주 조심하셔야 합니다, 자극은 멀리하시고, 절대 안정을 취하셔야 해요!"

안에서는 아무 대답이 없습니다, 그는 계단을 내려옵니다, 내 옆을 스쳐 지나갑니다, 나는 그늘 속에 서 있습니다, 그는 나를 보지 못했을 것입니다, 소리를 질러야 할 것만 같은 기분이 듭니다, 더는 주저할 수 없습니다, 저 안으로 들어가야 합니다, 그곳에서 누군가 소파에 누워 나를 기다립니다, 눈을 감습니다, 그녀가 깨어날 때, 나는 그곳에 있을 것입니다, 그녀 옆에 서 있을 것입니다, 내가 곁을 떠나 있었다는 사실을 그녀는 전혀 눈치채지 못할 것입니다.

나는 문턱 안에 서 있습니다, 작고 환한 방입니다, 작은 다락방, 불빛에 눈이 부십니다, 어둠 속에 너무 오래 서 있었기 때문입니다, 처음엔 아무것도 볼 수가 없습니다, 단지 나지막한 외침만 들립니다, 곧이어 무언가 떨어진 듯 둔탁한 소리, 성큼성큼 큰 걸음으로 구석을 향해 걸어갑니다, 그곳에는 그 젊은 여자가 바닥에 쓰러져 있습니다, 넘어진 의자에 몸을 기대고 신음하고 있습니다, 나는 무릎을 꿇고 그녀에게 몸을 기울입니다, 그녀가 눈을 뜹니다, 온몸을 떱니다, 두 눈이 커지며 공포에 질린 표정으로 나를 쳐다봅니다.

"지금은 안 돼요." 그녀는 거의 들리지 않는 소리로 웅얼거리며 고통 속에 몸부림칩니다. "지금은 당신이 나를 어쩔 수 없어요, 난 무죄 판결을 받았고, 판결은 법적으로 유효하니까요, 그걸 누구도 되돌릴 수 없어요, 당신은, 그래요, 잘못 생각할 수 있어요, 얼마든지 가능해요, 분명 당신은 혼란스러웠을 거예요, 하지만 지금은, 지금 나는 힘을 그러모아야 해요, 만약 저 안에 계신 ─ 만약 어머니가 다시 건강해진다면, 그때 오세요, 그때는 뭐든 상관없어요, 그때는 당신이 원하는 건 무엇이든 할 준비가 되어 있을 거예요, 당신이 원하는 건 무엇이든 진술할 거예요, 그때가 되면 나로서는 기꺼이 죽어도 좋을 거예요, 하지만 지금은 안 돼요, 지금만은 안 돼요, 모든 걸 자백할게요, 그건 너무 끔찍해요, 나는 그 남자를 지독하게 증오했어요, 내 손은 거의 저절로 그의 목을 잡았고, 그의 눈알이 거의 튀어나올 때까지 조였어요, 더 세게, 더 세게, 나는 그의 목을 물어뜯었어요, 점점 더 깊이, 내 손은 그의 살갗을 할퀴었어요, 피가 솟구쳤어요, 그는 숨을 헐떡거렸고, 목의 근육이 팽팽해졌어요, 나는 그가 아무 소리도 내지 않을 때까지 물러서지 않았어요, 내가 무슨 짓을 했는지, 그때는 몰랐어요. 그 개가, 무슨 개인지 내가 어떻게 알겠어요, 그 개가 내 주위를 줄곧 맴돌며 냄새를 맡았어요, 아래층 문가에서도 그랬고, 갑자기 여기 이 방에 나타나서도 그랬어요, 그러더니 겁에 질린 것처럼 밖으로 뛰쳐나갔어요, 아마 악마였을지도 몰라요, 어쩌면 ─. 이제 당신은 모든 걸 알게 되었네요, 나는 살인자예요, 당신이 법정에서 나를 구했어요, 그러니 당신이 하고 싶은 대로 하세요, 뭐든 나는 상관없어요, 나한테는 삶이 아무 의미가 없으니까요, 다만 지금은 살아 있어야 해요, 아직 준비가 안 되었어요, 지금만큼은 살아 있어야 해요, 살아야만 해요 ─."

"에마." 나는 그녀의 귀에다 대고 숨 쉴 틈 없이 말합니다, "에마, 대체 무슨 말을 하는 거야, 나는 그래서 여기 온 게 아니야, 이제 다 괜찮아, 내가 여기 온 것은 단지 ─ 안에 어머니가 계신다고 했지?"

그녀가 일어섭니다, 눈이 굳었습니다, 겁에 질려 나를 곁눈질합니다, 얼굴은 새하얗게 질렸습니다, 손수건으로 입을 가립니다, 그녀의 목소리가 떨립니다.

"저한테 아무것도 바라지 않는다고 하셨죠, 그렇죠, 저에게는 좋은 분이시죠, 당신에게 정말 큰 도움을 받았어요, 왜 도와주신 거예요, 왜 그렇게 내게 친절하신 거죠?"

"안에 계신 어머니는, 어떠신 거야?"

"엄마요, 그래요, 아주 많이 아프세요, 저는 잘 몰라요, 의사 선생님이 좀 전에 다녀가셨어요, 선생님이 그녀의 병을 어떤 라틴어 이름으로 불렀는데 ─ 엄마를 만나시려는 거예요, 그런 거예요? ─ 우리 어머니를 대체 어떻게 아세요─."

"그녀가 나를 불렀어."

"엄마가요? 언제요? 누구를 통해서요?"

"이미 오래, 오래전에, 벌써 일 년이 지났어." 나는 그렇게 말하고, 다시 눈을 감습니다.

그녀는 한 걸음 뒤로 물러섭니다, 그녀의 얼굴에는 전에 없던 공포가 가득합니다, 경악과 두려움이 서려 있습니다, 그녀는 내 말을 믿지 않습니다.

"우리를 놀리지 마세요 ─ 당신도 신성함을 섬기신다면, 신께서 저를 그렇게 단죄하실 수는 없다는 걸 아시잖아요, 당신은 의사시잖아요, 저에게도 잘해 주셨고요, 도와주세요, 구해 주세요, 왜 저를 그렇게 잘 대해 주시고는, 이제 혼자 내버려두려고 하세요─."

"이리 와." 대답 대신 그녀의 차가운 손을 잡으며 내가 말합니다. 문턱에 멈춰 섭니다, 그녀의 어깨에 내 손을 올립니다, 내 목소리는 혼란스러운 감정에 휩싸여 떨립니다, 감정이 고조되어 한마디 말도 나오지 않습니다. "에마." 내가 말합니다, "나를 믿어, 지금은 아무것도 묻지 말고, 그냥 믿어 줘, 저 방에 내가 혼자 들어가게 해 줘, 아무런 도움도 되지 못하고, 만약 그녀가 정말—죽게 된다면—."

나는 더 말을 이을 수가 없습니다, 목소리가 끊어집니다, 나는 대답도 기다리지 않습니다, 그녀의 얼굴을 더이상 보지 않습니다, 그녀가 내 옆에 서 있다는 것조차 잊고 있습니다, 한 걸음 한 걸음 내디뎌 방 안으로 들어갑니다, 등 뒤로 문을 닫습니다, 마치 무덤의 돌문을 닫는 기분입니다, 방 한가운데에 서 있습니다, 작은 창문이 열려 있습니다, 거리에서 손풍금 소리가 들려옵니다, 바닥에는 금빛 햇무리가 드리워져 있습니다, 햇무리는 바로 내 발길 앞에 어려 있습니다, 나는 그것을 건너가야 합니다, 내 거친 발로 밟고 지나가야 합니다, 마치 성스러운 것을 더럽히는 기분이 듭니다, 나는 성스러운 땅 위에 서 있습니다, 저쪽에 침대가 놓여 있습니다, 저쪽 구석에서 숨소리가 들립니다, 숨소리는 갑갑하고 무겁습니다, 폐는 투쟁하고, 심장은 고통받고 있습니다, 한 인간이 죽어 가고 있습니다—.

어머니—.

그래, 이제 내가 침대 옆에 있습니다, 나는 무릎을 꿇습니다. 여기서 세상은 멈춥니다, 내 손은 하얀 침대보 위에 있습니다, 손으로 그녀의 손을 잡습니다, 아, 그녀의 새하얀 머리카락, 창백한 얼굴, 무언가를 찾아 헤매 온 손, 기다림과 염려와 고통 속에서 하얗게 세어 버린 머리카락!

나는 베개를 들어 색색 소리를 내는 그녀의 가슴 아래에 받쳐 놓습니다, 힘겹게 신음하는 작고 병든 몸을 위로 끌어당겨 편안하고 안락하게 누입니다, 수건을 새로 적셔서 주름진 이마의 열이 내리도록 올려 둡니다, 나는 의사입니다, 나는 환자들의 고통과 죽음을 봐 왔습니다, 그들의 통증을 줄이고 위로하는 길, 방법을 알고 있습니다.

그녀가 눈을 뜹니다, 눈꺼풀이 올라가고, 천장을 향해 달아납니다, 초점을 잃고 맴돌다가 나를 스쳐 갑니다, 나를 지나쳐, 나를 넘어 이리저리 헤매지만, 나를 보지는 못합니다, 나를 보지 못합니다―.

나는 그녀에게로 몸을 깊숙이 숙입니다, 두 손에 힘을 주어 베개를 단단히 붙잡습니다, 얼굴은 그녀의 귀에 거의 닿았습니다.

"어머니." 흐느끼며 나는 참았던 말을 쏟아 냅니다, 목이 멥니다, 뜨거운 눈물이 멈출 새 없이 뺨과 입술을 타고 흐릅니다, "어머니, 내가 왔어요, 내 말 좀 들어 보세요, 나 좀 보아 주세요, 어머니의 기다림이 헛되지는 않았어요, 집으로 돌아오는 길이 너무 멀었어요, 아주 오랫동안 당신을 찾았어요, 너무 힘들었어요, 모든 게 나를 막아서고 있는 것 같았죠, 나는 더 이상 인간이 아닌 것 같아요, 모든 것이 안개 속에 가려져 있었어요, 늘 갈가리 찢겨 있었어요, 나도 나를 잘 모르겠어요, 곁에는 아무도 없어요, 늘 혼자예요, 내 앞에 내가 늘 그림자처럼 서 있는데 나를 볼 수가 없어요 — 그런데 어머니, 어머니가 여기 계시네요, 언제나 여기 계셨겠지요, 나는 언제나 당신에게로 가는 길이었어요, 당신은 단지 기나긴 잠을 주무셨을 뿐이에요. 당신은 여기 누워 계셨고, 나는 잠시 떠나 있었을 뿐이에요, 이제 내가 집에 돌아왔어요, 이제 여기 있어요, 자, 그러니 눈을 뜨시고 내 이야기를 들어 주셔야 해요, 내가 돌아왔잖아요, 한 번만 더 들어 주세요, 딱 한 번만 더, 한 번만 더 —."

나는 그녀의 손에 입을 맞추고, 또 입을 맞춥니다, 그녀의 이마에 입을 맞춥니다, 그녀는 차갑고 축축합니다, 그녀의 심장에 귀를 댑니다, 심장이 아주 여리게 뛰고 있었는데, 박동이 거의 들리지 않습니다, 마치 희미한 불꽃이 사그라들 듯, 곧 소리가 멎을 것처럼, 그녀의 가슴 위에서는 여전히 투쟁이 이어지고 있습니다, 호흡은 거칠고 불완전합니다, 가슴에서 그르렁대는 소리가 커집니다, 입은 벌어져 있습니다, 오른쪽 입꼬리가 축 처졌습니다, 뾰족한 광대뼈 위로 피부가 늘어졌습니다, 코가 서늘하고 가느다랗게 식어 갑니다, 나는 절대 포기하지 않습니다, 모든 힘을 그러모읍니다, 그녀는 내 말을 들어야 합니다, 어머니, 어머니, 어머니 — 그 순간 그녀의 눈이 다시 한번 뜨입니다, 그녀의 두 눈이 내 눈을 보며 빛나고 있습니다, 광채가 어려 있습니다, 내 몸을 꿰뚫어 보고, 나를 봅니다, 나 자신을, 그녀의 입술이 움찔합니다, 내게 손을 들어 올립니다, 마치 나의 머리를 쓰다듬으려는 듯, 하지만 손이 이내 툭 떨어집니다, 그녀의 숨이 멎습니다, 나의 심장도 멎습니다,

끔찍한 정적이 흐릅니다, 어머니의 가슴이 무서운 경련을 일으키며 한 번 더 들립니다, 최후의 구역질을 하듯 입술이 일그러집니다, 눈이 감깁니다, 얼굴이 하얗고 차갑습니다, 이것으로 끝입니다.

나는 그 자리에 서서 귀를 기울여 봅니다, 그녀는 지금 어디에 있을까, 조금 전까지도 살아 있는 사람이었던, 어머니, 어머니는 한 번 더 몸을 움직이고 싶지 않을까요, 손을, 입술을 움직이고 싶지 않을까요, 한마디 말을 더 하고 싶지 않을까요─모든 것이 끝났습니다, 온기가 사라지고, 삶이 사라졌습니다, 차자운 육체만이 여기 놓여 있습니다, 무언가 존재했으나, 지금은 사라졌습니다.

나는 왜 아직 여기 서 있나요, 여기서 무엇을 하고 있나요, 낯선 사람, 한 번도 본 적 없는 늙은 여인이 저기 있습니다, 차갑게 죽은 채로 누워 있습니다, 무엇이 나를 이곳으로 데려왔는지 기억나지 않습니다, 나는 작고, 낡고, 초라한 방에 들어와 있습니다, 밖에서 햇살과 바람이 들어옵니다, 거리 어딘가에서 아이가 소리칩니다, 무슨 일이 있는 걸까요, 나는 창가로 다가갑니다, 나는 거리의 사람들을 내려다봅니다, 네로는 저 아래 햇살 속에 누워 있습니다, 남자아이들이 네로 주위에 둘러서 있습니다, 손풍금 악사는 풍금과 원숭이를 들쳐 메고 옆집으로 갑니다, 나는 창문을 닫고 하얀 커튼을 내립니다, 방에는 이제 회색 그늘이 들어찹니다, 고요가 감돕니다, 나는 다시 침대로 다가갑니다, 달라진 것은 없습니다, 죽어 있는 한 사람, 늙고 가난한 한 여인, 내가 도울 수 있는 일이 아무것도

나?

없습니다.

"어떤 것 같으세요." 옆방에 있는 젊은 여자가 겁에 질려 속삭이듯 묻습니다, "희망이 있을까요, 어떻게 생각하세요——."

"방금 사망하셨습니다." 나는 말합니다, "환자를 치료했던 의사를 부르셔야 합니다."

울부짖으며 그녀가 방으로 들어와 울부짖으며 침대 옆에 무너져 내립니다, 그 곁에 나는 꼼짝없이 서 있습니다, 죽는 것은 슬픈 일이지만, 언젠가 우리 모두에게 닥칠 일입니다.

나는 울고 있는 여자를 일으켜 세웁니다, 그녀는 넋을 놓고 내 팔에 매달려 있습니다, 무의식적으로 나는 그녀의 머리를 쓰다듬습니다, 인간은 얼마나 가엾은가요, 나는 또한 얼마나 가엾은가요!

무엇을 해야 할까요, 나는 그녀를 도울 수가 없습니다, 그녀를 놓아줍니다, 다 식어 차가운 벽난로 위에 지폐 몇 장을 놓습니다, 더는 뒤돌아보지 않습니다, 문을 나서 햇빛 아래 서 있습니다.

나는 휘파람으로 네로를 부릅니다, 녀석은 신나게 뛰어와 꼬리를 흔듭니다, 해가 납니다, 해가 납니다, 하지만 그것을 느끼지 못합니다, 길에서 마주 오는 사람들은 나를 힐끗 보고 지나쳐 갑니다, 내가 어디 있었는지 아무도 알지 못합니다, 이렇게 이른 시간에 죽은 자의 곁을 지키다 온 것을 아무도 모릅니다, 모두 정신없이 분주합니다, 왜 그토록 쫓기는 걸까요, 언젠가 그들은 어느 방에 누워 있게 될 테고, 바닥에 드리운 햇살들은 어스름 속으로 사라질 것입니다.

지극한 고요가 내 안에 깃듭니다, 그건 슬픔도 행복도 아닙니다, 태양도 고통도 아닙니다, 나는 그저 말할 수 없이 지쳤습니다, 모두 헛됩니다, 모두 헛된 일이었습니다, 내가 여기서 걷고 있는 동안, 저 2층의 작은 방에는 한 여인이 하얀 침대 위에 누워 있습니다, 나도 어디엔가 눕고 싶습니다, 누군가 내게 달려와 울부짖으며 내 곁에서 무너집니다, 내 침대 옆에 무릎을 꿇습니다, 어느 낯선 사람이 옆에 서서 말합니다, 슬프지요, 죽는 것은 슬픈 일이지만, 언젠가 우리 모두에게 닥칠 일입니다.

나는 어디로 가고 있는 걸까요, 내가 남긴 발자국들은 사라집니다, 뒤따르던 목소리는 더이상 들리지 않습니다, 내가 지나온 자리는 오직 고요만 감돕니다, 밧줄이 끊어져 바닥에서 떨어져 나왔습니다, 나는 떠다닙니다, 이리저리 표류합니다, 아무것도 더 원하지 않습니다, 아무것도 더 찾지 않습니다, 오직 내가 안식할 땅, 나를 평화로 덮어 줄 흙을 원할 뿐입니다.

서쪽으로, 서쪽으로, 나는 어디로 가려는 걸까요, 다시 기차에 올랐습니다, 국경은 이미 오래전에 넘었습니다, 어디로 가나요, 저것은 프랑스 군복입니다, 프랑스의 마을입니다, 객차 안은 사람들로 꽉 찼습니다, 낯선 외국어가 귓가를 울립니다, 창문은 열려 있지만, 아무것도 보이지 않습니다, 아무것도 들리지 않습니다, 사람들이 기차에 오르고, 기차에서 내립니다, 기차는 강을 따라 작은 협곡을 통과합니다, 초록색 언덕들을 지나갑니다, 넓은 들판을 가로지릅니다, 그림 같은 작은 도시들을 스쳐 갑니다, 하지만 아무것도 눈에 들어오지 않습니다, 나는 한쪽 구석에 앉아 있습니다, 마치 무덤 속에 웅크린 것처럼, 드넓은 지하의 방들을 관통하여 걸어갑니다, 천장이 낮고 위압적입니다, 방공호입니다, 포탄이 날아듭니다, 우리 위로 흙이 쏟아집니다, 발소리가 축축한 돌벽에서 외롭게 메아리칩니다, 희미하게 푸른빛이 감도는 황혼입니다, 벽의 갈라진 틈새로 조각난 빛이 희미하게 스밉니다, 죽은 자들이 있습니다, 모두 죽은 자들입니다, 나는 관에서 관으로 손을 더듬습니다, 관의 덮개를 빠짐없이 두드립니다, 몸을 굽혀 이름을 확인합니다, 손에 작은 초를 들었습니다, 작은 불꽃이 흔들립니다, 벽에서는 얼음 같은 한기가 새어 나옵니다, 이름들을 온전히 읽을 수가 없습니다, 시간이 흐르며 글자들이 빠져나가고, 초록 이끼로 뒤덮이고, 희미해지고, 사라져 버렸습니다, 멈춰 있을 시간이 없습니다, 끊임없이 나아갑니다, 멈추지 않고 나아갑니다, 발은 상처투성이가 됩니다, 멈추지 않고 이어지는 발소리에 귀는 무감각해집니다, 옷은 다 해어집니다, 나는 이제 거의 벌거숭이입니다, 내 살갗에는 부스럼이 생기고 굳은살이 덮입니다, 그조차 썩어서 떨어져 나갑니다, 뇌, 근육, 신경, 횡경막, 내장까지 모두 사라집니다, 오직 심장만 남아 경련합니다, 작고 붉은 불꽃, 심장은 갈구하고, 좌절하고, 다시금 갈구합니다, 쉬지 않고 뜁니다, 멈추어 쉬고 싶습니다, 마침내 잠들고 싶습니다, 하지만 그럴 수 없습니다, 심장은 너무 지쳤습니다, 너무나 지쳤습니다──.

내가 벌써 잠이 들었을까요, 한낮에? 창문이 열려 있습니다, 나는 밖을 내다보지 않습니다, 그 모든 찬란한 풍경, 꽃피는 대지의 웅장함, 축복받은 들판의 아름다움이 나를 스쳐 가지만, 나는 눈길을 주지 않습니다, 그것은 나를 위한 것이 아닙니다, 다른 이들이 거둘 것입니다, 다른 이들이 뿌리고 가꾼 것입니다, 나는 그들이 부럽지 않습니다, 아무도 질투하지 않습니다, 오래전에는 다른 사람을 시기하기도 했으나, 다 지나간 일입니다, 누구나 각자 자기 운명을 지고 살아갈 뿐입니다, 아무도 행복하지 않습니다, 죽은 자들을 시험에 들게 해서도 안 됩니다, 높이 솟아오르려는 의지가 있습니다, 틀에서 벗어나, 자신의 한계를 넘어 뛰어오르려는 의지, 그것이 자신의 운명을 부수고, 스스로 신이 되려 합니다, 대지를 넘어, 결핍과 육체와 관을 초월하고자 합니다——그러나 결국 다시 추락합니다, 스스로에게 붙들려 자기 자신에게서 헤어나지 못합니다, 운명은 그를 덮치고, 그를 낚아챕니다, 그는 비틀거리다 결국 숨이 막혀 죽습니다.

나는 벌써 잠이 든 것일까요, 이런 마음의 사무침이 무엇을 향한 것인지 알 수 없습니다, 나는 깨어 있으려 합니다, 나의 삶을 지켜보고자 합니다, 마지막 순간까지, 나는 격랑 속에 뛰어들었습니다, 그것이 나를 뱉어 낼 때까지 헤엄쳐야 합니다, 우리는 모두 이 기차 안에 앉아 있습니다, 우리의 삶은 이 기차에서 보이는 풍경처럼 스쳐 지나갑니다, 언덕, 들판, 도시와 사람들이 지나갑니다, 그러나 우리는 여전히 같은 자리에 앉아 있습니다, 우리의 자리, 우리의 구석에 앉아서 앞만 바라보고 있습니다, 늘 같은 통나무가 우리 등을 아프게 누르고, 같은 좌석이 우리 맞은편에 있고, 늘 한결같은 다른 사람들이,

나?   155

늘 비슷하게 다른 표정으로 우리 곁에 앉아 있습니다, 이제 언제든 기차가 멈춰 서기만 하면, 마침내 우리는 일어설 것입니다, 기차에서 내릴 수 있을 것이고 여행은 끝이 날 것입니다.

나는 어디에 있는 것일까요, 밖에는 이미 땅거미가 내려앉았습니다, 이 땅은 변했습니다, 반은 무너진 교회들, 폐허가 된 마을들과 잔해들이 창밖으로 지나갑니다, 여기 참호들이 이어져 있었습니다, 여기 철조망과 썩어 가는 널빤지와 나뭇조각이 굴러다닙니다, 여기 피가 흘렀습니다, 여기에서 살육과 지옥과 광기가 미쳐 날뛰었습니다, 여기에서 사람들이 땅속에 두더지처럼 웅크리고 숨었다가 서로를 갈기갈기 찢어발겼습니다, 여기 나무는 더 자라지 않습니다, 잎은 떨어져 메말라 갔습니다, 둥치는 헐벗고 그을렸습니다, 여기에는 비명과 운명과 결핍을 뒤집어쓰지 않은 집이 없습니다, 여기에서는 날아다니는 포탄의 끔찍함이 공기조차 떨게 만들었습니다, 여기 어딘가에 나도 앉아 있었습니다, 누구, 나, 누구, 대체 무슨 말인가요, 내가 어디에 있었다는 것일까요, 기차가 멈춥니다, 이제 여행이 끝나는 걸까요?

그렇습니다, 나는 땅 위로, 흙 위로 걸어갑니다, 높은 곳으로 올라갑니다, 베르됭입니다, 두오몽의 고지입니다, 나는 포격으로 파괴된 그 도시를 떠납니다, 도처에 비계들이 서 있습니다, 도처에 새 건물이 세워지고 있습니다, 새로운 담장, 새로운 벽들, 아직 누런 맨몸으로 서 있습니다, 그들에 눈길을 주지 않습니다, 보고 싶은 마음이 들지 않습니다, 다만 이 도시를 에워싼 흐느낌을 듣습니다, 불길이 되어 이 도시를 둘러싼 고통의 소리, 오직 죽은 자들의 흐느낌을 듣습니다. 이곳에서 한 세계가 불탔습니다, 여기서 수백만이 잿더미가 되고, 피를 흘렸습니다. 여기 우리의 형제들이 누워 있습니다, 여기 유럽이, 인류가 누워 있습니다, 여기 내가 있습니다, 내가 누워 있습니다, 내 삶이 있습니다, 무덤들이, 무덤들이, 무덤들이 있습니다, 십자가 옆에 십자가, 땅 옆에 땅이, 검은 십자가는 독일인들의 것이고, 하얀 십자가는 프랑스인들의 것입니다, 검은 돌들과 흰 돌들이 있습니다, 이 체스 게임을 손에 쥔 이가 누구인가요, 누가 한 수 한 수 말을 놓았나요, 우리는 돌들을 교환할 수 있습니다. 우리 삶을 휘어 버리는, 우리를 짓누르는 신은 대체 어떤 존재인가요. 산으로 올라가는 길이 있습니다, 그 길로 대포를 끌고 갔습니다, 그 길로 목마른 이들에게 물을 날랐고 물이 피가 되었습니다, 그 길로 생명이 올라와 죽음으로 되돌아갔습니다, 나는 그 언덕 위에 올라와 있습니다, 이곳에는 더이상 풀이 자라지 않습니다, 초록 잎새 하나, 덤불 하나 없습니다, 모든 것이 잿빛입니다, 허허벌판입니다, 바람도 불지 않습니다, 숨소리도 들리지 않습니다, 고요합니다, 마침내 고요해졌습니다, 저 아래 보이는 곳은 플뢰리[15]입니다, 아니, 저 아래 한때 플뢰리가 있었습니다, 한 마을이 있었습니다, 하얀 집들이 있었습니다, 삶이 있었습니다, 따스함이 있었습니다, 살아가는 이유와 사랑이 있었습니다, 플뢰리는 어디로 사라졌나요,

15) Fleury. 프랑스 북동부에 위치한 작은 마을로 1차 세계 대전 당시 베르됭 전투의 격전지였다. 전략적으로 중요한 위치에 있어 독일군과 프랑스군이 이곳을 점령하고 탈환하기 위해 격렬히 싸웠다.

나?

'플뢰리'라고 쓰인 표지판 하나가 서 있습니다, 그것이 지금의 플뢰리입니다, 무덤과 흙과 먼지, 저 위에 두오몽이 있습니다, 둔덕 위에 폐허가 된 시멘트 벽이, 폐허가 된 땅이 있습니다, 탱크의 잔해, 쇠붙이들의 잔해가 있습니다. 여기서 죽음이 불타올랐습니다, 곳곳에서, 여기서 독일인들과 프랑스인들이 서로 쏘아댔습니다, 여기 독일인들이, 프랑스인들이 누워 있습니다, 전쟁은 없습니다, 여기 인간이 누워 있을 뿐입니다, 여기에는 적도, 국가도, 운명도, 차이도, 장교도, 부자도, 노동자도, 사병도 없습니다. 우리는 모두 벌거벗었습니다, 벌거벗었습니다, 모두가 벌거벗은, 죽어 가는 인간들입니다.

곧 어두워질 것입니다, 나는 비탈에 세워진 기념비 옆에 서 있습니다, 사자 한 마리가 마지막 숨을 몰아쉬고 있습니다, 화살에 맞았습니다, 무거운 대리석 같았던 생명이 모래에 묻힙니다, 땅속에 어두운 무언가가 보입니다, 나는 몸을 숙입니다, 그것은 질기고 구부러지기 쉬운 물체입니다, 땅속에서 그것을 끄집어냅니다, 한 조각의 가죽, 군용 배낭의 끈입니다, 얼룩들이 남아 있습니다, 오래되어 말라붙은 핏자국, 일 년이 지났습니다, 그리고 여기에 아직 피가 남아 있습니다, 나는 그것을 멀리 던져 버립니다, 개가 그것을 쫓아 뛰어갑니다, 아, 그 개, 녀석은 짖어 대고 이리저리 뛰어다닙니다, 완전히 달라졌습니다, 기차 안에서도 끊임없이, 이 자리에서 저 자리로 옮겨 다니고, 통로로 나갔다가, 창가 자리로 돌아옵니다, 코를 허공에 대고 킁킁거리고, 흥분하고, 갈피를 잡지 못하다가, 나의 무릎께로 돌아와서는 무언가를 청하듯이 나를 바라봅니다, 꼬리를 흔듭니다, 좌석 위로 뛰어오릅니다, 내 곁에 바싹 붙어 몸을 떱니다, 혀를 내밀고 헐떡입니다, 머리를 내 다리에 얹고 눈을 감습니다, 울고 있는 것 같습니다, 나지막한 신음을 내뱉습니다, 나는 녀석을 쓰다듬습니다, 녀석은 내 팔과 몸 사이로 주둥이를 밀어 넣습니다. 그러다 갑자기 나를 마치 처음 보는 사람처럼 대합니다, 나는 그를 목줄에 매어 붙잡고 있었습니다, 개는 무덤들을 지나 들판으로, 울타리와 철망 너머로 나를 끌고 다닙니다, 코를 바닥에 박고, 끙끙대고, 울고 짖어 댑니다, 아무리 불러도 말을 듣지 않습니다, 으르렁거리기만 합니다, 입가에는 거품이 고였습니다, 나는 그를 더이상 붙잡지 못합니다, 한번 몸부림을 치더니 목줄을 풀고 떨어져 나갑니다, 뛰어오르며 멀리 달려갑니다, 목줄이 땅에 끌립니다, 여기저기 걸리고 부딪힙니다, 개는 어느 참호 속으로 사라집니다, 거기 물이 고여 있습니다, 물을 튀기며 참호를 건넙니다, 저 멀리 두오몽에 이미 다다랐습니다, 나는 발길을 돌립니다, 개는 보이지 않습니다.

해가 사라졌습니다, 서서히 어두워질 것입니다, 서서히 차가워질 것입니다, 나는 여전히 숨 가쁘게 비탈을 올라갑니다, 개가 그랬던 것처럼 나는 눈을 바닥에 깔고, 걷는다기보다는 기어가고 있습니다, 나는 무엇을 찾는 걸까요, 그저 그 짐승을 뒤쫓는 것일까요, 나의 개를 찾는 것일까요, 아니면 누군가를, 혹은 나 자신을 찾고 있는 것일까요, 아무것도 볼 수가 없습니다, 아무것도 분간할 수 없습니다, 비틀거립니다, 나무 그루터기, 널빤지, 철조망에 발이 걸려 휘청입니다, 발에 뭔가 따뜻하고 끈적이는 것이 달라붙습니다, 나는 그것이 피라고 생각합니다, 아직 따뜻합니다, 어쩌면 다른 사람의 피가 아닐 수도 있습니다, 발에 상처를 입었습니다, 나의 피일까요, 나는 계속 길을 갑니다, 죽은 이들 사이에서 나는 혼자입니다, 완전히 어두워졌습니다, 두렵습니다, 나, 살아 있는 자, 나는 두렵습니다, 서늘하고 무시무시한 공포가 나를 휩쌉니다, 하지만 나는 이곳을 떠날 수가 없습니다, 나의 개를 찾아야 합니다, 녀석은 왜 달아났을까요, 적막함이 점점 더 끔찍해집니다, 누군가 내 몸을 조이는 기분입니다, 길고 푸르스름한, 소리가 울리는 통로가 눈앞에 보입니다, 열에 들떠 헛것을 보듯 다시 관들을 봅니다, 하나하나 두드립니다, 그러자 하얗고 가느다란 실들이 사방에서 뻗어 나옵니다, 하얀 거미줄들, 관들이 일어서고 소리 없이 서로 밀칩니다, 나를 둘러싸고 빙빙 돌기 시작합니다, 사방의 심연에서 나옵니다, 땅은 수천 개의 하얀 상처처럼 갈라지고 축축해집니다, 행렬을 이룹니다, 지평선에서 지평선으로 기다랗게 이어집니다, 베르됭이 불탑니다, 베르됭이 불타고 있습니다, 나의 심장은 어둠 속에서 펄떡이고 있습니다, 나의 작은 불꽃이 일어나 관들 주위에서 흔들립니다, 춤추고 타오릅니다, 두 개의 점이 밤의 어둠 속에 빛납니다, 나는 비틀거립니다, 나의 차가운 손이 바닥을 느낍니다, 따스함, 떨림, 부드러움을 느낍니다, 두 개의 빛이 방향을 바꿉니다, 움직이며 춤추기 시작합니다, 미칠 듯한 기분이 몰려옵니다, 크게 소리치고 싶습니다─. 나의 개입니다, 네로입니다, 온기가 흐르는 몸입니다, 숨을 쉬는 따뜻한 몸입니다, 땅에 누워 있습니다,

개의 눈을 마주 보며, 몸을 더듬습니다, 그가 누운 자리의 흙도 더듬습니다, 여기 오른쪽에 분명 철조망이 있었습니다, 방책이 있었습니다, 그 뒤에는 감청 참호가 있었고, 작고 뾰족한 돌출부가 있었습니다, 이 모든 것이 낯익습니다, 저 판자 아래 전화기가 매달려 있었습니다, 전화기는 마치 노래하듯이 언제나 밝은 소리로 울렸습니다, 맞은편에서 바람이 불어올 때는 축음기 소리를 들을 수 있었습니다, 폭격으로 파괴되기 전까지는 말입니다, 지금은 구멍이 뚫렸을 것입니다, 동그란 구멍이 뚫린 금속 판자일 뿐입니다, 여기 아직 남아 있을지도 모릅니다, 나는 언젠가 이곳에 있었습니다, 이곳에서 무언가 벌어졌습니다, 어제였을까, 하지만 한낮이었습니다, 저편에서 커다란 소리가 들렸습니다, 여러 사람의 목소리가 환호했습니다, 그리고 나는, 나는 혼자였습니다, 나는 차가웠습니다, 지금처럼 바람이 불었습니다, 두 개의 눈동자가 그때도 있었습니다, 허공에서 빛을 뿜고 있었습니다, 감기지 않으려 부릅뜬 눈이었습니다, 사람의 눈이었습니다, 나는 어둠에서 벗어나고자 했습니다, 밤으로부터, 고통, 전쟁, 비참함, 고독과 죽음으로부터 벗어나고 싶었습니다──.

　나는 음악으로 돌아갈 것입니다, 나는 사람들에게 돌아갈 것입니다, 나는 잘못된 곳으로 달려왔습니다, 뒤로 달렸습니다, 되돌릴 것은 없습니다, 멈출 것도 없습니다, 삶도, 죽음도, 춥습니다, 따뜻한 곳으로 가고 싶습니다, 두 개의 눈이 나를 향해 빛을 발합니다, 개의 눈입니다, 나를 에워싼 몸들이 있습니다, 수천 개의 몸이 땅속에 묻혀 있습니다, 하지만 나는 살아 있는 자들에게로 갈 것입니다, 피를 만지고, 온기를 느끼고 싶습니다, 이곳을 벗어나 빛으로 돌아갈 것입니다, 나는 살아 있고 싶습니다— 그레테, 그레테! 네로, 이리 와, 네로, 나를 그런 눈으로 보지 마, 이제 아무것도 남아 있지 않습니다, 왜 꼼짝도 않는 것이냐, 함께 가자, 내가 너의 주인이니 명령한다, 지금 웃고 있는 것이냐, 나를 물어뜯으려는 거냐, 거기서 무엇을 하는 것이냐, 단지 흙일 뿐입니다, 유골들뿐입니다, 단지 먼지가 되어 남아 있을 뿐입니다, 언젠가 그곳에 사람이 누워 있었을 것입니다, 지금은 날이 차고, 유령만이 배회합니다, 죽은 것은 죽은 것입니다, 너의 충직함에 고마워할 사람은 아무도 남아 있지 않다, 이제 그만 와라, 돌이라도 던져야 할까, 왜 움직이지 않느냐, 대체 무슨 일일까요, 무엇을 그렇게 쳐다보고 있을까요, 나는 두렵습니다, 미칠 것만 같습니다, 미쳐 버린 개와 단둘이 있습니다, 녀석이 내 위에 눕습니다, 내 가슴 위에, 어쩌면 녀석도 이미 죽었는지 모릅니다, 스러져야 할 운명인지 모릅니다, 여기 그대로 누워 있어야 할지 모릅니다, 최후의 심판이 있는 그날까지, 그래야 할 것입니다—.

나는 발걸음을 빨리합니다, 이미 뛰고 있습니다, 들판 위로 넘어지고, 다시 몸을 일으킵니다, 발이 아픕니다, 어느 길로 가야 할까요, 길을 찾지 못한다면, 밤새도록 이곳에 머물러야 한다면, 공포와 죽음 사이에서, 끔찍합니다, 저곳에서 다시 흐느낌이 들려옵니다, 어린아이가 지르는 비명 같기도 합니다, 누군가 소리쳐 도움을 구합니다, 죽은 자들이 소리쳐 도움을 구합니다, 죽은 자들이 빛을 향해 다가오려 합니다, 또다시 소름 끼치는 소리가 들립니다, 그 짐승, 그것만이 나에게 무슨 일이 일어났는지 압니다, 나보다 더 잘 알고 있습니다, 나는 그 것을 이제 보지 못할 것입니다, 그것이 그의 마지막 비명이었 을 것입니다, 갈가리 찢겼을지도 모릅니다, 그 혼령만이 저 멀 리 시체 곁에 앉아 울부짖고 있을지 모릅니다, 아닙니다, 아 직은 나의 뒤를 따라 달려오고 있습니다, 나의 뒤를 따라, 끊 임없이 나의 뒤를 따라서. 아니, 나는 바라지 않습니다, 녀석 은 그곳에 남아 있어야 합니다, 죽은 자들의 곁을 지켜야 합니 다, 녀석도 이미 죽었을지 모릅니다, 나도 이미 죽었는지 모릅 니다, 십자가 사이를 기어다니는 유령, 인간, 짐승. 달려라, 달 려라, 이곳으로부터 도망쳐라, 나로부터 도망쳐라, 사람들에게 로, 사람들의 눈이 있는 곳으로 가거라, 그레테, 길, 하얀 자갈, 돌로 조각한 사자, 모든 것이 돌이 되었습니다, 모든 것이 죽었 습니다, 나도 죽어 있습니다, 이제 구부러진 길을 내려갑니다, 내리막입니다, 도시, 불빛, 사람들의 말소리, 종소리, 음악, 집 들, 큰길이 나옵니다—나는 구원을 받았습니다.

　나는 얼마나 오랫동안 떠나 있었을까요, 몇 시간이었을까 요, 며칠이었을까요, 그녀는 아직 소파에 누워 있을까요, 아직 잠들어 있을까요, 집을 떠나지 말아야 했습니다, 그녀는 아무 것도 눈치채지 못했을 것입니다, 분명 그럴 것입니다, 아직 잠 들어 있을 것입니다, 그리고 이제 내가 돌아왔습니다, 나는 가 만히 그녀의 손을 잡습니다, 시계의 초침 소리가 들립니다, 그 녀가 눈을 뜹니다, 입술에 미소가 어립니다, '내가 오래 잠들 어 있었네, 내내 여기 있었던 거야?' '그래.' 나는 거짓말을 할 것입니다, '그래, 방이 따뜻하네, 당신 손을 잡고 있었어, 당신이 눈을 뜰 때까지 기다렸어, 어쩌면 머릿속으로는 잠시 어딘가를 헤매고 왔는지도 몰라, 그럴 수 있잖아, 오랜 시간 이렇게 앉아 있으면 온갖 일들이 떠오르지. 하지만 난 줄곧 여기 앉아 있었고, 당신 손을 잡고 있었어, 당신의 잠을 지키고 있었어, 다시는 떠나지 않을 거야, 결코, 당신을 사랑하니까, 그레테, 내가 당신을 사랑하니까.'

나는 집 앞에 도착했습니다, 모든 게 환영이고 허망한 꿈이었습니다, 이제 다 괜찮습니다, 나는 그녀의 눈을 보며 안식할 것입니다, 웃는 법을 배울 것입니다, 그녀처럼 순수하고 온화하게 웃는 법을, 나는─아이를 가질 것입니다, 맙소사, 내가 그걸 잊고 있었다니요, 어떻게 그것을 잊을 수 있단 말인가요, 그녀에게 지금 무슨 일이 일어난다면, 아무도 그녀 곁에 없다면, 만일 그녀가 일어나다 넘어진다면, 혹은 누군가가 집에 찾아왔다면, 누군가 문턱을 넘고, 어떤 운명이 문턱을 넘어왔다면─. 나는 단숨에 뛰어 올라갑니다, 초인종을 울립니다, 초인종 소리가 귀를 찢습니다, 나는 문에 귀를 갖다 댑니다, 말소리가 들리는 것 같습니다, 여자들의 비명, 흥분해서 뛰는 발소리, 무슨 일이 벌어진 건가요, 이 목소리는 익숙하지 않은가요, 그레테, 아닙니다, 한 남자, 깨진 유리 조각들, 이제 유리를 발로 디뎌 봅니다, 더 세게 초인종을 울립니다, 초인종이 끊어질 때까지 울립니다, 아무도 문을 열지 않습니다, 주먹으로 문을 쾅쾅 두드립니다, 마침내 발소리가 다가옵니다, 느리고 무거운 발걸음입니다, 빗장이 풀립니다, 남자의 발걸음입니다, 노파는 어디에 있나요, 문이 열립니다, 거기 ― 보르게스가 서 있습니다, 얼굴이 하얗습니다, 눈은 비웃듯이 나를 향해 이글거립니다, 그는 길을 막고 서 있습니다, 방 안에서는 부쉬의 날카로운 목소리가 들립니다.

"원하면 들어오라고 해." 나는 그의 팔을 잡습니다, 아무것도 이해할 수가 없습니다, 정신을 차릴 수가 없습니다, 나는 마치 거기 없는 사람처럼 말합니다.

"당신이 왜 여기 있나요, 어떻게 당신이 여기 와 있나요, 대체 당신이 원하는 게 뭔가요, 그레테는 어디 있는 거죠?"

"안에 있습니다."

"길을 비켜요." 나는 숨 가쁘게 내뱉습니다. "대체 누가 당신에게 허락했기에 ―."

"당신은 여기 못 들어옵니다, 이 여자는 이제 내 사람이에요, 나는 범죄자로부터 그녀를 보호해야 합니다."

나는 비틀대며 뒤로 물러섭니다, 얼음처럼 차가운 감각이 안에서 솟구칩니다, 차분하게 그를 바라봅니다, 아주 낯선 것을 보듯, 처음으로 그를 응시합니다, 그에게 묻는 나의 목소리가 미세하게 떨립니다.

"그레테는 어디 있나요, 당신과는 할 말이 없어요, 당신은 모르는 사람이나 마찬가지니까요, 그레테는 어디 있나요?"

"안에요."라고 그가 다시 말합니다, 그의 어깨가 경련하듯이 떨립니다. "우린 모든 걸 알게 되었어, 부쉬가 모든 걸 말했어, 당신은 그녀에게 몹쓸 짓을 하고 버렸더군, 당신은 위증자야, 치욕스럽게도 의사의 의무를 저버렸어, 당신은 살인자야, 당시에 나는 그걸 예감했고 증거를 찾고 있었어, 부쉬는 나를 사랑해, 그녀는 내게 모든 걸 고백했어, 사람들은 당신을 어떻게 처리해야 할지 알게 될 거야."

내가 멱살을 잡으려 달려들자 그는 한 걸음 뒤로 물러나며 말합니다.

"무모한 시도는 하지 마, 아무 소용 없어, 나는 부쉬와 상관없는 사람이야, 당신의 가면을 벗겨내려고, 그녀에게 사랑의 촌극을 연기했을 뿐이지, 이제 난 모든 것을 알아, 그것으로 족해, 그레테에게 다 말해 버렸어, 그녀는 내 사람이야, 나는 그녀만을 사랑해, 그녀는 모든 것을 알고 있어, 그녀는 충격을 받아 기절했어, 피를 흘리고 있어, 그 아이, 그녀는 어떤 범죄자도 기르지 않을 거야, 차라리 죽는 편이 더 나을지도 몰라, 그녀는 살인자, 위증자와는 결별할 거야."

내가 소리를 질렀던가요, 눈에서 핏물이 흘렀던가요, 거기 망치가 놓여 있었던가요, 그저 나무판자뿐이었나요, 기억나지 않습니다, 그것은 내 손에 묵직하게 들려 있었습니다, 손으로 그것을 꽉 움켜쥐고, 공중으로 높이 들어 올렸다가 격렬하게 휘둘러 그의 얼굴 한가운데를 내리쳤습니다, 그는 바닥에 고꾸라졌습니다, 끔찍한 참상이었습니다, 피가 솟구쳤습니다, 왼쪽 눈과 왼쪽 귀에서 피가 흘렀습니다, 나는 발로 그 위를 밟고 지나갔습니다, 문 앞에 섰습니다, 단숨에 문을 밀쳤습니다, 방 안으로 들어섰습니다, 부쉬는 두려움에 창백해진 얼굴로 소리를 지릅니다, 부쉬가 무엇을 하든 무심히 지나칩니다, 침대 위에 그녀가 누워 있습니다, 그레테가 누워 있습니다,

그녀는 죽은 것일까요, 입술이 하얗습니다, 두 눈을 부릅뜨고 멍하니 나를 바라봅니다, 그녀는 어디를 보고 있나요, 내 손이 무슨 짓을 저지른 것인가요, 나는 손에 든 걸 떨어뜨립니다, 그건 바닥에 떨어지며 큰 소리를 냅니다, 나는 침대 곁으로 달려가 무릎을 꿇습니다, 그녀는 마지막 안간힘을 다해 투명한 손을 들어 올립니다, 나에게 저항하고, 밀쳐내려 합니다, 안 돼, 안 돼.

"그레테." 나는 넋이 나간 채 소리칩니다. "그건 모두 진실이 아니야, 나는 어쩔 수가 없었어, 나는, 그래, 내가 아니야, 내가 그런 것이 아니야, 나는 살인자가 아니야, 그때도 아니었어, 그때는 다른 사람이었던 거야, 나와는 아무 상관이 없어, 그가 대가를 치러야 해, 나는 당신만을 사랑할 뿐이야, 당신을 위해 그자를 죽였어, 당신을 놓아줄 수 없어, 당신은 나의 아내니까, 나는 그의 이름을 가지고 있어, 그의 이름 때문에 지금도 살인을 저지른 거야, 그가 살인자이기 때문에, 내가 아니야, 그가 위증자야, 내가 아니야, 그가 범죄자야, 내가 아니야, 나는 단지 당신을 사랑할 뿐이야, 모든 걸 다 버려야 한다고 해도 나는 당신을 사랑해, 나의 정수, 나의 본질, 나의 가장 깊은 내면에서 당신을 사랑해, 당신에게 말할 용기가 없었어, 내가 비겁했어, 이제 너무 늦었겠지, 또 한 사람이 죽었어, 자업자득이야, 나는 죄가 없어, 그런 자식이 무엇을 이해하겠어, 하지만 당신은, 당신은 이해할 거야, 당신은 이해해야만 해, 그 개는 처음부터 알고 있었어, 녀석에게 물어봐, 개는 모든 걸 알아채고 있었어, 지금은 그 개도 죽었어, 어둠 속 어딘가에 누워 있어, 나를 용서하고 있을 거야, 더이상 나를 미워하지 않을 거야, 하지만 당신은, 당신은 살아야만 해, 나는 이미 너무 많은 것을 잃었어, 나는 늘 원하고, 또 원했어, 나 자신으로부터 벗어나길 바랐어, 하지만 그러지 못했지, 그건 부당해, 소리치고 싶어, 왜 그 장교와 저 남자는 부자이고, 나는 프롤레타리아인가, 아니, 나는 둘 다야, 나는 교양 있는 남자, 의사야, 나는 그에 걸맞은 운명, 그에 걸맞은 행복을 요구할 자격이 있어, 하지만 그만큼 고뇌에 차 있어, 그만큼 고통을 겪고 있어, 다른 것이나 마찬가지야, 아무 의미도 없어, 아무것도 얻은 것이 없어, 그저 자신의 삶을 살아갈 뿐이야, 어떤 의미에서는 모두 똑같아, 삶을 받아들이고 그 안에서 살아가는 것, 언제나 그저 시간들이 주어지고, 한 인간이 살아가는 것뿐이야, 그레테, 나는 당신을 놓아주지 않을 거야, 놓아줄 수가 없어, 지금은 안 돼, 영원히!"

그녀의 피가 흐르고 또 흘렀습니다, 두 개의 삶이 하나가 되어 침잠하고 있었습니다, 나는 의사입니다, 어쩌면 피를 멎게 할 수 있었을지도 모릅니다, 하지만 그럴 힘이 조금도 남아 있지 않았습니다, 다만 그녀의 얼굴에 나타나는 표정 하나하나를 바라보고 있었습니다, 그녀는 나를 여전히 사랑할까요, 나를 믿을까요, 나를 용서하고 있을까요, 그녀의 손이 잠깐 나를 향해 움직였습니다, 불현듯 이 순간의 모든 일이 언젠가 나에게 일어났던 일처럼 느껴졌습니다, 언젠가 나에게 그렇게 다가오던 손이 있었고, 언젠가 그렇게 한순간 행복했던 내가 있었습니다, 무엇을 더 바라겠습니까, 그녀의 얼굴이 점점 더 창백해졌습니다, 눈의 광채가 점점 사라지고 있었습니다, 그러고는 미세한 떨림, 모든 것이 끝났습니다, 나는 밖으로 나왔습니다, 뒤돌아보지 않았습니다, 부쉬는 핏기 없는 얼굴로 문 옆에 서 있었습니다, 그녀는 나를 붙잡으려 했습니다, 침대 옆에 서 있는 여자를 다시 보았습니다, 너무 낯선 장면이었습니다, 그녀의 목소리도 기억나지 않습니다——.

이제 여기 내가 있습니다, 재판장님, 당신이 원하는 대로 판결하십시오, 나에게는 모두 마찬가지입니다, 당신이 원하는 바를 청구하십시오, 다만——그 이름, 그 여권, 그렇습니다, 그것만은 내가 가지고 있어야 합니다, 여기 내 주머니에 있습니다, 나의 심장 위에 있습니다, 그것으로 무엇을 하시려는 겁니까, 왜 나를 믿지 못하십니까, 여기 있습니다, 가져가십시오, 그것이 제가 드릴 수 있는 전부입니다, 나에게 무슨 일이 일어날까요, 나는 무엇을 해야 할까요, 나의 머리카락이 다 세어 버리지 않았나요, 나의 살갗이 누렇게 변할까요, 나는 지쳤습니다, 몸을 지탱할 힘이 없습니다, 수백의 돌덩이들이 어마어마한 무게로 짓누르는 듯합니다, 숨조차 쉴 수 없습니다, 그건, 그래요, 흙입니다, 나는 흙을 들이마시고 있습니다, 나는 흙에 묻혀 누워 있습니다, 나는 숨이 멎을 것입니다, 제발 나를 도와주십시오, 나는, 그래요, 수천 년을 살았습니다, 나는, 그래요, 더 이상 인간이 아닙니다, 나는 여기 존재하지 않습니다, 나의 곁에 십자가들, 십자가들이 서 있습니다, 땅은 검습니다, 또다시 포탄이 날아들까요, 나는 그렇게 오랫동안 이미——흙 속에 누워 있습니다, 평화롭습니다, 그래요, 나는 평화롭습니다.

나?

부록

* 1959년에 페터 플람은 독일로 돌아왔다. 그의 원래 이름은 에리히 모스이고 미국에 도착한 이후에는 미국식으로 에릭 P. 모세라는 이름을 사용했다. 독일에 돌아와서 그는 PEN의 주최로 프랑크푸르트에서 열린 대규모 국제회의(주제는 '학문의 시대에 순수문학')에서 강연을 했다. 고향으로 돌아와 작가로서, 그리고 유대인으로서 자신의 과거에 다시 몰두했으며, 다음의 자기 응시적인 회고를 쓰게 되었다.

회고

페터 플람

내가 정확히 기억한다면 입센은 늘 다소 공격적이고, 도덕주의적이었습니다. 그는 삶이란 어두운 힘의 유령들이 서로 싸우는 것이다, 창작이란 자아에 대한 심판의 날을 잡는 것이다라고 썼습니다. 이 두 가지 정의 사이에는 명료하게 구분된 경계가 보이지는 않습니다. 작가건 아니건 우리 모두는 무의식 속에서 어둡게 들끓고 있는 유령 같은 환영과 싸워야 할, 축복받은—혹은 저주받은—운명입니다. 프로이트는 그걸 더 정확히 비판적인 '자아'는 감성적이고 태고적인 '이드'의 유산과 영원히 다툰다고 차갑고도 명철하게 말했습니다. 작가에게 주어진 특권은 이 과정을 등재하는 것입니다. 그건 일종의 영혼의 정태를 기록하는 일이지 심판하는 것은 아닙니다. 죄와 속죄에 대한 중세적인 냄새가 19세기 문학의 후각 앞에서도 남아 있습니다. 면역을 생각할 시기입니다. 검사의 서류들과 법정 안과 밖에 쌓인 해묵은 먼지에는 보다 나은 환기 시스템이 필요합니다. 우리는 작가로서 우리 주변을 돌아볼 수 있기를 바랄 뿐, 평결하고, 고발하고, 추적하는 일은 더이상 원하지 않습니다. 도덕적인 가치 평가의 기제는 언젠가 신의 위대함과 영광을 위해 고안되었습니다. 그러나 신은 이제 우리 자신일 뿐입니다. 그것은 자기 파괴적인 진흙탕에 불과합니다, 메마르고, 오만하고, 불구입니다. 작가로서 우리는 그러한 모든 것으로부터 뛰쳐나옵니다. 우리는 영원의 이름으로 천체를 바라보려고 합니다. 우리와 지구는 우연히 그 한 부분일 뿐입니다. 우리는 언제까지 가치 평가만 하면서 살아야 하는 걸까요?

격정적인 마라톤 경주에서 짧은 시간 정기적으로 멈추며, 영혼을 발견하는 일은 치유적이고 풍요롭습니다. 이 휴식은 우리 존재의 소박한 기쁨에 해가 되지 않습니다, 오히려 그 기쁨을 배가시킵니다. "왜"라는 질문은 심심풀이 이상의 의미를 갖습니다. 우리는 유희를 즐깁니다, 그러나 어린아이 같은 유희 충동이 아직 남아 있다 하더라도 인정해야 하는 것은 우리가 완전한 식물적 현존의 낙원으로 들어가는 거대한 청동문을 뒤에 남겨 두고 이제 떠나왔다는 사실입니다. 그것은 어쩔 도리가 없습니다. 우리는 — 모든 식물들이 그러하듯 — 성장해야만 합니다.

왜 독일 연방 공화국[16]에 살지 않는가, 하는 질문을 나는 진지하게 떠올려 본 적이 없습니다. 언제나 그렇듯, 나는 내가 살아가고 있는 현재에 단단히 붙잡혀 있습니다. 그저 그럴 뿐입니다. 아마도 나는 과거와 손을 맞잡고 살 수는 없을 것입니다. 그러기에 과거는 너무 고통스러웠습니다, 그리고 나의 손은 속수무책 불구가 되어 버렸습니다. 나는 잊고 싶은 것을 잊으려 합니다. 나는 그것을 건설적이고 건강한 신경 증세라고 부릅니다. 모든 짐을 계속 짊어지고 갈 수는 없습니다. 괴롭히는 것은 내던져 버립니다 ─ 가능한 한 모두. 다시 한번 말하자면, 나는 아무도 고발하지 않습니다![2] 정신의학은 내게 이해하는 법을 가르쳤습니다, 평결하는 법을 가르친 것이 아닙니다.

좋습니다, 이 특별한 기회에 폐기물 더미를 헤집어 보겠습니다. 때 묻은 종이 상자에서 빛바랜 추억의 영상을 끄집어냅니다. 그 영상들을 내 의식의 투사체를 통해 흐르게 해봅니다. ─ 그건 이렇습니다.

나는 유대인으로 태어났습니다, 하지만 나는 그 어떤 독일인들보다 내가 독일인이라고 느꼈습니다. 나는 독일어로 말했고, 독일어로 글을 썼으며, 독일어로 생각하고 느꼈습니다. 내가 존경하던 나의 형은 바이에른의 장교로 1차 세계 대전에 참전해 베르됭 전투에서 전사했습니다. 그는 가망 없는 정찰 임무에 제일 먼저 나서서 중대 선두에 섰지만, 정작 독일인 전

---

1) 이 글이 쓰인 1959년 당시 독일은 독일 연방 공화국(BRD, 서독)과 독일 민주 공화국(DDR, 동독)으로 분단되어 있었다.
2) je n'accuse personne! 이 문장은 프랑스 작가 에밀 졸라(Émile Zola, 1840~1902)의 유명한 글 「나는 고발한다(J'accuse!)」를 연상시킨다.

우들은 함께 나서지 않았습니다. 그의 호주머니에서는 이런 글이 쓰인 편지가 발견되었습니다. "우리가 독일의 고전들을 헛되이 읽은 것은 아니기를 바란다." 아닙니다, 그건 헛되지 않았습니다. 그는 그 독일의 이념을 위해서 —전사했습니다.

나의 아버지는 유대인으로서는 최초로 고등 법원 판사에 오른 법조인이었습니다. 아버지를 그 자리에 임명하고 법무부 장관은 해임되었습니다. 아버지는 제국 법원에서 근무하기로 되어 있었습니다. 새로 부임한 장관은 냉소적으로 전임자의 전철을 밟을 생각은 없다고 공공연하게 말했습니다. 그러고는 나의 아버지에게 세례를 받으면 어떠냐고 물었습니다. "좋습니다, 다만 카톨릭으로 받겠습니다."라고 아버지는 응수했습니다. 그 한마디로 장관은 모든 것을 이해했습니다. 나의 아버지는 명예박사 학위를 받고, 대학의 정규 강사가 되었으며, 베를린의 시 의원이자 원로원의 일원이 되었습니다. 하지만 이 모든 것은 내가 지켜보고 싶지 않았던 상처 위로 겹겹이 덧댄 거대한 반창고에 불과했습니다.

나의 삼촌은 《베를리너 타게블라트(Berliner Tageblatt)》를 창간했습니다. 그건 유대교와 아무런 관계가 없었습니다. 그 매체는 독일의 계몽 민주주의 노선을 표방했고, 민족 간 상호 이해와 평화를 위해 싸웠습니다. 나중에, 성인이 된 후, 나는 필명(페터 플람)으로 여기서 일했고, 울슈타인과 그 밖에 규모 있는 민주적 일간지와 정기 간행물에 기고했습니다. 나의 유년기에 드리웠던 그늘은 날아가 버렸습니다. 같은 김나지움에 다녔던 한 귀족 출신의 친구가 언젠가 나를 "유대인 녀석"

이라고 불렀을 때, 나는 녀석의 하얗고 여려 보이는 얼굴에 일격을 날렸습니다. 그러나 이 훈육적인 일격이 그가 이후에 나치 계급 체계에서 상급 지도자 혹은 그와 비슷한 직위에 오르는 것을 막지는 못했다고 확신합니다. 그와 비슷한 일들이 계속 일어난들 나는 크게 동요하지 않았습니다. 나는 독일어 논문과 기독교 종교 수업에서 일등이었습니다. 이후에 나는 의사로 일했고, 내 환자들은 나의 친구들이 되었습니다. 나는 네 편의 소설을 출간했고, 나의 독자들, 더욱이 몇몇 비평가들은 그 소설들을 좋아하기도 했습니다. 하지만 나는 나의 소설들이 마음에 들지 않았고, 내 친구 막스 셸러[3]에게 인간의 시간이 어떤 방식으로 흐르는지 배우려면 어떻게 해야 하는지 물었습니다. "프로이트를 읽어."라고 그가 답했습니다. 나는 프로이트를 읽었습니다. 그 친구 말이 맞았습니다. 다른 이미지들을 그려 내기 이전에, 영혼의 뢴트겐 이미지들에 대해 뭔가를 알아야만 합니다. 그렇게 나는 심리학과 정신 분석에 빠져들었습니다. 그건 내게 도움이 되었고, 나는 다른 이들을 도왔습니다. 독일의 여러 극장에서 상영될 무대에 올릴 많은 희곡을 나는 계속 썼습니다. 나는 프랑크푸르트와 함부르크에서 드라마 작가가 되었고, 카셀에서는 감독도 했습니다. 나는 이

---

3) Max Scheler(1874~1928). 독일의 철학자. 현상학, 윤리학, 종교 철학 등에 걸쳐 중요한 연구를 남겼다. 『윤리학에 있어서 형식주의와 실질적 가치윤리학(Der Formalismus in der Ethik und die materiale Wertethik)』, 『공감의 본질과 형식(Wesen und Formen der Sympathie)』, 『우주에서 인간의 지위(Die Stellung des Menschen im Kosmos)』 등의 저서가 있다.

야기하고, 토론했으며, 내 마음과 두뇌의 전언을 모든 독일의 전송매체를 통해서 소리 높여 알렸습니다. 어느 날 모든 것이 중단되는 그 아침이 왔을 때, 죽음이 내 곁에 다가와 있었고, 돈도, 고향도, 친구도 언어도 없이 패배자로 억눌린 자로 독일에서 뒷문으로 사라져야만 했습니다. 나는 프로이센 사람입니다. 나의 색깔을 아시나요?[4]

페이드아웃. 1부가 끝났습니다. 하지만 신사 숙녀 여러분, 자리를 뜨지 마십시오. 쉬는 시간은 불가피하게도 아주 짧을 수밖에 없습니다. 바깥으로 나가 감기에라도 걸릴 심산이시라면, 굳이 제가 여러분을 따뜻하게 해 드릴 수 있다고 자만하지는 않겠습니다. 여기, 이 막간에 여러분을 즐겁게 해드릴 사회자를 소개합니다. 미국인들은 그를 '해설자(commentator)'라고 부릅니다. 그는 짤막하게 이렇게 말해야 할 것입니다. "나는 프로이센 사람이었습니다. 나의 색깔을 아시나요?" 그것을 이제 우리는 물론 알고 있습니다. 또한 이해받지 못한다면, 이해받고 싶지 않다면, 무엇 때문에 그 이야기를 반복하겠습니까, 차라리 곧장 2부로 넘어가는 편이 낫겠습니다. 예고해 드린대로 쉬는 시간은 아주 잠깐일 것입니다. 미리 충분히 말씀을

---

4) 프로이센의 국가(國歌) 중 일부이다. "나는 프로이센인이다. 너희들은 나의 색깔을 아는가. 그 깃발이 앞에서 희고 검게 흔들린다. 나의 조상들이 자유를 위해 목숨을 바쳤음을, 이 색깔들이 나에게 당당하게 말해준다(Ich bin ein Preuße, kennt ihr meine Farben? Die Fahne schwebt mir weiß und schwarz voran. Daß für die Freiheit meine Väter starben, das deuten mir die Farben männlich an)."로 시작한다. 여기서 깃발의 흰색과 검은색은 프로이센을 상징하는 색깔이다.

드렸습니다만, 과연 얼마나 귀를 기울이실까요?

페이드인. 이것이 미국의 목소리입니다. 이것이 자유로운 미국에서의 환대(歡待)입니다. 이것이 예상 밖의 아량입니다. 희생정신과 이웃을 대하는 온기입니다. 이것이 냉혹한 현실이 지배하는 달러의 나라입니다, 여기서는 모든 것이 빠르게 움직이고, 모든 것이 장대하게 치솟아 오릅니다. 그렇다고 강철, 유리, 시멘트, 전자 기술이 신념에 찬 비이성적 목소리들을 완전히 멈출 수는 없습니다. 여기에는 고층 빌딩들이 있고, 사회적인 갈등들이 있습니다. 양자의 이면에 똑같은 집착이 있습니다. 똑같이 강박적인, 유토피아에 이르고자 무한히 준동하는 욕구가, 마찬가지로 건축적으로 하늘을 향해 솟아오르면서 — 현기증 나는 속도로 — 세상의 모든 갈등을 사회적이고 윤리적으로 일거에 제거하려고 시도합니다. 그건 모든 명암과 모순 속에 자리한 삶 자체입니다. 그건 단단하고, 감상적이지 않고, 물질적이지만 전적으로 차갑지만은 않습니다. 계산적이지만 소박합니다. 종종 소시민적이기도 하지만 돈키호테적인 것에 견줄 만한 저돌적인 이상주의를 가지고 있습니다.

뉴욕에는 유엔(United Nations)이 있습니다. 그들은 유리로 만든 궁전에 둥지를 틀고 있습니다. 아주 높이, 탁 트인 곳에. 여기 돌이라도 던지는 자는 누구든 화를 면치 못할 것입니다! 도심 곳곳에는 유엔이 파견한 듯한 요리 대사들이 퍼져 있습니다, 대체로 먹을 만하지만, 유리 궁전 안에 들어앉아 있는 사람들만큼이나 받아들이기 어려운 경우도 종종 있습니다.

러시아, 스칸디나비아, 이탈리아, 프랑스, 중국, 일본, 자바

요리까지 ─, 당신의 위장이 당신의 전쟁터입니다.

그 모든 것이 나의 세계입니다. 나는 텅 빈 거리들을 지나서, 매력적인 공원에 가곤 합니다. 나는 항구에도 갑니다. 거기에는 나를 바다 건너 여기로 데려와 주었고, 매년 잠시 여름 동안 다시금 돌려보내 주는 증기선들의 거대한 몸체가 자리하고 있습니다. 나는 피프스 애비뉴의 쇼윈도 앞에 섭니다. 눈으로 나의 아내와 아이가 갖고 싶어 할 것들을 모두 사들입니다. 내 아이는 예쁘고 웃음이 많습니다. 아직 엄마의 배 속에 있었을 때 그 아이를 독일의 도덕적 파국으로부터 구해 냈습니다. 이제 그 아이는 나와 함께 뉴욕의 거리를 걷고, 다람쥐들이 길을 가로질러 달려가는 공원을 지나갑니다. 아이는 내게 팔짱을 낍니다. 그 아이는 하느님과 사람들 모두에게 기쁨을 주는 소중한 재능을 갖고 있습니다. 아이는 미국인 남자와 결혼했습니다. 그는 알브레히트 뒤러가 그린 것처럼 생겼습니다. 아이는 문학적인 영어와 더불어 하나의 언어를 더 구사하는데, 그것은 독일어처럼 들리기는 합니다, 하지만 그건 중세 고지 독일어에 가까운 언어입니다. (아이는 내게 "나의 다정한 친구!"라고 말합니다.) 아이는 고유하고 창의적인 생각으로 가득합니다. 단순히 출판만을 위한 것이 아닙니다. 그 기쁨 가득한 행복이 하늘을 향해 소리칩니다. 그리고 그것이 바로 ─ 달리 무엇이겠습니까 ─ 나의 행복이기도 합니다.

나의 아내는 나와 함께 공원 건너 한 아파트 고층에 앉아 있습니다. 그녀는 나와 함께 모든 고난과 모든 승리를 겪었습니다. 우리는 창밖의 창공을 바라봅니다. 마치 아름답고 쾌적

한 등대 안에 있는 것 같습니다. 단지 저 아래 대양이 아니라 초록 숲이 있는 게 다를 뿐이지요. 가을이 되면 숲은 붉은빛, 자줏빛, 오렌지빛, 그리고 노란빛을 띱니다. 그 뒤에 고층 건물들의 잿빛, 푸른빛 실루엣들이 서 있습니다. 저녁이 오면 마천루들은 불타는 노을을 배경으로 검은 그림자가 됩니다. 이내 수천 개의 불빛이 밝혀지고, 피를 흘리는 달 아래로 웅웅거리는 비행기 한 대가 지나갑니다, 그것은 독일에서 왔거나 혹은 지구 다른 어느 곳에서 날아온 것이겠지요. 마법이 사방에서 당신을 지켜보고 있습니다 ─ 세상에서 가장 현실적인, 이 도시 안에서.

다른 모든 일도 그렇습니다. 한 남자가 꿈을 꿉니다, 무너져가는, 병든 빈민가를 철거하고, 그 자리에 장대한 문화 중심지를 구축하는 꿈. 나무와 식물로 둘러싸인 현대적인 건축, 연극과 음악을 위한, 춤과 학문을 위한 공간 ─ 그것을 위해 하나의 온전한 대학이 건립되어야 합니다. 대학이 세워질 것입니다, 자금이 모두 마련된 것은 아니지만, 조만간 충당될 것입니다. 워싱턴과 뉴욕주와 뉴욕시, 그리고 기부할 여유가 있는 시민들이 모두 자금을 모으고 있습니다, 이 년 안에 세상 어디에서도 보지 못했던, 예술과 학문과 아름다움의 전당, 교육 기간과 실험 극장, 오페라 극장과 콘서트 홀이 들어설 것입니다.

그 모든 것은 나의 세계입니다. 나는 나의 친구들, 그리고 적들과 함께 있습니다. 나는 그들을 결코 포기하지 않을 겁니다. 나는 아무것도 없이 여기 왔습니다. 한순간 모든 것을 잃어버렸던 거지요. 그리고 나 자신의 힘으로 모든 것을 새로

만들어 냈습니다. 나는 '무언가를 하거나 죽거나'라고 생각했습니다. 나는 살기로 결심했습니다. 이 삶을. 이 새로운 언어의 명징한 충만함이 이제 나의 언어이고 나의 새로운 풍요입니다.

나는 그걸 타고나지 못했습니다, 유감스럽게도 ── 그것을 다듬어 줄 누군가가 언제나 필요합니다. 나는 두 개의 의자 사이에, 두 개의 대륙 사이에 앉아 있습니다. 나는 이 무게 때문에 부서지지는 않았습니다. 나의 시야는 더 넓어졌고, 더 분명해졌습니다. 나는 더 강해졌습니다 ──, 더 감사할 줄 알게 되었습니다.

페이드아웃. 아직 할 말이 많이 남아 있는지도 모릅니다. 그러나 이제 충분합니다. 우리는 새로운 영상을 필요로 하지 않습니다. 사회자가 내가 조금 더 이야기를 덧붙여 줄 것을 원하는군요.

그 모든 일이 있은 후에 나는 몇 번인가 독일로 돌아왔습니다. 미국인이 되어서요. 나는 프랑크푸르트에서 열린 국제 펜 클럽 회의에 참석했고, 영어로 짧은 연설을 했습니다. 나의 친구들은 나를 못마땅해했습니다. 내가 독일의 시인이 아니었느냐고요? 그렇습니다, 그러나 나는 미국 대표단의 일원이기도 했습니다. 깊은 생각에 빠져서 나는 베를린의 카이저 빌헬름 기념 교회를 바라보았습니다. 새 교회들도 있는데, 왜 이 오래된 교회를 영구히 보존해야 하는지 생각했습니다. 나는 새로운 건축에 무엇을 추가할지를 두고 벌어지는 논쟁에 대해서 들었습니다. 아마 세 개의 입구와 세 개의 지주 이야기였던 것 같습니다. 하나는 가톨릭 양식, 다른 하나는 기독교 양식, 그리고 또 다른 하나는 유대교 양식의 지주 말입니다. 이런 양식의 혼합은 우리가 중세의 교회들을 볼 때마다 경탄하는 요소입니다. 그들의 조화로운 통합은 새로운 시대와 새로운 정신에 걸맞은 위대한 상징이 될 수 있었을 것입니다. 만약 그것이 진정으로 존재한다면 말입니다.

나는 다른 유적들도 방문했습니다. 다른 무엇보다도 인간이 남긴 폐허들 말입니다. 그 '건축' 양식이 언제나 내 취향에 맞는 것은 아니었습니다. 끈질기게 다시 일어서는 힘과 건설적인 목표 설정, 그리고 재무장에 대한 진지한 저항이 놀라웠습니다. 하지만 동시에 내가 경악을 금치 못했던 것은, 이전에 나치였던 자들이 최상의 권력을 차지하고 앉아 있다는 사실이었습니다. 비판적이고, 예민하며, 재능과 선의가 가득한 젊은이들 곁에 여전히 냉혹하고, 거만하고, 분별없는 자들이 판을 치며 변화를 방해하고 있다는 사실이었습니다. 나는 연극 문화의 감각과 역능, 그리고 창의적인 정신에 감동했습니다. 이 것은 이전의 문화적 퇴보와는 비교조차 할 수 없었던 것입니다. 나는 한 남자의 몸짓을 잊을 수가 없었습니다. 그는 나를 꼭 끌어안으며 나의 라디오 방송이 "너무나 충격적이었다."고 말했습니다. 나는 그의 감정을 존중했지만, 그의 몸이 나에게 바싹 다가왔던 순간, 이런 생각을 떨쳐 버릴 수 없었습니다. "그러니까 당신이 죽인 사람은 누구인가요?"

나는 그 모든 것을 말하지는 않으려 했습니다. 나는 그늘 곁의 빛을 보려고 노력합니다. 모든 빛은 그늘을 드리웁니다.

솟구치는 수치의 감정 속에서 나는 말하고, 나는 쓰고 있습니다. 아직은 옛 사랑, 독일의 경관과 언어에 대한 사랑, 나의 현재로 남아 있는 과거 문화에 대한 사랑이 죽지는 않을 겁니다. 그리고 그 사랑은 내가 경외하고 높이 평가하는 친구들과 연대되어 있다고 느꼈던 삶에 대한 사랑입니다. 뉴욕에서 나는 이따금 독일 식당들에 갑니다. 그곳의 소시민적 풍경과 떠들썩함, 맥주와 맛있는 구운 소세지가 나를 웃게 합니다. 나 스스로를 보고도 웃음이 납니다. 나의 우스꽝스러운 고뇌와 감상적인 비애도 웃어넘깁니다. 그러고는 다시 밤의 거리로 나섭니다. 경이로 가득한 소란함을 지나가며 나는 모든 별에게 밤인사를 건넵니다. 자, 집으로 돌아갑시다! 그런데 집은 어디에 있나요? You can't go home again.[5]

---

5) 미국 작가 토머스 울프(Thomas Wolfe, 1900~1938)의 소설 제목이기도 하다.

그래, 나도 들었어, 나도 들었어

센투런 바라타라야

입

"그럼에도 말할 수 있다면 말하고 싶습니다,
모든 것을 이 손에게 말하고 싶습니다."

입. 대시,[1] 유리, 배꼽. 내가 아닙니다. 내가 아닙니다. 내가 아닌 다른 사람입니다. 베르됭의 흙은 분명 검은빛이었을 것이다. 포탄이 빗발친 뒤, 굉음이 잦아든 후, 무기들이 육신을 부수고, 피와 흙을 구분할 수 없게 되고 난 뒤, 뒤늦게 집으로 돌아온 한 사람이 재판장을 향한다. 죽은 자가 무덤에서 일어났다. 죽은 자는 나의 입으로 말한다. 얼굴은 다른 남자의 것이 되었고,

---

1) 『나?』에는 대시(dash)가 곳곳에 쓰이고 있다. 원문의 대시는 번역문에 모두 그대로 두었다.

이름은 전장에 남겨 두고 왔다. 삶은 절멸되었고, 그는 그 파국에서 벗어나지 못했다. 그 파국의 한가운데에 그 최초의 말이 시작된다. 당신들은 그걸 이해할 수 없습니다. 당신들은 지금 말하는 이가 살아 있는 사람이라고, 한 인간이라고 생각할 것입니다. 기껏해야 미친놈이거나. 나는 미치지 않았습니다. 미치지는 않았을 겁니다. 그러나 나는 십 년 동안 땅속에 누워 있고, 나의 팔다리는 썩었습니다. 나의 뼈는 잿빛 가루가 되었고, 나의 숨은―나는 더이상 숨을 쉬지 않습니다. 모든 것이 침묵합니다. 모든 것이 다 지나갔어요. 그는 깨진 거울을 통해서, 자기 자신의 바깥으로, 언어의 떨림 한가운데로 뛰어든다. 그는 한 손으로 시체 위에서, 오물 위에서, 말라붙은 피 위에서 중력의 방향을 뒤집는다. 그는 아래에서 위로 추락한다. 반쯤 접힌 이름의 주름으로 그를 소환한 수건을 그는 거기서 꺼냈다. 그 별[2]을 그는 그 밤에 웃옷 주머니에서 찾았다. 머리 위에 떠 있던 달은 화자에게 그의 형상을 드러냈다. 죽지 않은 자가 곧 살아 있는 것은 아니다. 여기에 십자가들이 서 있게 될 것이다. 작가이자 정신과 의사인 에리히 모스는 페터 플람이라는 필명으로 작품 서두 두 문장에서 여섯 번 반복되는 부인(否認)으로 소설을 시작한다. 수수께끼 같은 변론, 그 변론이 나온 밤처럼 모든 것이 이미 사라져 버린 후에, 이해할 수도, 어쩔 수도 없는 진술들이 이중적 관점에서 개진된다. 내가 아닙니다, 재판장님, 죽은 이가 나의 입으로 말합니다. 여기 서 있는 건 내가 아니고, 들어 올려지는 팔은 나의 팔이 아니고,

---

2) Stern. 한스 슈테른의 이름은 독일어로 별을 뜻한다.

하얗게 세어 버린 건 나의 머리카락이 아니며, 내가 저지른 일이, 내가 저지른 일이 아닙니다. 그는 여섯 번의 부정으로 시작한다. 부정을 절박하게 거듭하는 것으로 시작한다. 짧지만 점점 깊어지는 부정의 그늘에서 그는 스스로를 부인하는 자가 된다, 의미론적으로만 아니라 구문론적으로도 그렇게, 누군가 다른 이라고 주장하는 나 아닌 나와 함께 서 있다. 소설은 이중의 결말에서 시작한다. 요컨대 1차 세계 대전이 끝난 첫날, 그리고 아직 이야기되어야 할 사건들이 완전히 종결된 시점이다. 그는 언어에 선행하고, 화자가 이어지는 구술의 고독 속에서 추체험하게 될 파괴의 정도에 따라 언어를 정리한다. 입은 상처일 수 있다. 그 입으로 자기 스스로를 지워 버리는 한 인간이 말을 한다. 그는 문장 속에 드러나는 자기 자신을 견디지 못한다. 여섯 번의 부정. 그러고는 인칭 대명사와 소유 대명사들, 제목의 물음표는 격한 충격에 사로잡힌 한 인간을 시사한다. 한 생존자가 죽은 이로서 귀환한다. 한 번의 손놀림으로 제빵사 빌헬름 베투흐는 의사 한스 슈테른이 되었다. 모스는 그에 대해 같은 길이의 다른 이름으로 이야기한다. 그 역시 다른 사람이 되어서 이야기한다, 불타오르는 한 남자로서,[3] 두 개의 목소리로 어떤 상처에 관해 이야기한다. 나의 입이 아닌 입, 나의 혀가 아닌 혀로 그것을 어떻게 이야기해야 할까요?

---

3) 에리히 모스의 필명 플람(Flamm)은 독일어로 불꽃(플라메, Flamme)을 의미하는 단어를 연상시킨다.

대시(一)

"내가 당신의 시신을 실제로 발견했더라면,
장미 화환을 놓아 드렸을 겁니다."

한 남자가 고백한다. 그는 소리 내어 울고 있다. 그가 죽은
자들 사이에서 발견한 이름을 그는 웃옷 주머니에 품고 온
다. 우연히 맺었던 약속을 이제라도 한사코 지켜내야 할 것처
럼, 마치 몇 장의 얇은 종이로 만든, 뒤늦게 건네받은 심장처
럼. 그 이름에 그는 손을 내밀었다. 작은 회색 여권은 그를 다
른 방향으로 이끈다. 그가 한 번도 가 보지 않았던, 그러나 언
젠가 가 보았던 곳이 될 도시로. 베투흐는 기차에 앉아 있다.
프랑크푸르트에서는 그의 어머니가, 그의 여동생이 기다리고
있다. 그들은 기다리기를 포기하지 않았다. 누구도 알아보지
못할 만큼 달라진 슈테른이 집으로 돌아갈 것이다. 이 소설은
그 고백의 눈물에 대해 이야기한다. 베투흐는 베를린으로 향
한다. 그 여권, 다른 이의 이름, 그 이름은 다른 얼굴과 이름을 가지
고 있습니다. 지금 나는 그 다른 이이고, 그의 죽음을 끝까지 살아야
합니다. 그가 저 바깥 진흙 속에, 땅 밑에 누워 있는 동안 그의 삶을
살아야 합니다. 나는 그의 삶 속으로 들어섭니다. 마치 어떤 액자 속
으로 들어가듯이. 그러나 나는 다 알고 있습니다. 나는 그 뒤에 한 명
의 관객처럼 서 있는 것입니다. 그럼에도 불구하고 나는 나 자신입니
다. 그리고 나는 다른 이이자 나 자신인 나를, 그의 형상 뒤에 있는
한 인간을 응시합니다. 그는 자신의 삶에 대해서 두 가지 의미에

서 이야기한다. 하나는 자신의 삶을 에둘러서 회피하듯이, 그리고 다른 하나는 자신의 삶을 구제하기 위해서 이야기하는 것이다. 플람은 이 장면 역시 다른 장면들과 마찬가지로 꿈처럼 묘사한다, 어떤 압도적인 순간, 어떤 광기어린 순간처럼. 소설은 그 장면들의 법칙을, 그것들이 가족처럼 공유하는 한 인간의 파편들을 따라가고 있다. 베투흐는 자신의 경험이 파괴된 객체가 되었다. 삶이 부여된 한 남자, 삶과 맞닥뜨리는 한 이야기꾼. 소리 없이, 그리고 일관성 있게 초단위 시간의 극도의 고요 속에 이르기까지 고통의 이미지들이 전개된다. 더이상 아픔이 존재하지 않는 극한의 정적에 이를 때까지. 어쩌면 그것은 단지 나의 흥분한 피가 귓속에서 고동치는 소리인지도 모릅니다, 혹은 아직 귀에 남아 있는 전장의 포탄 소리, 어쩌면 나 역시 죽어 누워 있고, 단지 꿈을 꾸고 있는지도 모릅니다, 누군가 나의 관을 긁습니다, 전쟁은 아직 끝나지 않았습니다, 부서지는 장벽, 모르타르와 진흙, 나는 문을 다시 잠글 것입니다. (……) 이 이미지들은 홀로 있는 것은 아니다. 어떤 이미지도 단지 그 자체만을 위해서 존재할 수는 없다. 베투흐는 그 이미지 조각들에 머물러 있을 수 없다. 플람은 그것들을 겹쳐 놓는다. 그들은 서로 넘나들고, 밀어내고, 발화한다. 지체되었던 말이, 갑작스럽게, 마치 회상처럼 튀어나온다, 한 단어가, 또 한 단어가 뒤이어 나온다. 리듬이 시간을 분절시킨다. 단지 한 인간만이 이 이미지들을 견뎌 낼 수 있다. 배투흐는 약간 도취된 듯 말한다. 그는 마침표의 지점들에서 허우적댄다. 문장들은 그를 구부린다. 문장들은 그를 검은 땅에서 끄집어 내야만 한다. 문장들 속에서 그 문장의 서두와의 거리는 점점 더 커진다. 그러나 시작은 늘 되돌아온다. 어떤 신도 베투흐를 돕지 않을 것이다. 한 인간이 그 이미지들 뒤에 서 있다. 십자가에 매달린, 세상의 죄를 짊어진 주님. 파도가 나를 감쌉니다, 그리고 멀리 데리고 갑니다, 나를 놓아주지 않습니다. 다시는 돌아올 수 없습니다, 없었던 일로 할 수는 없습니다. 해안선이 사라졌습니다, 저 멀리 현기증 나는 바다 위에, 정처없이 — 눈앞에 흐릿한 안개가 서립니다.

대시는 목소리가 숨을 고르는 데에서 태어난다, 마치 황량한 수평선처럼. 입은 막힌다. 끊어진다. 대시는 베투흐가 말할 수 없는 단어들을 지운다. 그것들이 결국 스스로 말할 때까지. 침묵의 가늠할 수 없는 의도가 표현되고, 그 안에서 플람은 천천히 의미를 견인한다. 두 개의 입술은 찰나보다 짧은 시간 봉인된다. 말들은 그러나 계속 이어져야 한다. 단지 꿈속에서만 말은 온전한 의미를 띤다. 그건 위로가 되지 않는다.

유리

"그러나 내부는 어두운 동굴입니다, 그 안에 우리가 있고,
우리 자신을 결코 볼 수 없습니다."

베를린. 한 어머니는 베투흐를 아들로 여긴다. 한 여인은 남편이 돌아왔다고 생각한다. 모든 이름이 의미를 바꾼다, 그 이

름을 듣게 될 몸의 불안정한 질서를 흔든다. 숙명이 된 상처 입은 얼굴의 비애처럼 느리게 지체하는 손의 움직임, 그 근육들의 가장 오래된 비밀들에 이르기까지 변화시킨다. 근육들이 찢겨 나가는 거기에서, 전쟁이 건드린, 가느다랗고 푸른 실핏줄에 이르기까지. 하나의 이름은 그것이 무엇을 의미하는지 말한다. 하나의 이름은 육신을 바꾼다. 이러한 역설적인 상황 속으로 베투흐는 자신을 밀어 넣었다. 그는 자신이 무엇에 휘말리고 있는지 알지 못했다. 그는 그림자의 그림자 같은 형상들을 알아보았지만, 이름의 강력한 힘은 알지 못했다. 그것은 그의 의지와 무관한, 다른 사람의 의지였다. 누군가 다른 사람이 의사이고, 나는 모든 것을 그저 견디고 있는 환자 같은 기분입니다. 모든 것이 내 위로 스쳐 갑니다. 나는 파도에 몸을 맡기고 싶습니다, 대양 위에서, 완전히 자유롭게, 완전히 자유롭게—. 대시는 그가 자신을 찾는 곳에서, 자신이 옳다고 여기는 그 자리에서 진술을 무력화한다. 언어는 인간 안에서 좌절한다. 말들이 정체된다. 구두점은 이마 위의 한 점이고, 절망의 품위이다. 두 개의 목소리가 하나의 입 속에서 서로를 부인한다. 눈에 띄지 않는 모티프들을 제한적으로 사용하면서 플람은 이미 죽은 한 인간의 파멸을 더 깊이 무너져 내릴 수 있도록 이야기한다. 유리는 이와 같은 모티프들 가운데 하나다. 유리는 그것이 분리하는 사물들을 물론 다른 방식으로 연결한다. 그것은 대시와는 다르게 작동한다. 대시는 문장을 부러뜨린다. 유리는 자체적으로 깨지지 않는다. 다시금 내 눈앞에 유리판을 느낍니다. 그것을 깨뜨려야 합니다, 하지만 그걸 관통할 수가 없습니다. 관통할 수가—이미 그렇게 되어가고 있고, 더 생각할 틈이 전혀 없습니다. 그건 그림책 같습니다. (……) 유리는 단순히 하나의 상징적 경계를 기술적으로 물질화한 것만이 아니라, 하나의 사회적 범주다. 유리는 그들의 이름 사이에 자리하고 있다. 유리는 그것이 가시화한 거리를 정의한다. 베투흐는 무너진다. 그는 아래에서 위로 추락한다. 그의 이름은 일상적인 용품을 뜻한다. 사람들이 날마다 그 위에 눕는 물건이다. 그게 이름이냐? 사람에게 붙일 이름? 베투흐. (……) 이리 와, 우리가 깨끗이 털어 줄게! 너는 아주 더럽잖아! (……) 나는 단지 그 더러운 진창에서 벗어나고 싶었다. (……) 나는 이미 너무 많은 것을 잃었어, 나는 늘 원하고, 또 원했어, 나 자신으로부터 벗어나길 바랐어, 하지만 그러지 못했지, 그건 부당해, 소리치고 싶어, 왜 그 장교와 저 남자는 부자이고, 나는 프롤레타리아인가, 아니, 나는 둘 다야. (……) 한 장면에서 슈테른이 그에게, 두 방향에서 동시에 말을 건다. 그의 이름이 유래했을, 가장 고요한 장소에서, 마치 그의 가슴속에서 울리는 친숙한 소음처럼. 베투흐와 그레테는 천문대를 방문한다. 그가 망원경을 통해 밤의 우울과 은총을 들여다볼 때, 그의 머리 위로 드리워진 암흑의 깊숙한 곳을 속속들이 들여다볼 때, 그는 마치 시차를 두고 들려오는 메아리처럼 슈테른의 목소리를 듣는다. 저 바깥에서 어떤 목소리가 들려옵니다, 머나먼 곳, 텅 빈 우주에서 들려옵니다, 고독하고 비탄에 빠진 어떤 영혼이 탄식합니다, 나를 부르며 불안에 사로잡혀 있습니다, 전율이 나를 사로잡습니다, 소름이 돋습니다, 냉기 때문입니다, 심장이 오그라듭니다, 얼음처럼 차가운 기운이 혈관을 메웁니다, 어쩌면 나의 내면에서 들리는지 모릅

니다. 가슴을 무너뜨리는 아주 또렷한 울음소리입니다, 마치 어린아
이가 우는 것처럼, 울고 있는 자는 사자(死者)입니다, 울고 있는 자는
나 자신입니다. 눈앞이 흐려집니다. (……) 커다란 원반이 망원경 안에
서 떨고 있습니다. 이 살갗은 두 개의 이름을 지탱할 수가 없다.
베투흐가 어디로 달아나든, 그는 그리로 따라 달아난다. 자기
자신으로부터 벗어날 수가 없다.

배꼽

"나무들이 늘어선 길은 얼마나 고요한지, 밤이 깊은 시간입니다,
시간이란 대체 무엇인가요, 시간은 존재하지 않습니다."

플람은 베투흐가 절망의 언어로, 쉼없이 불안정하게, 말하
게 한다. 그 언어의 한가운데에 하나의 숫자가 숨어 있다. 베
르뎅에서 두 남자가 죽었다. 프랑크푸르트와 베를린에서, 두
명의 어머니가 죽음을 맞는다. 이 소설은 전쟁에 의해 파멸하
는 두 가족을 다룬다. 전쟁이 끝난 후에도 그 전쟁을 직접 겪
은 이들, 이들을 기다렸던 사람들, 그 누구도 그것이 남긴 상
처에서 벗어날 수 없다. 베투흐의 여동생은 오빠를 알아보지
못한다. 검은 피에 젖은 흙은 마르지 않는다. 전쟁의 끝이 파
괴의 끝은 아니다. 여기에 십자가들이 서 있다. 플람은 그것을
끝까지 이야기한다. 이 소설에는 장(章)의 구분이 있을 수가
없다. 소설은 베투흐의 당혹스러운 직접 화법과 다른 인물들

의 직접 화법으로 이루어져 있다. 그 둘은 나름의 규칙에 따라 반복되고, 또다시 반복된다. 소설은 홀로 남겨진 한 남자의 절망적인 변론이다, 그는 재판관들 앞에서 그 자신도 이해하지 못하는 것을, 마치 시간이 흘러가지 않고 그대로 멈춰 있는 것처럼 현재형으로 진술한다, 마치 아무것도 일어나지 않은 것처럼, 마치 문장들이 어떤 형성되는 시간만을 알고 있는 것처럼, 이것이 마치 모든 것이 소멸된 뒤 어떤 상상의 영원성이기라도 한 것처럼, 그것도 하나가 아닌 이중적인 시각에서. 베투흐는 절망적으로 그가 아니기를 원한다. 더 절망적으로 다른 누군가이기를 바란다. 그가 발견한 별(슈테른)은, 그의 이름과 그의 궁핍으로부터 그를 구원해야 할 별은 구원의 별이 아니었다. 다만 어느 별 속에 멀리 떨어져 있는 거울일 뿐이었다. 죽음이 베투흐의 진술을 구성한다. 그는 객체이자 주체이며, 자기 언어의 고독한 신이다. 구성된 자와 구성하는 자, 그리고 구성 그 자체다. 이곳에서 한 세계가 불탔습니다. 여기서 수백만이 잿더미가 되고, 피를 흘렸습니다. 여기 우리의 형제들이 누워 있습니다. 여기 유럽이, 인류가 누워 있습니다. 여기 내가 있습니다. 내가 누워 있습니다, 내 삶이 있습니다, 무덤들이, 무덤들이, 무덤들이 있습니다. 십자가 옆에 십자가, 땅 옆에 땅. (……) 우리 삶을 휘어 버리는, 우리를 짓누르는 신은 대체 어떤 존재인가요. 입은 단지 말들 속에서만 운다. 대시는 그 호흡을 멈춘다. 유리는 하나의 장벽이다, 마지막에 이르러, 두 번이나 서로 다른 장소에서 그것을 부술 때까지. 처음에는 소망으로, 마지막에는 너무 늦어 버린 그 소망의 충족으로. 나는 유리창을 부숩니다, 그와 나 사이를 가로막는 유리를 짓밟습니다. (……) 깨진 유리 조각들, 이제 유리를 발로 디뎌 봅니다. 유리는 거울 속에도 있다. 그 안에서 베투흐는 자신이 거꾸로 반사된 모습을 본다, 모상이 없는 한 인간으로서, 이미지 앞의 죽은 자로서. 아무도 없습니다, 방 안에는 나 외에 아무도 없습니다, 나는 완전히 혼자입니다, 나는 고독합니다, 소름 끼치도록 혼자입니다, 나는 내 몸을 더듬습니다, 팔, 얼굴, 한 손이 다른 손을 쓰다듬습니다. 나, 나, 나, 그 다른 이가 나입니다, 나는 그 다른 이입니다, 지금 살아 있는 죽은 자, 다른 이의 얼굴, 몸, 근육, 살, 담, 뇌, 그리고 영혼.

베투흐는 자신이 이야기되고, 이야기 속에 자신이 다시 살게 되는 사건들을 마치 트라우마를 겪는 사람이 회상하듯이 재구성한다. 그는 혼자다, 아내의 위안도 없다. 한 장면에서 그는 침대 위 그레테 곁에 누워 있다. 그녀는 그가 결여하고 있는 것을 알아챈다. 그는 스스로를 응시하듯이 말한다. 나는 배꼽이 없습니다, 나는 어머니가 없습니다, 나는 아이도 없습니다, 나는 인간의 처음이자 마지막에 이르는 모든 육체를 연결하는 일련의 사슬 속에 자리하고 있지 않습니다. 어머니의 몸에서 태어나지 않았습니다, 육체를 가졌지만 아무도 아닌 자, 나이지만 또 다른 사람, 하나의 이름이고, 운명이지만, 누구도 아닙니다. 두 명의 죽은 자가 하나의 입을 가지고 있다. 나? 내가 아닌 나. 내가 아닌 나. 내가 아닌 나. 그리고 다른 어떤 이도 아닌.

작품 해설
실존적 경험의 극단에서 파쇄되는 '나'의 잔해들

　페터 플람의 『나?』는 두 개의 서로 다른 의식이 한 사람의 주인공의 입을 통해서 말하는 다소 독특한 도플갱어의 모티프를 가진 소설이다. 전통적인 도플갱어는 파우스트와 메피스토, 지킬 박사와 하이드 등과 같이 선과 악, 외면과 내면과 같은 서로 다른 윤리적, 미학적 요소들이 한 인간 속에서 길항하는 모습을 보여 왔다.

　그러나 이 작품의 도플갱어 서사는 동일한 전쟁에 참여한 두 개인의 정신이 한 사람의 인간 속에 자리하고 있는 양상으로 나타난다. 이는 윤리적, 미학적으로 빛과 그늘과 같은 전통적 도플갱어와는 상당히 차이가 크다. 여기에는 작가가 후기에서 말하듯이 작품이 미학적, 윤리적 평결이어야 한다는 문학에 대한 과거적 시각에서 벗어나고자 하는 작가의 의도가 잠재해 있다고 볼 수 있다. 그렇다면 이 새로운 양상의 도플갱어는 어떤 의미를 갖는가.

이야기는 1차 세계 대전의 유명한 베르됭 전투에 참여했던 군인들이 전쟁이 끝나고 집으로 귀환하면서 시작된다. 잘 알려져 있듯이 1차 세계 대전은 최초의 기술의 전쟁이라고 불린다. 이 전쟁에서 무기와 포격의 정확성이 높아지면서 예상 밖의 엄청난 희생자가 생겼다. 작품의 배경이 되는 베르됭 전투에서만 피아간 약 80만 명에 달하는 사상자가 발생했던 것으로 알려져 있다. 거기서 귀환한 군인들은 살아 있어도 산 것이 아닐 것이고, 죽어서도 죽은 자로 확인되지 못하는 경우가 많았다. 그 한 사람은 베를린의 의사 한스 슈테른이며, 다른 한 사람은 프랑크푸르트의 제빵사 빌헬름 베투흐다.

귀환한 한스는 그러나 과거의 한스와 같지 않고, 종종 자신의 현실을 자신의 것으로 인지하지 못한다. 자기 현실에 대한 이러한 생경함은 전선에서 귀환한 자의 독특한 경험으로도 볼 수 있지만, 동시에 바로 베투흐의 의식이 다른 한켠에서 한스의 의식을 차지하고, 그 안으로 틈입하기 때문이다. 베투흐 역시 프랑크푸르트에서 자신을 기다리던 어머니의 죽음에 몹시 슬퍼하다가, 갑자기 한스의 의식으로 돌아와 한 타인의 죽음을 지켜보는 차가운 의사의 면모를 드러낸다. 바로 이러한 측면에서 베투흐의 현실도 의사 한스를 통해서 투영될 때 완전히 새롭고 낯선 모습으로 바뀐다.

작가가 마련한 이런 의도적인 혼동의 상황은 이중적 화자의 장치 속에서 구현되고 있다. 현실들을 타자의 의식을 통해 완전히 새롭고, 다른 의미로 투사시키는 것은 바로 현실과 자아의 관계로 구성되는 경험 자체에 대한 작가적 질문이라고 볼 수 있다. 과연 '나'를 중심으로 엮이는 우리의 의식 속에 각인되는 기억과 경험은 나의 것인가 아니면 다른 무엇인가? 그리고 나를 구성하는 나라고 불리는 존재는 실상 누구인가? 그는 과연 단일하고 통일적인 자아인가 아니면 어떤 다른 존재이기도 한 것인가? 작가는 나와 현실 사이의 이러한 부조화한 상황으로 독자들을 이끌어 들임으로써 우리가 익숙하게 생각해 온 나와 현실 사이의 필연적 연계성과 그 양자의 통일성에 대해 강한 의문을 제기하고 있다.

이러한 나와 현실의 부조화와 불일치는 이 작품의 배경으로 볼 때 일종의 전쟁의 트라우마로 볼 수 있다. 상당한 수의 전우들이 몸뚱이가 조각나서 흩어지고, 누구의 피인지도 알 수 없게 흘러 섞이는 전쟁의 참화 속에서 과연 나는 나라고 할 수 있을까? 그리고 너는 내가 아니라고 할 수 있을까? 죽어 간 동료들은 이제 어디에 있으며, 살아 있는 나는 그들과 다른가? 그리고 그 '나'를 기다리는 현실은 무엇인가? 일상적으로는 생각하기 어려운 이러한 전쟁의 트라우마가 쪼개진 이중의 의식으로 작품 속에서 분열되는 '나'를 지배하고, 그 나의 현실 속으로 들어선다.

'나'는 한스이기도 하고 베투흐이기도 하다. 그들은 종종 전쟁의 기억을 현실 속에 소환하면서 자아와 현실에 대해 근본적인 질문을 제기하고 있다. 사실상 1차 세계 대전은 독일의 지성계에도 상당히 충격적인 사건이었다. 인간성의 완성이라는 전통적 의미의 이상도 무시무시한 현대 전쟁의 참화 속에서 가벼운 지적 농담으로 전락해 버렸다. 이러한 역사적, 지적 배경 속에 이 작품은 전통적 철학과 사상의 기반이 되어 왔을 뿐 아니라, 법적 현실적 책임의 주체로 간주되어온 통일적 '자아'에 대한 근본적 회의를 드러낸다. 이러한 질문과 더불어 이 작품은 전쟁이라는 일회적 사건을 훨씬 넘어서서, 인간 일반의 의식과 무의식에 대한 근본적 성찰로 나아간다.

우리는 일상적으로 법적, 도덕적 참조 지점으로, 책임의 당사자로 '나'를 절대화하고, 그 경험을 의심할 수 없는 사태로 확정하려는 경향이 있다. 이는 비단 나를 넘어서서 '우리' 혹은 '민족'으로 확대되기도 한다. 그리고 때때로 법적인 국가적인 사안에서 이러한 실체화는 불가피한 것으로 이해되기도 한다. 그러나 정작 내가 누구인지 말하기는 어렵고, 굳이 포스트모던적 탈주체적 제스처가 아니라고 하더라도, '자아'와 그 자아를 통해 구성되는 '경험'의 실체를 확증하는 일은 그렇게 간단한 일은 아니다.

작품에서는 두 개의 살인 사건이 등장한다. 베투흐의 여동생은 살인 혐의로 재판에 서지만 한스의 도움으로 무죄 방면된다. 의사 한스 역시 의료 사고와 간통 사건에 대한 도덕적 부담을 안고 있다는 사실이 간접적으로 시사되고 있다. 그리고 최종적으로 그 자신도 살인자로 법정에 서게 된다. 그는 자기 변론에서 '일을 저지른 건 내가 아니다.'라고 말한다. 그 언급은 일견 책임의 회피처럼 들리기도 한다. 그러나 이를 단순히 책임 회피의 수사로 본다면, 일상적인 독서의 틀 속에서 작품은 스스로 닫힌다. 그러나 바로 그러한 통상적인 이해의 순환회로에서 벗어나면, 우리 현실의 보다 복합적인 지시 체계의 사슬들과 유희하고 실험하는 작품이 열리면서 많은 시사점을 던진다.

현실은 죄가 있는 '나'를 구성하면서 동시에 죄가 없는 '나'도 함께 구성한다. 작품은 이러한 '나'의 통일적이고 일관된 경험이 가짜라고 주장하고 있다. 작품은 그처럼 모호한 경험의 지평을 향해 '나'와 '또 다른 나'를 통해서 접근해 가고 있다. 이것이 개개인들의 경험을 넘어서서 전쟁이라는 집단적 사건과 관련될 때 작품이 제기하는 문제의 함의는 더욱 커진다. 전쟁은 누가 구성하고, 누가 책임지는가? 전쟁에서 어쩌면 이미 죽었거나, 죽은 것이나 다름없는 두 화자, 그들이 돌아와서 '나'에 대해서 의문을 제기한다. 이들의 질문은 집단적으로밖에는 말해질 수 없는 역사적 경험의 어떤 '말'할 수 없는 지평에 닿아 있다. 언어가 성취하면서도, 좌절하는 작품의 불안정한 문장들은 그 지평에 닿아서 파쇄되는 '나'의 잔해들이라고 해도 과언이 아니다.

문학은 바로 그러한 잔해들을 엮어서 실험하고 상상하면서 흔히 진실이라고 생각되는 것보다 더 진실한 이야기를 한다. 이 작품에 인간의 실존에 관한 많은 근본적인 질문이 제기되는 것은 당연해 보인다. 사람들은 여전히 문학을 역사와 비슷하거나, 역사의 보충적인 소재로 읽는 경향이 있다. 문학 역시 일견 역사적 기록인 건 사실이지만, 단순히 가공된 것이라는 의미에서만 역사와 다른 것이 아니다. 오히려 문학은 지나간 사건에 대한 인과적인 설명 체계인 일반적인 역사 이해의 기본적인 지시적 틀과는 다른 의미의 지시적 틀을 실험적으로 구축하고, 무의식의 층위에까지 확대하고 심화한다. 이를 통해 문학은 통상적인 역사의 이해와는 상당히 다른 차원의 의미에서 '역사적'이 된다.

이 작품은 1926년 작가의 첫 소설로 S. 피셔 출판사에서 출간되어 상당한 반향을 불러일으켰다. 그러고는 오래 잊혔고, 작품에서 등장하는 1차 세계 대전보다 더 심각한 2차 세계 대전이 발발했다. 유대인이었던 작가는 히틀러가 집권할 무렵 이미 프랑스로, 그리고 이어서 미국으로 건너갔다. 전쟁이 끝나고 1950년대 프랑크푸르트에서 열린 PEN 주최 학술회의의 강연을 그는 '너는 다시는 집에 돌아갈 수 없어.'라고 끝맺고 있다.

이 말은 마치 『나?』에 등장하는 두 주인공의 운명과 같다. 그리고 육체도, 고향도, 언어도 규정할 수 없는 어떤 무의식적인 초자아적 지평을 찾아 나선 작가의 운명과도 같다. 설사 그가 1차 세계 대전의 그 두 병사처럼 안락한 고향으로 영원히 귀향하지 못하더라도, 그의 작품이 제한된 자기 인식의 한계와 편견을 넘어서는 풍요로운 상상이자, 유의미한 실험적 작업으로 기억될 수 있기를 바란다.

2024년 10월 31일
텍사스에서 이창남

작가 연보

1891년   독일 베를린에서 태어났다. 본명은 에리히 모스(Erich
        Mosse)다.

1926년   첫 소설 『나?(Ich?)』를 S. 피셔(S. Fischer) 출판사에서
        출판했다.

1933년   아내 마리안느와 함께 독일을 떠나 프랑스 파리로 이
        주했다. 첫 소설을 발표한 이후 독일을 떠날 때까지 세
        편의 장편 소설을 더 출판했다.

1934년   프랑스를 떠나 미국으로 이주했다. 뉴욕에서 정신과 의
        사로 일하며 정착했다. 그의 환자들 가운데 가장 유명
        한 사람은 노벨 문학상을 수상한 작가 윌리엄 포크너
        였다. 그 밖에 알베르트 아인슈타인, 찰리 채플린 등과
        교류했다.

1963년   뉴욕에서 사망했다.

2023년   『나?』가 S. 피셔 출판사에서 재출간되었다.

세계문학전집 **462**

나?

1판 1쇄 찍음 2025년 2월 20일
1판 1쇄 펴냄 2025년 2월 28일

지은이   페터 플람
옮긴이   이창남
발행인   박근섭, 박상준
펴낸곳   (주)민음사

출판등록   1966. 5. 19. (제 16-490호)
서울특별시 강남구 도산대로1길 62(신사동) 강남출판문화센터 5층 (우편번호 06027)
대표전화 02-515-2000 팩시밀리 02-515-2007
www.minumsa.com

ISBN 978-89-374-6462-1 04800
ISBN 978-89-374-6000-5 (세트)